U0075887

小書痴的下剋上

為了成為圖書管理員不擇手段！

第三部 領主的養女IV

香月美夜——著
椎名優 繪 許金玉 譯

本好きの下剋上
司書になるためには
手段を選んでいられません
第三部 領主の養女IV

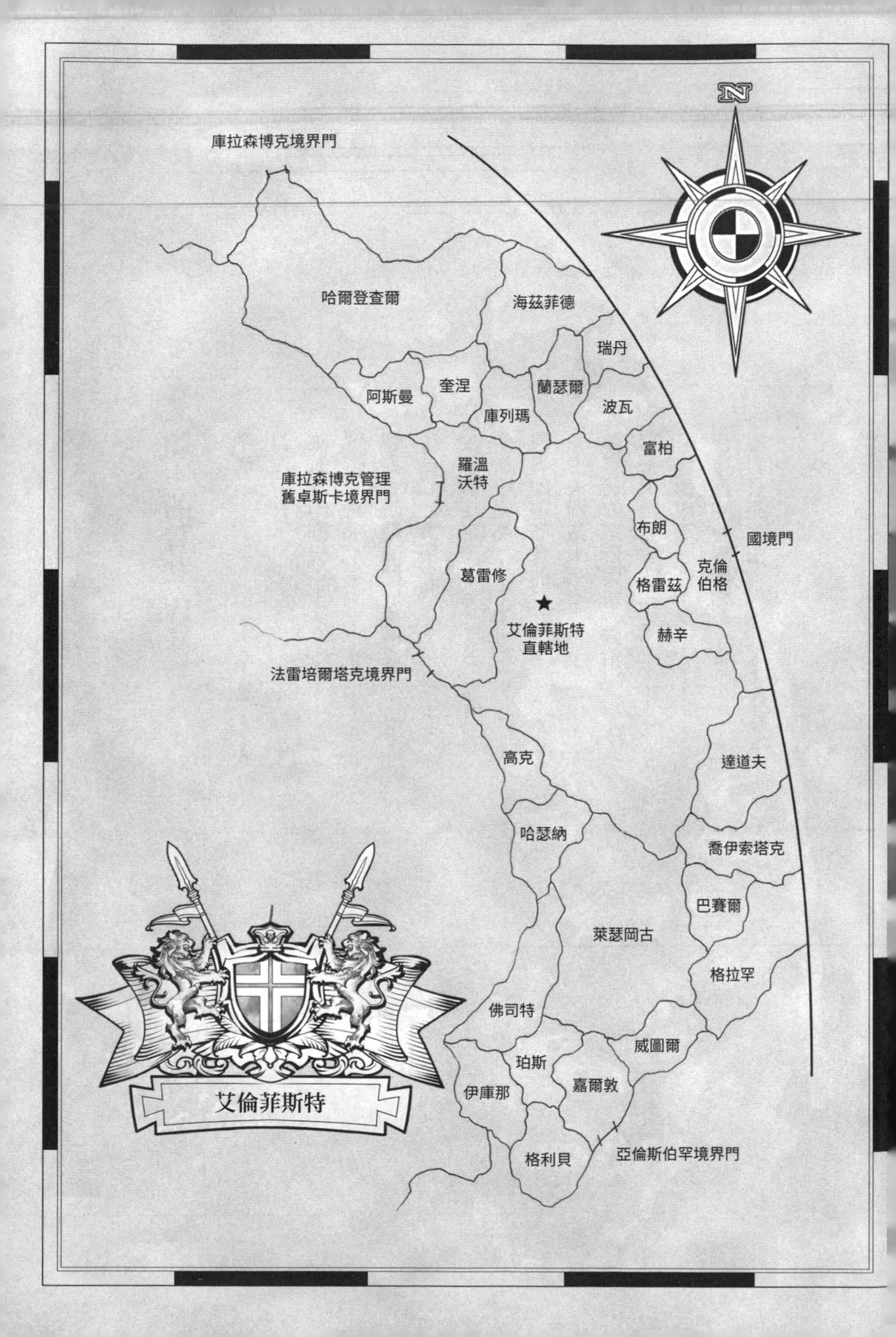

N
庫拉森博克境界門
哈爾登查爾
海茲菲德
瑞丹
阿斯曼
奎涅
庫列瑪
蘭瑟爾
波瓦
富柏
羅溫
沃特
庫拉森博克管理
舊卓斯卡境界門
布朗
國境門
克倫
伯格
格雷茲
葛雷修
艾倫菲斯特
直轄地
赫辛
法雷培爾塔克境界門
高克
達道夫
哈瑟納
喬伊索塔克
巴賽爾
萊瑟岡古
格拉罕
佛司特
威圖爾
珀斯
嘉爾敦
伊庫那
艾倫菲斯特
格利貝
亞倫斯伯罕境界門

✦ CONTENTS ✦

第三部　領主的養女 IV

第二部 劇情摘要

成為青衣見習巫女以後，梅茵在神殿成立了工坊，給予了饑腸轆轆的孤兒們工作與食物，又為了印刷技術反覆與古騰堡們摸索實驗，每天都過得無比忙碌。然而某一天，卻遭到了神殿長夥同他領貴族的襲擊。為了有能力可以保護家人和侍從們，梅茵決定成為上級貴族的女兒羅潔梅茵，更成為領主的養女。

領主一族

羅潔梅茵

本書主角。從士兵的女兒變成領主的養女，也改了名字，但內在還是沒有改變。為了看書，不擇手段。

斐迪南

齊爾維斯特的異母弟弟，是羅潔梅茵在神殿的監護人。

齊爾維斯特

收養羅潔梅茵的艾倫菲斯特領主，羅潔梅茵的養父。

芙蘿洛翠亞

齊爾維斯特的妻子，三個孩子的母親。羅潔梅茵的養母。

韋菲利特

齊爾維斯特的長男，現在成了羅潔梅茵的哥哥。

波尼法狄斯

齊爾維斯特的伯父，卡斯泰德的父親，羅潔梅茵的祖父。

卡斯泰德

艾倫菲斯特的騎士團長，
羅潔梅茵的貴族父親。

艾薇拉

卡斯泰德的第一夫人，
羅潔梅茵的貴族母親。

艾克哈特

卡斯泰德的長男，
目前在騎士團工作。

蘭普雷特

卡斯泰德的次男，
韋菲利特的護衛
騎士。

柯尼留斯

卡斯泰德的三男，
羅潔梅茵的見習護
衛騎士。

奧黛麗

侍從。上級貴族，艾薇拉的
朋友。

羅潔梅茵的近侍

安潔莉卡

見習護衛騎士。中級貴
族，正在培育魔劍。

黎希達

首席侍從。熟知三名監護
人孩提時期的上級貴族。

布麗姬娣

護衛騎士。中級貴族，
基貝．伊庫那的妹妹。

達穆爾

護衛騎士。繼續擔任護
衛工作的下級貴族。

平民區的家人

昆特
梅茵的父親。

伊娃
梅茵的母親。

多莉
梅茵的姊姊。

加米爾
梅茵的弟弟。

平民區的商人

班諾　普朗坦商會的老闆。
馬克　班諾的得力助手。
路茲　都帕里學徒。
歐托　奇爾博塔商會的老闆。
珂琳娜　奇爾博塔商會的裁縫師。
谷斯塔夫　商業公會的公會長。
芙麗妲　谷斯塔夫的孫女。
達米安　谷斯塔夫的孫子。

神殿的侍從

法藍　負責管理神殿長室。
薩姆　負責管理神殿長室。
吉魯　負責管理工坊。
弗利茲　負責管理工坊。
葳瑪　負責管理孤兒院。
莫妮卡　神殿長室與廚房的助手。
妮可拉　神殿長室與廚房的助手。

羅潔梅茵的專屬

艾拉　專屬廚師。
雨果　專屬廚師。
羅吉娜　專屬樂師。

古騰堡夥伴

英格　木工工坊的師傅。
薩克　鍛造工匠。負責研究構思。
約翰　鍛造工匠。負責提供技術。

其他貴族

奧斯華德　韋菲利特的首席侍從。
尤修塔斯　黎希達的兒子。斐迪南的近侍。
基貝・伊庫那　布麗姬娣的哥哥。
喬琪娜　齊爾維斯特的姊姊，亞倫斯伯罕的第一夫人。
薇羅妮卡　齊爾維斯特的母親。現正遭到幽禁。
達道夫子爵夫人　斯基科薩的母親。名字為葛洛麗亞。

其他

坎菲爾　正接受神官長訓練的青衣神官。
法瑞塔克　正接受神官長訓練的青衣神官。
利希特　哈塞的新鎮長。
戴爾克　被迫與賓德瓦德伯爵簽下主從契約的孤兒。
戴莉雅　青衣見習巫女時期的前侍從。

第三部

領主的養女 IV

序章

春季中旬，迎面吹來涼爽的風，多莉與母親伊娃，還有從小認識的路茲一起出門買東西。在艾倫菲斯特只要年滿十歲，女性的裙子就得從及膝的長度改成蓋到小腿，所以為了迎接十歲的到來，必須準備好衣服。

而在受洗後開始的學徒工作，也會在年滿十歲的時候到期。這時必須選擇要留在同一間工坊更新契約，還是加入其他工坊。十歲在人生當中是非常重要的階段。

多莉照著自己當初訂下的目標，趁著年滿十歲契約到期，要加入珂琳娜的工坊成為都帕里學徒。雖然之後才會簽訂雙親也要出席的正式契約，現在還只是口頭約定，但多莉身為領主養女羅潔梅茵的專屬髮飾工藝師，奇爾博塔商會與珂琳娜的工坊不可能毀約。所以就這方面而言，多莉可以毫無後顧之憂地進行準備。

……等到了夏天，我也和路茲一樣是都帕里學徒了。

雖然要與工作至今的朋友們分道揚鑣，但自己又更接近夢想一步了。多莉滿懷著成就感，踏出的腳步也很輕快。她抱著雀躍的心情一路走到中央廣場，回頭看向走在後頭的路茲與伊娃。

「路茲，那我們接下來要去哪裡呢？」

「今天除了要買工坊的工作服，還說過妳得訂製奇爾博塔商會的學徒制服。因為多莉是羅潔梅茵大人的專屬，也會和奇爾博塔商會的人一起去神殿。我想先去珂琳娜夫人的工坊訂做制服吧，不然買好衣服以後手上要拿一堆東西。」

今天聽說是班諾安排了路茲與她們同行。多莉覺得班諾總是可以設想這麼周到，真的很厲害。

「路茲，不好意思讓你陪我們，但今天就麻煩你了。」

「不會啦，而且這是老爺的吩咐，我剛好也需要夏天的衣服。」

路茲指著要走的方向，率先邁開步伐，多莉和伊娃緊跟在後。經過中央廣場，進入城市北邊後，周遭行人的服裝明顯變得昂貴，講話斯文有禮的人也變多了，整體瀰漫著優雅高尚的氛圍。看見伊娃有些裹足不前地環顧四周，多莉才發現到，自己已經在不知不覺間很習慣在城北走動了。雖然每次要踏進珂琳娜工坊的時候，那一瞬間還是會很緊張，但她對於走在街道上已經不感到緊張了。多莉跟在路茲後頭走著，看了看四周後，「呵呵」地笑起來。

……看在其他人眼裡，是不是也覺得我完全融入了城北呢？

「多莉，妳幹嘛啊？自己笑得那麼開心……」

「路茲，跟你說喔！是珂琳娜夫人親自來招攬我，希望我加入她的工坊，為羅潔梅茵大人製作髮飾。很厲害吧？」

只要是有在工作的人，應該都能了解被其他工坊的人招攬，是件多麼值得驕傲又讓人高興的事情。「那很棒啊。」路茲苦笑著說，伊娃的眼神卻有些不能苟同。

「多莉，這種話妳不能在外面說。」

工匠們都懂得被人招攬是件多麼令人驕傲的事。事實上，以往從多莉現在的工坊換去其他工坊的裁縫師們都得到了大家的祝福。但是，多莉是從城南的貧民區換往城北的工坊，一般這種情況極少發生。比起祝福，更容易引來身邊人們的嫉妒。生活在面積狹小的城市裡頭，最好還是別惹來他人無謂的嫉妒，才會過得比較輕鬆自在。

聽了伊娃的提醒，多莉鼓起臉頰。

「我知道啦。可是，有什麼關係嘛，反正這裡幾乎沒有人認識我們……」

多莉自己也切身地感覺到，就算是朋友，這件事也最好不要到處宣傳。所以在平常的生活環境裡，她再怎麼想炫耀也一直在忍耐。儘管她真的很想大聲宣布：「我要換去珂琳娜夫人的工坊了！」然後接受大家的道賀，但她始終只是含糊地迴避大家的問題。

「路茲比我還更早進入奇爾博塔商會，告訴他應該沒關係吧。我在家裡附近沒有告訴過任何人喔。而且勞茲最近正意志消沉，說她連現在工坊的工作也有可能保不住，我才說不出口自己要去珂琳娜夫人的工坊呢。」

在同間工坊工作的人都知道，多莉因為髮飾的關係，好幾次被邀請前往珂琳娜的工坊。所以只要稍微動腦想想，應該都能猜到多莉是換去了珂琳娜的工坊吧。但是除了家人以外，多莉沒有特別告訴過任何人這件事。

「啊……能不能更新都盧亞契約得看每個人自己的努力，但如果有人沒辦法更新契約，這些話的確很難說出口吧。我因為從一開始就是商人學徒，又簽了都帕里契約，所以不可能換店，也不清楚中途換工坊會面臨多麼可怕的嫉妒，但我知道多莉很努力。」

路茲不帶半點嫉妒成分的發言，讓多莉覺得心情輕鬆不少。因為最近只要聊到更新契約的話題，就算自己什麼都沒說，還是感受得到大家充滿羨慕與嫉妒的眼光，所以路茲完全沒變的態度，讓她鬆一口氣。

「雖然路茲不曉得中途換工坊有多辛苦，但你一開始也吃了不少苦頭吧？」

當時洗禮儀式才剛結束，路茲沒有親人的介紹，也不是家裡傳承下來的事業，就進入城北的大店當商人學徒。儘管職業還是一樣，多莉只是換了間工坊而已，就因為許多事情都和以前不一樣而感到混亂，更別說路茲那時候才剛受洗完，就靠自己度過了那段無法依賴任何人的時期。

「要不是路茲先進入了奇爾博塔商會，我也不敢奢望自己能換去珂琳娜夫人的工坊呢。路茲才是最厲害的。」

「這都是多虧了梅茵。是她和老爺進行了交涉，我才能進入奇爾博塔商會。之前在店裡能夠抬頭挺胸，不會覺得自己一無是處，也是因為我能出入青衣見習巫女的工坊。就算我現在是都帕里學徒了，但仍然是與領主養女的聯繫在當我的後盾。」

但當然我也很努力啦，路茲語氣輕快地說，看向多莉。

「多莉也一樣吧？一開始是因為梅茵把髮飾的做法教給妳，妳才能夠成為髮飾工藝師。成了領主養女的人都說她想要多莉的髮飾了，奇爾博塔商會自然說什麼也要把妳招攬過來。當然，這也需要有多莉的努力才能做出最好的髮飾，但先為妳開創了機會的人是梅茵。」

一般要賣給領主養女的髮飾，不可能交給一個還不滿十歲的學徒去做。因為每個人都想成為領主一族的專屬，大人會說著「小孩子不適合」，就把資格搶過去。奇爾博塔商會之所以沒這麼做，是因為他們知道梅茵其實是私心想見多莉一面。所以路茲斷言，多莉能夠成為專屬，是因為有梅茵的偏袒。

「……對喔，真的是這樣呢。」

在多莉的腦海中，梅茵始終是一個老是幫不了什麼忙，還會一興奮就昏倒，不然就是發燒昏睡的妹妹，但今天能夠走到這一步，為她開闢道路的人確實是梅茵。

「現在我在做紙和印刷這兩件事上，絕對不能輸給其他人，其實這點多莉也一樣。妳也不能鬆懈，要好好磨練技術，做出不輸給任何人的髮飾。要是有其他大人做得更好，多莉做的髮飾明顯比不上，妳就會被取消專屬的資格。」

站在店家的立場，絕不可能忽視領主的養女，把更精美的髮飾賣給其他貴族女性。因為會讓人以為奇爾博塔商會不把領主的養女放在眼裡。

「多莉，要是妳做得比別人差，妳知道會發生什麼事嗎？」

「我就再也見不到梅茵了吧？」

「不是。老爺和珂琳娜夫人怎麼可能就這樣斷了妳們的聯繫，惹那傢伙不高興。多莉還是會和以前一樣，可以一起去提交髮飾。但是，會變成妳得把別人做的東西，當成是自己做的交出去。妳不希望這種事情發生吧？」

聽了路茲的忠告，多莉用力點頭，這種事情她絕對不要。多莉再次下定決心，她一定要繼續努力，守住專屬的資格。

「啊，路茲、多莉。班諾先生請人來通知過了，我們正在等你們呢。」

一走進珂琳娜的工坊，熟悉的工匠立即前來迎接。

「填寫文件的工作就交給路茲，多莉快進裡面的試衣室測量尺寸吧。接下來還要去很多地方買東西，你們得加快腳步才行吧？」

快點快點——在工匠的催促下，多莉和伊娃一起走進後頭的試衣室。好幾名裁縫師已經等在試衣室裡頭了，要多莉脫下衣服測量尺寸。

「居然要為多莉縫製這裡的工作服，感覺真是奇妙。因為妳都已經出入這裡兩年了，有種『現在好像也沒必要了嘛』的感覺呢。」

多莉全身只剩下貼身衣物時，一名裁縫師開始測量尺寸，笑著說道。經由現場的氣氛，感覺得出女兒早已融入這間工坊，伊娃露出安心的微笑。

「春天尾聲會正式簽訂契約，往後多莉還請各位多多關照了。」

「之前都只是來教我們怎麼做髮飾，以後就是一起工作的夥伴了呢。多莉，我們也請妳多多指教囉。」

感受到了大家的歡迎，多莉心頭的不安逐漸散去。因為這陣子高興的同時，她也很害怕自己是不是不自量力，現在終於可以慢慢放寬心。

「妳還要訂做奇爾博塔商會的學徒制服，去神殿提交商品吧？那學徒制服的尺寸也得量好才行。」

看著裁縫師拿著捲尺不停在自己身上比畫測量，多莉感到有些不可思議。至今她雖然幫梅茵和布麗姬娣量過尺寸，但還是頭一次來工坊為自己訂做衣服。因為職業的關係，多莉不自覺興奮起來。

「多莉的成長速度很快，能請妳們做得寬鬆一點嗎？不然她很快就穿不下了。」

「那裙子要不要也加長一點呢？」

伊娃和幾名裁縫師在討論的時候，多莉重新穿上衣服。訂做完畢後，兩人說著「麻煩各位了」，走出試衣室。

「多莉，量好尺寸就來這邊坐吧，鞋匠也到了。」

才剛走出試衣室，接著又要測量雙腳的尺寸製作皮鞋。被人來來回回摸著自己的雙腳，癢得要命的多莉只能拚命忍笑。

……梅茵說的是真的！測量尺寸真的不是一件容易的事情！

買完了需要訂做的衣服，接下來是前往梅茵幫她買了衣服以後，多莉自己也來光顧過幾次的高級中古衣店。在這裡要購買在城北走動時穿的衣服。需要十歲女孩能穿的、長及小腿的裙子還有緊身背心。

「多莉，我也要再買幾件衣服，妳能自己和阿姨一起挑嗎？」

路茲說完，就走向了放有許多男性服裝的區域，多莉則帶著一臉困惑，說著「真的要在這種地方買衣服嗎？」的伊娃，一起走向女性服裝那一區。

「媽媽，裙子的長度這樣可以嗎？」

看著多莉試穿的裙子長度，伊娃露出愉快的笑容站起來。

「還不錯呢。雖然現在裙子的長度看來有點太長，但妳到了秋天還會再長高，買這樣的長度比較剛好。」

看著多莉接連試穿了不少衣服後，伊娃似乎也沒有那麼緊張了。

「多莉，妳還得買緊身背心吧？這件怎麼樣？」

多莉試著穿上伊娃遞來的緊身背心。這種緊身背心正面是兩片式的，女性在十歲以後都會開始穿，用來突顯自己的身體線條。多莉繫緊正面的繩子，讓背心越來越合身。

「如果想穿得又快又好看，看來也需要練習呢。」

總覺得自己好像稍微變成大人了，多莉看著鏡子，左右轉動身體打量。她覺得還不錯，「嘿嘿」地笑了起來。伊娃伸出指尖，按住背心的繩結。

「怎麼打結也是有訣竅的喔，否則繩子會鬆開。照妳現在的打結方式，動來動去不久就鬆了，在夏天之前得好好練習才行。決定要這件緊身背心了嗎？」

「嗯……可是我覺得這件比較可愛，媽媽覺得呢？」

多莉拿起自己中意的緊身背心問，伊娃臉色一沉。

「雖然可愛，但工作的時候穿這件不會太醒目嗎？」

多莉和伊娃輪流把兩件緊身背心放在身上比對，陷入苦惱。這時多莉看見路茲選好了衣服，把一疊衣服放在結帳櫃檯上，大力揮手叫他。

「路茲！你覺得哪件背心是奇爾博塔商會學徒該穿的呢？」

「多莉會成為都帕里學徒，我想最好兩件都買。」

「什麼兩件都買……我不需要這麼多衣服啦。」

一件就夠了——多莉說，但路茲搖搖頭。

「一旦成為都帕里學徒，情況就和以前不一樣了，妳不會再是偶爾接到珂琳娜夫人的邀請才來城北，而是要在這裡生活。夏天又快到了，妳會需要好幾件替換用的衣服。」

考慮到日常生活，確實需要好幾件可以替換的衣物。「但我不可能買好幾件衣服……」想到衣服的價錢，多莉抱住腦袋，小臉沒了血色。伊娃的表情也像是突然間失了魂。這也沒辦法，畢竟價格和平常購買的舊衣有著天壤之別。

「……啊，錢的話不用擔心，那傢伙交給我保管了。」

路茲說著，從衣服底下拿出一張表面光滑的卡片。為了讓多莉能走在自己想走的道路上，也為了今後能繼續與家人保有聯繫，說是要她們使用梅茵那時候存下來的錢。

「等一下，路茲，梅茵到底賺了多少錢啊？」

「她好像還把最近賺到的錢偷偷加進去，所以我也不清楚。而且現在規模又擴大了，比以前還驚人。」

路茲回答的同時別開視線，接著又說：「總之妳不用擔心，需要的東西全買下來吧，這樣以後進入商會才不會抬不起頭。」然後把多莉手上的兩件緊身背心都放在櫃檯上。

「我覺得妳背心和裙子都需要再一件，襯衫也還需要兩到三件。」

聽到還需要更多衣服，多莉與伊娃急忙開始挑選。櫃檯上的衣服越疊越高，路茲卻一派理所當然的樣子對店員說：「請送到奇爾博塔商會。」並且結帳付錢。

「其他還要買不少東西，我們走吧。」

路茲說完就往外走。明明買了那麼多東西，卻兩手空空地走出店家，這點已經讓多莉很驚訝了，但聽到路茲在買了那麼多衣服後還說「要買不少東西」，她更是瞪大眼睛。

「咦？還要不少東西嗎？但衣服已經買好了吧？」

「除了衣服，我突然想起來妳還需要新的工作用具與文具。都帕里學徒會有自己的房間吧？所以妳也需要餐具。雖然生活用品可以之後再買，反正隨時都買得到，但因為只有我同行的時候才能使用這張卡片，所以還是一次買齊吧。」

路茲一邊回想自己在進入奇爾博塔商會時買了哪些東西，帶著多莉去了好幾家店。先是買了多莉自己要用的筆和墨水，買了木板，也買齊了餐具，以後就能在奇爾博塔商會和其他都帕里一起吃飯。這些東西全是多莉從前無法想像的。

「路茲，真是幸好有你陪我們，我根本不知道要買這些東西。」

伊娃搖了搖頭，一臉筋疲力竭地說。多莉可以實現自己的心願，換到在城市北邊的珂琳娜工坊工作，伊娃是真心為她感到高興。但是，工作服和工作用具也得配合今後的工坊重新準備。伊娃根本不知道究竟需要哪些東西，大家又都使用哪種等級的用品。對於班諾安排了路茲穿上學徒制服與她們同行，又讓他帶來梅茵的存款，伊娃真的非常感激他的設想周到。

「想不到多莉也這麼快就要搬出去了呢。」

隨著生活用品一一買齊，伊娃才強烈地產生真實感。夏天開始後，生活就會變得和以往截然不同了。不管是梅茵還是多莉，她的孩子都太快就離開父母身邊。

「想到要搬出去，我也很不安，但有路茲在，我就稍微放心了。對不對，路茲？」

多莉表示安慰地輕拍伊娃的手臂，徵求路茲的同意。卻見路茲沉下了臉，交抱手臂說：「……呃，我想我們不會一直在一起工作。」

「咦？什麼意思？路茲，你要離開奇爾博塔商會嗎？」

都帕里學徒明明不能辭職，你在說什麼啊？多莉和伊娃都張大眼睛看著路茲。被兩個人要求說明，路茲左右張望，壓低聲音。

「這件事還別告訴任何人喔。因為多莉以後就要成為奇爾博塔商會的學徒了，所以我才告訴妳們。」

路茲再三叮嚀，等回到了貧民區，附近幾乎沒有與奇爾博塔商會有關的人以後，他才慢慢開口說了。

「老爺好像打算把造紙和造書這兩項事業，從奇爾博塔商會獨立出來。」

奇爾博塔商會在與服飾完全無關的新領域，也就是在印刷和製紙業上的獲利太過龐大了。又因為這些事業是在領主養女的要求下推動，所以能夠預見往後會再擴大規模。

「那傢伙成為養女以後，業績更是直線成長。再加上，最近她還設計了一款有可能引發流行的新衣服吧？」

現在珂琳娜為了布麗姬娣的服裝，正絞盡腦汁在完成整體的設計。倘若那個款式的服裝在貴族大人間一下子流行開來，奇爾博塔商會的聲勢肯定會更上一層樓吧。這點連多莉也知道。

「其他店家也都千方百計想要加入新事業，跟著分一杯羹，所以在聚集了大店老闆的會議上，那些老闆好像對老爺提出了不少怨言。為了守住奇爾博塔商會是服飾店的定位，只能讓印刷和製紙業獨立出來，把兩邊的獲利分開。」

「哦……？可以賺很多錢不是好事嗎？」

雖然說是要守住奇爾博塔商會，多莉還是不太明白。

「是好事啊，但要是招來其他店家的嫉妒，也會引來很多麻煩。就像多莉一樣，明明換工坊是件好事，卻得想好對策，才不會引來別人的嫉妒。」

這麼一說多莉就明白了，避免他人的嫉妒確實很重要。

「而且老爺打算自己成立新的商會，緊要關頭就能跟著那傢伙一起移動。因為她是印刷業的支持者，也是最主要的客戶。印刷業沒有她就不會開始，也不會發展。比起地緣，羅潔梅茵大人的熱忱對印刷業來說更重要。」

路茲說，有不少貴族會因為結婚而搬去他領，所以不是完全沒有這個可能。由於艾倫菲斯特的勢力比其他領地弱，所以有可能會發生不得不離開領地的情況。班諾希望這種情形真的發生時，新成立的印刷商會能夠以專屬的身分跟著移動。

「可是，奇爾博塔商會不是這樣。和顧客往來至今，不只建立了人脈，也建立起了信任關係。由於顧客不只有羅潔梅茵大人一個人，不可能拋下所有工作跟著她走。珂琳娜夫人也很重視地緣。所以就算那傢伙離開，奇爾博塔商會也不會跟著移動。」

「但我想一起移動啊?!」

奇爾博塔商會無法拋下經營至今的人脈，這點多莉可以明白。但是，多莉是為了成為「羅潔梅茵大人的專屬」，才與奇爾博塔商會簽約。她無法接受不能一起移動。

「既然都帕里不能離開店家，那我應該改簽都盧亞契約比較好嗎？」

「不不，我不是這個意思。而且現在也還沒確定會搬去他領，只是假設而已。更何況我勸妳最好還是簽訂都帕里契約，因為各方面的待遇都不一樣。我們只是貧民出身，又沒有像樣的靠山，所以都帕里契約對我們來說非常重要，旁人的眼光也會完全不同。」

從都盧亞變作都帕里學徒的路茲都這麼說了，那麼在工作方面上，最好還是該簽都帕里契約。多莉緊緊咬牙。

「我當然也想簽都帕里契約啊。可是，我的夢想並不是進入奇爾博塔商會……我已經答應過梅茵，總有一天要成為一流的裁縫師，為她製作衣服。」

多莉的夢想是成為一流的裁縫師。在梅茵成為領主的養女前，這是多莉與她許下的最後一個約定，實現這個夢想對她來說才是最重要的。

感覺到有人輕拍自己的肩膀，多莉抬起頭來。伊娃帶著有些傷腦筋的笑容，低頭看著她。

「多莉，妳一個人煩惱也無濟於事，還是找珂琳娜夫人一起商量吧。而且現在的契約也還沒到期啊。妳再好好想一想，究竟怎麼做才是妳最想要的結果吧。」

聽了伊娃的安慰，多莉點點頭。她朝著住家邁開腳步，暗暗嘆氣。

……誰想得到我居然會為了要不要簽都帕里契約而煩惱呢。

製作新衣

「羅潔梅茵大人，請往孤兒院長室移動吧。莫妮卡已經先行過去，為迎接奇爾博塔商會一行人作好準備。」

這天因為準備好了便宜的布料要打版，預計依著布麗姬娣的體型當場進行裁剪。不知道是不是錯覺，總覺得要一同前往孤兒院長室的布麗姬娣看起來相當期待。由於珂琳娜與多莉都會過來，所以我的心情也很雀躍。

……可以見到多莉和路茲了。唔呵呵，呵呵呵。

「各位早安，讓你們久等了。」

孤兒院長室裡，奇爾博塔商會一行人已經到了。只見班諾、路茲、珂琳娜、多莉和幾名裁縫師都聚集在客廳。雖然事前就已經聽說了，但真的有這麼多人都來到這裡，人口密度還是高得出乎我的預料，突然覺得空間變得有些狹窄。

「那我們馬上進去，開始裁剪吧。法藍，男性們就交由你招待了。」

打完招呼，我用眼神向莫妮卡示意，往秘密房間移動。布麗姬娣、珂琳娜、多莉和幾名裁縫師帶著裁縫工具跟幾個布包，走在後頭跟上來。

「這邊請進，莫妮卡也一起進來吧。」

「遵命。」

布麗姬娣是貴族女性，所以若要為她打版裁剪，只有女性能夠進入秘密房間。首先要請布麗姬娣脫下衣服，再請其他人為裁剪作好準備。裁縫師們匆匆忙忙開始動作，在入口附近搭設了掛起布匹的屏風，就算開了門也看不進來。

布麗姬娣把簡易鎧甲變回魔石，在裁縫師們的協助下褪去底下衣物，接著拿出另一顆魔石，讓魔石沿著身體的曲線固定成形。好像是這樣一來立體裁剪的時候，針就不會扎到肌膚。

「這是用魔石製作的最基本騎士鎧甲，進入貴族院以後，所有人都要學會。騎士即便是身穿正裝，乍看下毫無武裝的時候，也一定會在華麗的衣裳底下覆蓋這層基本鎧甲，以便隨時都能戰鬥。」

聽說貴族也會穿在衣服底下，產生類似防彈背心的作用。這在局勢險惡的領地上甚至是種常識，連文官和侍從也會隨時披在身上，以防突如其來的攻擊。眼下身為領主一族的我卻沒有穿，由此可知艾倫菲斯特有多麼和平。

……但要是全身上下都裹著這層鎧甲，也就不需要連身襯衣和胸罩了吧？

成為貴族以後，我從未與母親之類的年長女性在同個房間裡生活，所以完全不清楚成年女性都穿什麼樣的貼身衣物。但是，如果能用魔石包裹住全身，應該也不需要調整型內衣。我反倒覺得會用緊身背心支撐住上半身的平民們，在服裝上的技術好像更發達。

嗯……可是有點不協調。上半身是用魔石變成的光滑鎧甲，下半身卻是襯褲，一點也不性感。

會有這種想法，可能是受到了麗乃那時候的審美觀影響吧。但是，布麗姬娣雙腳的曲線明明這麼修長，吊帶襪顯然更適合她，卻被襯褲徹底埋沒，實在讓人痛惜。由於自己還是小孩子，包括麗乃那時候在內也從不需要可以散發女人味的內衣，所以始終沒有意識到這一塊，但看這樣子搞不好也需要推動內衣革命。

……明明是有著這麼凹凸有致好身材的大美女，卻只能穿襯褲，讓人好哀傷。

但是，騎士都把戰鬥放在第一順位，戰鬥時總不能還擔心裙子要是掀起來怎麼辦。所以女性的裙襬才會長及腳踝，也才會穿著形同褲子毫不性感的襯褲。女騎士要是因為太性感，結果無法戰鬥，那就本末倒置了。

……到底要重視實用性？還是女人味？唔唔，好難。

我認真地為別人要穿的內衣褲煩惱起來，這時珂琳娜和幾名裁縫師拿起布料，開始在布麗姬娣身上比對。她們照著木板上的設計圖，把布摺起來做出縐褶，用珠針固定住，接著大膽地裁剪布料。期間，多莉負責把珠針遞給她們，聽從指示拿來工具，同時雙眼也非常認真，直勾勾地觀察著大家的動作。看見多莉這麼努力地吸收新知，我為她感到非常高興，在心裡面大力聲援。

雖然很好奇為布麗姬娣裁剪衣服的過程，但我總不能一直在旁邊盯著看。況且也會花上不少時間，等到快結束了，再請人來叫我吧。

「莫妮卡，裁剪完可以通知我一聲嗎？我還有事情要和班諾討論。」

「遵命。」

請莫妮卡打開房門，我一個人走出秘密房間。現在二樓的房間裡只有班諾、路茲、侍從法藍和吉魯，以及護衛騎士達穆爾，所以我稍微表現出原本的樣子應該也沒關係。

「那麼在裁剪結束之前，先聽聽班諾想說什麼吧。」

我坐在椅子上，喝著法藍泡的茶，催促班諾開口。

「首先非常感謝羅潔梅茵大人。多虧羅潔梅茵大人的提攜，向我們購買商品的貴族大舉增加，在此由衷向您表達謝意。」

嘴上說著感謝，但班諾的赤褐色雙眼卻好像在說：「我都快忙死了！」能夠認識更多的貴族，業績也成長了，身為商人應該是真的很高興吧，但忙得要死恐怕也是真的。

「呃……班諾先生，要是講得太委婉，我會聽不懂。可以問問你真正的想法嗎？」

我環顧四周，變回輕鬆的語氣問道。班諾也觀察著法藍和達穆爾的表情，語氣不再那麼恭謹地答腔：「幹嘛？」

「我好像害得奇爾博塔商會增加了太多工作，要是覺得負荷不了，要不要把一些工作分出去呢？」

「喂，妳別幫倒忙！蠢丫頭，別人會以為妳中止了和我們的合作吧！妳想重蹈英格那時候的覆轍嗎？想害得奇爾博塔商會陷入險境嗎？」

「小的豈敢！」

「忙得再焦頭爛額，我也不打算把工作分給其他人，這點妳記好了。」

萬一旁人以為我中止了與奇爾博塔商會的合作，局面將無法收拾。看來我還是別無謂操心，想減輕班諾他們的工作。

「雖然在場都是知道內情的人，但還請兩位稍加節制。」

法藍勸誡說道，我和班諾對看一眼後，輕輕聳肩。

「羅潔梅茵大人，往後還請您繼續提攜奇爾博塔商會。」

「是，那當然。」

「那麼接下來，是關於今天的正題……羅潔梅茵大人，您在哈塞曾說過想與基貝．伊庫那往來交流，能請您再詳細清楚說明嗎？」

班諾微微瞇起眼睛的笑容好恐怖。他的雙眼明顯在說：「妳又想增加我們的工作嗎？」但他都警告過我別把工作分出去了，我也無可奈何，只好開始說明又將增加他們工作量的新計畫。

「聽說伊庫那有許多高山，林業也十分興盛。好像還有許多我從沒聽過的木材，所以我才想找機會拜訪伊庫那，研究新的做紙材料。」

「……您的意思是，打算要在伊庫那造紙嗎？」

「是啊。然後我想派路茲、吉魯和幾名灰衣神官一起過去造紙……會有困難嗎？」

我詢問後，班諾露出了非常為難的表情。

「相當困難。如果奇爾博塔商會只派路茲過去，我還是不太放心，而現在商會裡頭又沒有能和路茲一同前往伊庫那的人才。如今與我們談生意的貴族增加了，我當然是不可能離開，馬克又能自己一個人應付貴族，我也不可能長時間把他派往外地。」

除此之外的人，還不曉得能否得體地與擁有土地的貴族應對。雖然我對奇爾博塔商會的員工水準不太清楚，但從之前還得出借灰衣神官前往城堡幫忙販售這點來看，就能知道人手相當不足。

「歐托還沒辦法與貴族交涉嗎？」

前陣子在父親寫給我的信上，說過「歐托要辭去士兵的工作，真正成為商人」。聽說等到與今年預算有關的工作一結束，歐托就會請辭離開。現在祈福儀式都結束了，春天也過去一半，我想他應該已經辭去士兵的工作了。

「歐托雖然充分具備經商上的知識，要與平民談生意是不成問題，但他現在的儀態還沒有得體到能夠拜訪貴族。」

「但如果是下級貴族，我想應該沒問題吧。畢竟在大門那裡，也都是由歐托出面與貴族交涉。關鍵在於習慣，只能從下級貴族開始，讓他慢慢習慣與貴族應對了。」

就連父親在面對經過大門的貴族時，也不是完全無法應對。雖然商人和守門士兵該具備的對應水準當然不一樣，但我想歐托只要適應一陣子，應該就不必擔心。

「要不然可以先讓歐托與馬克一起行動，班諾則與歐托的助手一起去拜訪貴族，或是帶著其他人才多方走動，這樣子如何呢？」

連我也做得到了。只要有心，我想就能在一個季節的時間裡學會上級貴族的言行儀態。只不過，前提是要有能夠嚴格給予指導的老師。

班諾面色凝重，來回看向我和法藍。

「先前萊昂曾來這裡學習如何服侍貴族用餐，請問能否也把歐托和他的助手提歐送到這裡來，教導他們言行舉止呢？」

「法藍，你覺得呢？」

我轉向當時負責指導萊昂的法藍，詢問他的意見。在這裡能夠教導他人如何與貴族應對的，就只有身為領主一族的斐迪南教育過的灰衣神官。而聽令於我的，只有法藍和薩姆。

「我想想……不久之後，薩姆將正式成為羅潔梅茵大人的侍從，屆時應該會比較有餘裕。正好我也打算要指導妮可拉與莫妮卡的儀態，如果是在孤兒院長室與兩人一起接受指導，我想應該可行。但是我能教導的，真的只有言行儀態而已……」

法藍說，但班諾聽了緩緩搖頭。

「不，最重要的就是言行儀態。要怎麼與貴族寒暄、物品的拿取方式、遣詞用字，這些事情平民根本沒有機會學習。」

以前班諾也說過，很難找到人來教導怎麼與貴族應對進退。他還說了，付再多的錢也很難找到。因此既然提供了花再多錢也找不到的人才，我也要求支付報酬。

「那麼做為這次指導的費用，等到歐托他們的言行儀態訓練完畢，請派馬克和路茲前往伊庫那吧。」

「……遵命。」

教育歐托與提歐一事，就決定由法藍承接下來。至於從什麼時候開始指導，說好了會再透過路茲另行通知。

「最後是路茲、吉魯，向羅潔梅茵大人報告吧。」

「是！」兩人口齒清晰地對班諾應道，再轉過頭來看我。兩人先是互相對視，咧嘴一笑後，用正經八百的表情向我報告。

「由薩克設計，再由英格與約翰製作的全新印刷機已經完成了。」

「哎呀！」

我才猛然想要起身，法藍立刻按住肩膀制止我。他面帶著笑容，不疾不徐地按下我的肩膀，示意我坐回原位。

……對不起。因為太激動了，貴族千金該有的儀態一瞬間被我拋到了腦後。

「之後要測試新印刷機的時候，想請羅潔梅茵大人也前來參觀，能請您決定試印用的原稿嗎？」

雖然我巴不得馬上過去查看，卻被所有人委婉地制止了。相反地，他們要求我交出可以拿來試印的原稿。

「羅潔梅茵大人，您打算要印什麼呢？」

路茲問，我往前傾身回答。

「和以往只做繪本不一樣，這臺印刷機可以用來印製純文字的書籍。所以我想印有大量文字的書，給從繪本畢業的小孩子看。」

以貴族間講述的騎士故事為基礎，用小孩子們容易看懂的文字，帥氣地描寫騎士都在做哪些工作。順便以斐迪南為插圖的模特兒，讓葳瑪畫成美麗的圖畫，瞄準女性客群。簡直一石二鳥。只要在書裡聲明「故事內容純屬虛構，登場團體與人物皆非實際存在」，這樣就好了。就算斐迪南來客訴也不怕！

「那委託英格做的活字架、排版臺、排字盤和行條都做好了嗎？拜託約翰做的隔板和大空鉛等零件呢？」

我詢問印刷所需的零件是否都準備好了，路茲一臉得意地點頭。

「連墨水都下好訂單了。只要有原稿，馬上就能開始試印。」

……萬歲！祈禱獻予諸神！

「太棒了！那得趕快教大家要怎麼使用金屬活字和怎麼印刷呢。活字架搬來搬去太麻煩了，就由我前往工坊教大家吧！」

「羅潔梅茵大人，這……」

我仰頭看向想制止我的法藍，如波浪鼓般搖頭。

「好不容易做好了，我想從排版開始到拆版為止，從頭到尾試過一遍。我知道我不能在工坊動手做事，可是製造印刷機是我一直以來的目標，我無論如何都要摸摸看。」

我握起拳頭表示自己的堅持，法藍一臉束手無策地搖頭。吉魯也垮下肩膀說：「這下子阻止不了羅潔梅茵大人了。」路茲盤起手臂，看著我說：

「我看最好的辦法，就是由法藍和達穆爾大人嚴格挑選要進入工坊的人，再讓羅潔梅茵大人達成她的心願吧。反正到頭來，還是得請她教我們怎麼使用。」

「路茲！果然路茲最了解我了！」

我在胸前交握雙手，對路茲無比感激，卻聽見他小聲地補充說：「而且等她做完一遍，應該就能冷靜下來了吧。」

……唔唔，不愧是路茲，連這些多餘的細節也非常了解。

「那等原稿準備好，馬上就去測試新的印刷機吧。」

「羅潔梅茵大人，請您冷靜下來，您又會暈倒喔。」

「如果從現在開始印刷，能趕在夏季的星結儀式之前印完第一本嗎？」

「妳現在真的很危險，快點冷靜下來。妳要是在這時候暈過去，我們絕對不會讓妳碰到印刷機。」

路茲一開始還畢恭畢敬地制止我，但領悟到我根本沒在聽後，立刻改成了威脅。感覺到路茲是認真的，我「嗚噫」地倒吸口氣。

「我不要。」

於是我做了個深呼吸，調整氣息，這時秘密房間門上的魔石發出亮光。

「羅潔梅茵大人，莫妮卡找您。」

「知道了，那我進去裡面看看情況吧。」

我走進秘密房間，繞到屏風後頭。儘管扎有著大量的細長珠針，但裹在布麗姬娣身上的布料已經呈現出了削肩禮服的輪廓。由於是沒有染色的便宜胚布，布料帶有著原本的色澤，看起來簡直像是新娘禮服。

「哇啊，好漂亮喔！布麗姬娣，非常適合妳。」

比起去年的服裝，這件衣服絕對更適合她。我檢視著布麗姬娣身上的衣服，繞著她走了一圈。雖然大致上都按照設計圖，但大概是因為裁縫師珂琳娜也是第一次嘗試這種款式，所以有些細節我覺得還可以再修改。

「我看看……珂琳娜，請把這裡像這樣提起來，胸口這邊的線條看起來會更俐落。背部也請像這樣往這裡移動……」

珂琳娜依著我的指示拆下或重新穿上珠針，逐步確定了禮服的造型。因為要根據這些胚布製作版型，所以每個人的眼神都認真專注。

上半身的布料緊貼著布麗姬娣的身體，完美呈現出了從胸部到腰臀的迷人曲線。然後從腰部以下開始，是使用了大量布料、抓出許多縐褶的蓬鬆長裙。

由於布麗姬娣是女騎士，為了讓她方便行動，裙子部分盡可能選用了輕薄的布料。所以儘管布料用量很多，看起來卻不會很厚重。

「布麗姬娣，有沒有哪裡覺得太緊呢？」

「不會。因為肩膀兩邊沒有布料，手臂動起來更是沒有阻礙，這點相當不錯。萬一發生任何狀況，也能用魔石覆蓋住。」

明明穿著漂亮的衣服，布麗姬娣卻只在意戰鬥起來方不方便，真不知道該稱讚她對工作很有熱情，還是應該提醒她，也得想想能不能趁機結交到戀人。我很希望布麗姬娣在穿上這套禮服後，能夠找到出色的結婚對象，她卻完全沒把注意力放在這件事上。

「……布麗姬娣，我可以請達穆爾進來嗎？雖然我覺得這套衣服很適合妳，但我也想聽聽貴族男性的意見。」

「說得也是呢，我也想知道這件衣服是否適合其他女性騎士。」

布麗姬娣看來沒有不悅的樣子，我便走出秘密房間去叫達穆爾。

「達穆爾，請你進來一下。」

「有什麼事嗎？」

「我們想聽聽男性的意見。等你看過布麗姬娣的新衣服，請告訴我你的想法吧。」

達穆爾一臉不明就裡地歪過頭。

「……萬一貴族男性無法接受這套衣服，我想最好就不要繼續做了。布麗姬娣即便內心不願意，也會因為是我設計的，就勉強自己穿在身上，所以我希望達穆爾代表貴族男性，誠實地說出你的想法。畢竟我的審美觀和大家不太一樣，我不希望因此害得布麗姬娣出糗。」

聽到我這麼說，達穆爾的表情變得嚴肅，答應了我的請求。從某方面來看，達穆爾算是經常在近距離下目睹我各種失控的舉動，所以很清楚我的常識與旁人不同。要是我會讓布麗姬娣顏面掃地，希望他能提早阻止我。

「我帶達穆爾進來了。布麗姬娣，可以進去了嗎？」

「是，請進。」

達穆爾跟在我後頭走進來。但才剛繞過屏風，達穆爾就突然停下腳步，然後傳來了「嘶」的吸氣聲。我回頭看向他。

「達穆爾？」

我喊了名字以後，達穆爾還是一點反應也沒有。他的灰色雙眼吃驚得微微張大，眨也不眨地緊盯著布麗姬娣看，微張的雙唇間還逸出了細不可察的嘆息。緊接著，達穆爾像感到耀眼似的瞇起眼睛，嘴角也慢慢上揚。

……看來我親眼目擊了他人墜入情網的瞬間呢。

達穆爾出神地注視著布麗姬娣，一動也不動，這副模樣連珂琳娜與裁縫師們都注意到了，開始對他投以溫暖的眼光。看得出來大家的眼神中都充滿笑意，彷彿在說「畢竟春天是萌芽的季節嘛」。我一方面很想和目擊了這個瞬間的大家一起嘿嘿賊笑，一方面看達穆爾僵硬不動，又很想從後面推他一把說：「太明顯了，你快點告白吧！」

「達穆爾，你覺得怎麼樣呢？」

「咦?!啊，呃……」

我拉了拉達穆爾的披風，他如夢初醒地扭過頭來看我，再看向布麗姬娣，板起臉孔清清喉嚨。

「咳……那個，我覺得很不錯。」

……不要害羞，再說清楚一點，人家才知道你在稱讚她啊！上啊，加油！

我在心裡面為達穆爾助陣吶喊，但他的個性基本上相當畏縮。大概是不敢直視著布麗姬娣說話，他略略別開視線，沒有再說出更多讚美。儘管大家都在一旁守護著他，希望他接著多說幾句話，達穆爾卻沒有再張開過嘴巴。他只是顯得不知所措，視線不停左右游移。

「這是羅潔梅茵大人構思的服裝，你覺得可以推薦給其他女騎士嗎？」

布麗姬娣低頭看著自己身上的服裝問，達穆爾卻只是模稜兩可地點頭說：「嗯，應該吧……」雖然很希望他可以提供點明確的意見，但如今達穆爾的腦袋在陷入愛河後已經變成一團糨糊，看來是無法指望他了。

「既然沒什麼問題，就這樣為布麗姬娣縫製衣服吧。裁剪也要結束了，達穆爾請出去吧。」

我這麼說道就此結束參觀，把達穆爾趕出秘密房間。啪噹一聲關上房門後，我小心翼翼地覷向布麗姬娣的表情。態度和視線都那麼明顯了，當事人布麗姬娣不可能沒有察覺。

「呃……布麗姬娣。」

我出聲叫喚被裁縫師團團包圍住的布麗姬娣，她帶著有些害羞的表情，露出微笑。

「達穆爾真是容易看穿呢。這還是頭一次有男性以那樣的眼神看我，教人感到有些難為情。」

……不不不，單純只是沒人像他那麼明顯而已，布麗姬娣這麼漂亮，一定還有其他人也是這樣喔。

我想是因為布麗姬娣一心只想著家族與領地，還有與戰鬥有關的事情，所以才會完全沒有注意到旁人，不然就是以前只把目光放在未婚夫身上吧。

「布麗姬娣，那個，關於達穆爾……」

「我認為達穆爾本身是很好的人喔。他的性格既不可能謀取伊庫那的領地，身為次男也沒有爵位，沒有什麼包袱，個性又認真勤勉。再加上是羅潔梅茵大人倚重的騎士，就這方面而言，對伊庫那來說條件相當不錯。」

想不到聽起來很有機會嘛！我的雙眼立刻燦爛發亮，布麗姬娣微微一笑。

「但是因為魔力的差距太大，不可能成為我的對象。」

布麗姬娣帶著美麗的笑容，斬釘截鐵地否決了可能性。這麼說來，斐迪南以前也跟我說過，魔力的差距若是太大就無法有孩子，所以我如果一直都是平民，永遠也無法結婚。看來貴族之間如果魔力的差距太大，一樣不會把對方列入考慮。

……居然才剛墜入情網就確定出局，達穆爾真是太可憐了。

雖然得到了我的祝福以後，聽說達穆爾的魔力有慢慢增加，但我並不知道確切的成長幅度，也不知道還相差多少。只要努力提升，就有機會成為布麗姬娣的戀愛對象嗎？我稍微思考了下，但我這個人既沒有戀愛經驗，又沒有這裡的常識，要是胡亂插手別人的戀愛，恐怕也不會有什麼好結果。我還是在心裡面默默支持達穆爾吧。

……只要能解決魔力這個難題，說不定就有機會了喔。達穆爾，加油！

測試新印刷機

「那要寫什麼故事好呢？」

奇爾博塔商會一行人回去後，我回到神殿長室坐在桌前。為了測試新的印刷機，也為了試印字量較多的書籍，我得十萬火急寫好原稿。

冬季期間孩子們告訴我的，由我記錄下來的故事當中，有幾則都與騎士有關。只要以那些故事為基礎，要完成原稿應該不難。

「要不要先從短篇開始印，之後就可以集結成騎士故事集呢？」

「既然是測試，先從篇幅較短的文章開始比較好吧？」

我一邊和吉魯商量，一邊挑選可以印刷哪些故事。然後，我開始寫起有關騎士消滅魔物後，將取得的魔石贈予心愛女性，最終迎來快樂結局的短篇。

幾天之後，篇幅不長的短篇故事完成了。第七鐘一響，就是侍從們向我報告每日工作總結的時間。我向前來報告的吉魯和弗利茲，表示騎士故事已經寫好了。

「吉魯、弗利茲，騎士故事的原稿已經寫好了。因為到時得禁止孩子們出入工坊，所以我預計在天氣放晴的某日下午進行排版。請轉告路茲這件事情。還有，我在工坊作業時有誰可以留下來，也請你們和法藍討論後再決定吧。」

「遵命。」吉魯精神抖擻地回答。弗利茲思考了一會兒後，穩重的深茶色雙眼柔和瞇起。

「吉魯，你應該很想一起排版，那由我帶領孤兒院的孩子們前往森林吧。請你連同我的份，仔細聆聽羅潔梅茵大人的說明，學會使用方式。」

「交給我吧！……請問插圖已經畫好了嗎？」

「這次只印文字而已，所以不需要等到插圖完成。插圖我打算和以前一樣，繼續使用謄寫版印刷。啊，可是，我正好也想麻煩葳瑪繪製插圖，請先幫我通知她一聲。」

隔天下午，我帶著已經寫好的原稿，興沖沖地前往孤兒院，要拜託葳瑪畫插圖。

「葳瑪，我想麻煩妳為這篇騎士故事畫插圖，人物外形請參考神官長。」

「……羅潔梅茵大人，您這樣做，又會挨神官長的罵了唷。」

葳瑪一臉擔心地看著我。但是，我有媲美免死金牌的絕招。

「放心吧。因為歸根究柢就只是參考而已，故事裡的騎士和神官長並不是同一個人。名字也不一樣，我也會在書裡面清楚註明，這篇故事純屬虛構，登場團體與人物皆非實際存在。」

「哎呀……您腦海中的主意真是源源不絕呢。」

葳瑪驚訝得瞪大眼睛後，稍微抬眼望著上空，「嗯……」地沉思。

「那麼，我也會試著改變髮型，努力別與神官長太過相似。」

「葳瑪，謝謝妳！」

「因為畫神官長的畫像十分開心，遭到禁止我也一樣感到難過。」

葳瑪「呵呵」地露出共犯的笑容後，接下了繪製插圖的工作。

「插圖預計等到內容都印好了，再用謄寫版印刷。而且因為插圖會用到一整頁的空間，不需要再考慮字的擺放位置與大小。插圖也不是馬上就要加進來，所以不必急著完成喔。」

「遵命。」

與葳瑪談完事情，我才剛起身，在食堂角落玩耍以免打擾到我們的孩子們立刻蜂擁而來。

「羅潔梅茵大人，您要做新的繪本嗎？這次要做什麼樣的繪本呢？」

我外出舉行祈福儀式期間，秋季眷屬神的繪本已經做好了，現在工坊正在製作冬季眷屬神的繪本。在這種情況下，大家都很好奇新繪本的內容。看來我推動的「栽培孤兒院的孩子們成為愛書人士計畫」，進展得相當順利。

「呵呵，等冬季眷屬神的繪本做完，預計要印製有關騎士的故事。這次的書會有很多字，大家都能看懂嗎？」

「我們一定會努力看懂的，因為學習新的單字也很開心。」

「準備要印的騎士故事，都是我向貴族孩子們搜集來的故事。我很期待大家以後也會自己寫出新書喔。」

「我們會好好練習，寫出一手漂亮的字！」

許多雙望著我的眼睛都充滿了幹勁，我真是太高興了。希望可以就此培育出更多愛書人士，等他們長大了，再做出各式各樣的書籍。會教孤兒院的孩子們寫字，讓他們領略到讀書的樂趣，可是一種讓我將來能讀到更多書的先行投資。

終於，到了我翹首期盼的排版日。生平第一次要自己動手排版，我在興奮的心情下結束了上午的工作。真想趕快吃完午餐，火速前往工坊。我加快速度吃著午餐，對在旁邊服侍我的法藍說了：

「法藍，我下午要去工坊，想換一件不怕弄髒的衣服……」

聽了我的要求，法藍為難地垂下眉梢。

「羅潔梅茵大人，實在非常抱歉，因為領主的女兒本不會自己動手做事，所以並未準備其他不怕弄髒的衣物。」

「咦？可是萬一沾到墨水，我想大概洗不掉，這樣好嗎？」

我捏起平常在穿的雪白神殿長服。白色衣服一旦沾到黑色墨水，恐怕很難洗掉，而且神殿長要是穿著髒兮兮的衣服，我想這樣給人的觀感更不好。法藍盯著我身上的神殿長服，思索了半晌後，開口說道：

「孤兒院長室裡還有幾件見習巫女時期的衣服，那邊的衣服如何呢？但是，請您一定要在孤兒院長室更衣，在神殿內還是要盡量穿著神殿長服。」

神殿長室的衣櫥裡，只有神殿長服和符合領主養女身分的服裝。雖然我進出過孤兒院長室好幾次，但因為沒有自己碰過家具，所以從不知道以前的衣服還留著。還以為為了隱瞞我平民的出身，早就全被處理掉了。

「……是法藍為我留下來的吧。法藍，謝謝你。」

我帶著莫妮卡和達穆爾一同前往孤兒院長室，準備換上保管在這裡的梅茵時期的衣服。留在衣櫥裡的幾件衣服當中，有一件是奇爾博塔商會的學徒制服。我頓時感到懷念，胸口緊緊揪了起來。

「那我換上這件衣服吧，因為只有它沒有輕飄飄的袖子。」

莫妮卡的目光掃過所有衣服，點點頭說：「這件最適合做事呢。」

我抱著懷念的心情穿上學徒制服。雖然變得有點緊，但還是穿得下。而且會覺得緊，想必是我多少也長大了吧。這一點彷彿突顯出了我與梅茵時期的不同，也讓人有些落寞。

我換好衣服時，吃完午餐的吉魯過來了。

「那我和吉魯一起去工坊，莫妮卡去幫葳瑪的忙吧。我最近拜託了她畫插圖，現在應該很忙碌吧。」

「遵命，請交給我吧。」

催促了莫妮卡前往孤兒院後，我和吉魯還有達穆爾一起走向工坊。

「現在大家都出去了，羅潔梅茵大人就算在排版的時候稍微失控也沒關係。」

這天弗利茲帶大家去了森林，好讓我能在工坊裡動手做事。進入春天以後，聽說今天是頭一次去森林做紙，所以孩子們都興高采烈地往外飛奔。吉魯挺起胸膛表示，所有準備皆已就緒，不得不從頭奉陪到尾的達穆爾則是露出苦笑。

「真希望你們能讓羅潔梅茵大人不要失控，而不是任由她稍微失控也沒關係。」

「與書有關的事情若想阻止羅潔梅茵大人的失控，需要睿智女神梅斯緹歐若拉的鼎力相助。達穆爾大人辦得到嗎？」

吉魯迂迴地表示「我也不知道還有什麼方法」，抬頭看向達穆爾。面對做好的新印刷機，我絕不可能冷靜自制，聽說這已經是吉魯和路茲達成的共識。

「那麼，我也先向睿智女神梅斯緹歐若拉獻上祈禱吧。」

看來達穆爾也放棄阻止我的失控，決定仰賴神明保佑。

……既然要向梅斯緹歐若拉祈禱，真希望他們能祈禱印刷技術更加進步呢。

我想著這些事情時，抵達了工坊。看見路茲已經在工坊裡頭排列工具、作著準備，我出聲叫他。

「路茲，讓你久等了。」

「梅茵?!……啊，我叫錯了。不對。」

路茲聽見我的聲音轉過頭來，吃驚得瞪大眼睛後，馬上用力搖頭。看得出來他是對學徒制服感到吃驚，我在原地轉了一圈，擺出姿勢。

「路茲，怎麼樣？是不是很懷念啊？」

「比起懷念，更容易讓人混淆。這樣會害我叫錯，妳以後改穿其他衣服啦。」

「但袖子不會妨礙到做事的衣服只有這件而已，你死心吧。」

我對一臉沒好氣的路茲說道，走向排版臺。我拉開排版臺最底下的活字架，看見並排放在裡頭的金屬活字正閃爍著耀眼光芒，忍不住咧開嘴角。

「路茲、吉魯，排字盤和行條在哪裡？」

「英格和約翰做的零件都集中放在這一層，妳需要哪一種？」

看著排得密密麻麻的行條與排字盤，我不由得心蕩神馳，發出讚嘆的吐息。太美了。一想到這下子真的可以印刷了，內心就感動萬分。正打算接著打開排版臺上的所有抽屜進行確認時，我卻發現一項殘酷的事實。

……我碰不到排版臺。

「吉魯，請你拿踏腳凳過來。」

「不，我想應該把活字架移到作業檯上比較好吧？因為沒辦法所有人都擠在排版臺前面動手做事。」

聽路茲這麼說，我點點頭，請兩人把活字架移動到作業檯上。虧我很想帥氣地在排版臺前作業，真是教人遺憾。

「那我們開始排版吧。呃……之前在印刷繪本文章的時候，大家也排版過吧？方法幾乎差不多，但因為以後要印的書字量更多，所以一定要統一每一行的字數與行距，閱讀起來才不會感到吃力。」

我把要試印的原稿交給路茲和吉魯。

「路茲，那你負責這一頁，吉魯負責這一頁吧。」

我把原稿放在作業檯上，拿起排字盤，也遞給兩個人。排字盤是一隻手可以握住的細長形木盒，可以在裡面排出好幾行字。

「先把行條放在排字盤裡面。對，就是這個細細長長的木板。活字要照著木板的長度排放。因為這會決定一行的字數，所以不可以超過喔。放好行條以後，再放隔板。」

「欸，這個隔板是做什麼用的？」

路茲捏起薄薄的金屬製隔板，一臉納悶地來回翻看背面和表面。我緊貼著行條放下隔板，找起第一顆活字。

「隔板是用來讓金屬活字順暢滑動。比起貼著木板，活字貼著隔板會更好滑動，排起來也比較方便喔。啊，我找到第一個字了。」

我在活字架中找到了目標的金屬活字，確認上下沒有顛倒以後，喀噹一聲放進排字盤。

「一定要從這邊按照順序開始找喔。」

「知道了。」

接下來好一段時間，都只聽得到喀噹喀噹的金屬碰撞聲。第一行活字排好以後，要再放一片行條，然後抽起隔板貼在第二片行條上，接著繼續組排金屬活字。排版作業就是這幾個動作反覆循環。

「嗯……在哪啊？啊，找到了。」

因為是第一次實際作業，所以檢字花了不少時間。路茲和吉魯也都聚精會神地尋找活字。等排好了幾行活字，要小心別讓活字散開，放到旁邊排成樣版，然後繼續在空了的排字盤上組排活字。如此周而復始。

「這項作業也太花時間了吧。」

「習慣以後就會變快了。」

我反駁說道，繼續辛勤排版。然而，我的活力也只維持了最一開始的那段時間而已。才排到一半，我就已經耗盡體力。因為得盯著那些小小的活字看，還要加以排列，所以會排到頭昏眼花，眼睛非常疲勞。雖然開頭很順利，但到了最後，三個人中卻是我最慢才排好一頁的活字。

排好一頁的活字以後，要用棉線小心地綑住活字版，以免活字散開。我因為沒有力氣，沒辦法綁好，只好把這項作業交給路茲。

「這下子樣版就算完成，排版也結束了。接下來是打樣。打樣會使用印刷機，所以最好也把英格、薩克和約翰他們叫過來。總之，我先說明要怎麼裝在印刷機上吧。」

我拿著完成的樣版，走向印刷機。因為是約翰做的，成品完全按照設計圖。我小心地把樣版放在該放的位置上。因為是左右跨頁一起印刷，旁邊的頁面放了路茲排好的樣版。我再擺上填補空白用的大空鉛，在樣版四周做出一圈留白，最後用木框固定住。這樣一來準備就完成了。

「接下來要往這裡塗上墨水，試印樣本。紙張這裡有個印記吧？要配合這個印記放置紙張，然後用這邊的木板壓住。」

我蓋上用來壓住紙張的木板，再折疊起來，紙張便移動到了樣版的正上方。我一邊比對著實際成品與印刷機的設計圖，一邊說明使用方式。

「我記得只要轉動這個把手，底盤就會移動……」

「哪裡？讓我來吧。」

我的力氣轉不動把手，但路茲與吉魯沒有問題。看見底盤真的照著我的要求移動到壓盤底下，我大為感動。現在連印刷作業上最需要力氣的壓盤也使用了槓桿原理，操作起來應該變得相當輕鬆。

「接下來只要再操作那個把手，就可以印刷了。雖然現在沒有塗上墨水，還沒辦法

印刷，但你們操作看看吧。比起之前的印刷機，應該很輕鬆就拉得動。」

不同於之前得兩個成年人合力轉動的印刷機，新的印刷機光靠路茲與吉魯就能夠輕鬆操作。

「好輕喔，好厲害！只要檢字的速度變快，印刷作業將會變得很輕鬆！」

路茲看著新做好的印刷機，綠色雙眼燦亮生輝，一旁的吉魯開始往寫字板記錄印刷步驟。等兩人確認完印刷的步驟，今天的作業就結束了。

「……我大概明白了。明天再叫英格他們來工坊，試印樣本吧。」

在寫字板上寫著順序的吉魯抬起頭來。路茲探頭看向寫字板後，輕輕點頭。

「明天妳要有神殿長的樣子，不能動手，只能參觀喔。今天做完這些，妳多少也心滿意足了吧？」

「還好啦，我明天會乖乖不動。」

……其實正確地說，並不是我會乖乖不動，而是因為今天的作業太累了，我明天大概無法動彈吧。

隔天，英格、薩克和約翰也來了。今天因為要動手做事，所有人都穿著工作服。只有我一個人格格不入，穿著潔白如新的神殿長服在旁邊參觀。

「吉魯、路茲，那開始用新的印刷機試印吧。」

兩人點了點頭，照著事前討論好的開始打樣。先是塗上墨水，放好紙張，蓋上木板後折疊起來。路茲負責轉動把手，吉魯推著底盤，把底盤推到壓印盤底下。所有人都一臉緊張但也興致勃勃，注視著兩人的行動。尤其是工匠們都眉頭深鎖，表情非常認真，緊盯著兩人的作業。

接著大力拉動使用了槓桿原理的把手，壓印盤便發出「磅」的巨響往下壓去。兩人再把底盤拉出來，打開夾著紙張的木板，拿出紙張。和之前只能印單頁的小張孔版印刷不一樣，現在可以一次印好對開雙頁了。

「噢噢，真的可以印耶。」

「哦……這個就是印刷嗎？雖然不知道上面寫了什麼，但真了不起。」

工匠們看著試印好的樣本，一致安心地大口吐氣。眼見客人訂做的物品順利完成，他們的表情都如釋重負，我輕笑起來。

「多虧了你們三人同心協力，才能做出這麼出色的印刷機喔。我會拜託奇爾博塔商會支付剩下的報酬，並且向協會提出報告。冬季期間一定很辛苦吧。你們覺得哪些地方特別辛苦呢？」

工匠們放鬆下來以後，各自訴說起自己的辛勞。

「自從被羅潔梅茵大人認定是古騰堡以後，冬天就變得非常忙碌。」

約翰夾帶著嘆息低聲說道。我以手托腮，歪過頭說：

「約翰非常忙碌嗎……意思是除了我之外，找到了新的資助者嗎？那我真是替你高興，但你若是退出古騰堡的行列還有其他工作嗎？」

「唔唔……」

看樣子是還沒有找到新的資助者，約翰尷尬地別開視線。

班諾的請求

「試印完成了以後，請看著原稿進行校對，檢查有無錯誤。最好是由好幾個人進行校對，不然錯誤很容易被忽略。」

檢查有無錯字漏字，修正以後，再次試印。確定了內容全部正確無誤後，就可以一鼓作氣開始印刷。印刷就是反覆進行這些動作。

「我對做好的印刷機非常滿意，希望也能在哈塞那裡引進一臺，所以再訂做一個一樣的印刷機吧。」

「感、感謝神殿長。」

英格和約翰露出了僵硬的笑容。只負責設計的薩克則是一臉不滿，好像是覺得自己被排除在外。

……其實我還有很多東西想請薩克畫出設計圖呢。

但是，如果一下子就把我想要的東西推廣開來，會造成非常大範圍的影響。再加上工坊之間為了要由誰得到利益，恐怕也會引發激烈的紛爭。結果奇爾博塔商會身為我的代理人，又會因為要居中調停而增加工作量。

……問題在於無法只決定一方為專屬工坊吧。

我暗暗嘆氣。我非常看重薩克的創意與設計能力，也非常看重約翰能夠分毫不差地將其具體呈現的技術。無論如何都會變成把工作分給兩個人做，但聽說工坊間的利益相爭非常激烈。

……要是能合併成一間工坊就好了。

我「唔……」地沉思了一會兒後，倏地看向薩克。

「薩克，如果我想讓你成為新工坊的師傅，該怎麼做才好呢？」

「啊?!」薩克瞪圓了眼睛看我。英格和約翰看著我的眼神也好像看見了異類，意思明顯是：「妳在說什麼啊？」看來我又說出不符合常識的話了。我急忙說明自己為什麼會產生這樣的想法。

「我是在想如果薩克和約翰可以一起開間工坊，那我下起訂單就簡單多了。」

我只是單純想到，既然無法只決定一間工坊為專屬，那把我的專屬工匠挖過來，自己成立一間鍛造工坊不就好了嗎？

「現在因為約翰和薩克分別屬於不同的鍛造工坊，要怎麼分配利益和要怎麼下訂單，都很麻煩又費力吧？所以我才想到，可以讓處世圓滑、個性開朗，想像力又豐富的薩克當師傅，再由技術高超的約翰負責製作，就能打造出最強的工坊……」

「不不，請等一下。我和約翰因為都是都帕里，在取得了培里孚的資格之後，只要現在的工坊指定我們為繼承人，確實可以成為師傅，但我們不能成立新工坊。」

「咦？是這樣子嗎？」

工匠們向我說明，都盧亞一般是為期三年的雇用契約，但都帕里簽訂的是終身雇用契約，必須為工坊鞠躬盡瘁，所以不可能自己獨立出來開工坊。因為大家都想把優秀的人才留在自己身邊。

「倘若能力真的太差，或是常常惹出麻煩，都帕里也有可能被解除契約，但約翰和薩克都是兩間工坊裡最會賺錢的人，工坊的師傅不可能讓他們離開。」

自己也擁有工坊的英格，從師傅的角度分享了不同的看法。英格說他因為對自己的能力有自信，又因為父母的關係多少有些積蓄，才會從小就以工坊師傅為目標。即使別人想與他簽訂都帕里契約，他還是陸續地與各間工坊簽訂都盧亞契約，磨練自己的技藝。

「所以我不可能成立自己的古騰堡鍛造工坊囉？」

我大失所望，約翰表情認真地連連點頭：「非常困難。」

「因為我有幾件重要的工作想請薩克畫設計圖，所以才希望可以成立專屬的鍛造工坊，專門接受我的訂單，但如果不行，那也沒辦法了呢。」

「……重要的工作？」

薩克滿臉納悶，我對他點點頭。

「對，薩克要不要試著設計『手壓式幫浦』呢？可以讓汲水變得非常輕鬆喔。我會買下你所畫的設計圖，然後希望能由鍛造協會負責保管『手壓式幫浦』的設計圖，將來讓所有人都可以製作。」

「這是為什麼啊？」

「因為幫浦的獲利太龐大了，不該由一間工坊獨占，而且我也覺得『手壓式幫浦』應該要一鼓作氣推廣開來。畢竟大家都覺得汲水很辛苦吧？」

「可是，我還是不明白公開設計圖的意義。利益當然要盡可能獨占吧。」

工匠們不約而同偏頭。工匠都以獨占自己工坊的利益為優先考量，似乎無法理解方便的東西，我就想要快點推廣開來的想法。

假使平民也都是一樣的想法，那最好還是確實收取利益，工匠們也會比較容易理解吧。要是能順便再推廣專利費用這樣的概念……

「我雖然會把設計圖交給鍛造協會管理，但當然不是要無償推廣『手壓式幫浦』。我打算與鍛造協會簽訂魔法契約，每做一個『手壓式幫浦』，就必須支付費用給最先提出這個想法的我，還有畫了設計圖的薩克。」

「……原來如此。這樣一來，確實能夠一邊推廣商品，一邊也確保獲利。」

英格摸著下巴點頭，聽到我說會收取費用以後，薩克也露出了可以接受的表情。

「那『手壓式幫浦』是什麼東西？既然是羅潔梅茵大人想出來的物品，想必又是前所未見吧。」

「是啊，確實前所未見。」

我用最簡單的方式，其實也已經是盡我所能，說明手壓式幫浦的原理。麗乃那時候，剛好有次社會課的主題就是「過去與現在生活的不同」，分組活動時得調查手壓式幫浦。當時所有組員都把去圖書館調查資料這項工作交給了我。因為很少有人拜託我事情，我記得自己很高興。但話雖如此，我當然沒有親手做過幫浦。我只能畫出圖案，大略解說，但薩克的灰色雙眼還是看得入迷，亮起迎接挑戰的光輝。

「所以只要操作這裡，這裡就會動，閥門也會打開……我大概知道了，我試試看。」

「嗯，請薩克挑戰看看吧。」

我與路茲重疊公會證，結清了這次印刷機剩下的報酬，還有第二臺印刷機與手壓式幫浦設計圖的訂金。至於把報酬交給英格他們、向協會報告等等，後續事宜我全權交由奇爾博塔商會代為處理。

「羅潔梅茵大人，老爺請我轉交這封信給您。」

路茲先把信交給吉魯，吉魯再遞來給我。我喀沙一聲打開信，上頭寫著「雨果說他想成為宮廷廚師」。看來已經訓練好了要接手義大利餐廳的廚師。

「聽說雨果希望能有羅潔梅茵大人的介紹。」

能否受雇成為宮廷廚師，最終得由領主作決定。雖然齊爾維斯特親口問過雨果本人，但並未簽訂正式的書面契約。所以若沒有我幫他進言，他甚至很難進入城堡和貴族區。

「結果沒能趕在星祭前結交到新戀人嗎……」

……這麼說來，我記得雨果也被戀人甩了吧。雨果也好，達穆爾也罷，我身邊的人好像一個個都情場失意。

身邊人們的失戀率之高，讓我忍不住垮下肩膀，我再看向路茲。

「路茲，請幫我轉告班諾，我想先和本人談談，請他帶雨果過來吧。」

「遵命。」

三天後，班諾與路茲帶著雨果來到了孤兒院長室。雨果在要求下穿上正裝，壯碩的體格惶恐得縮成一團。因為很少看見他這樣，我覺得有些有趣。大概是在孤兒院長室擔任廚師的時候，從來沒有上過二樓，他今天不斷東張西望，走路也走得戰戰兢兢。

打完招呼，請他們坐下後，法藍為我們泡茶。我表現出貴族大人該有的樣子，從容不迫地喝口茶，率先吃了艾拉做的點心。知道雨果要來，這是艾拉使出了渾身解數做的新點心，兩片貓舌餅間夾有奶油和當季果醬。妮可拉笑著告訴我說，艾拉的鬥志非常旺盛，還說：「我要讓以前的師父看看我的進步！」

「請用，這是艾拉做的新點心。」

聞言，本來還緊張得縮成一團的雨果，立刻換上了廚師面對餐點時的表情。他挺直腰桿，用嚴肅的眼神注視著點心，然後拿起一塊，從各種不同的角度檢視以後放進嘴裡。才吃了一口，雨果立刻皺眉。「可惡，居然又進步了。」聽見雨果不甘心的小聲嘟囔，顯見艾拉卯足全力做的點心，成功地刺激到了他的自尊心。

「那麼，我聽說雨果想成為宮廷廚師……」

我進入正題，班諾點點頭。

「聽聞領主大人曾親口邀請過他，但並沒有簽訂正式的書面契約。為此，希望羅潔梅茵大人能幫忙出面美言幾句。」

「但這也代表雨果會離開義大利餐廳，真的沒關係嗎？芙麗妲身為共同經營者，有沒有什麼表示呢？」

班諾說芙麗妲與他意見一致，認為義大利餐廳如果出了一個宮廷廚師，也能為餐廳增光，所以雨果想走也沒關係。

「這樣呀。那我不介意為雨果進言，協助他成為宮廷廚師。」

「感激不盡。」班諾鬆一口氣，在胸前交叉雙手。雨果也跟著模仿他的動作。我輕輕點頭，看向雨果，最後再次確認他的意願。

「但是，我想今後的待遇會和上次完全不同。雨果先前進入城堡，是為了把食譜傳授給宮廷廚師。但你這次不再是教授食譜的人，恐怕得從打雜開始做起。關於這一點，你有什麼想法呢？好不容易當到了義大利餐廳的主廚，一旦成為宮廷廚師，又得從打雜開始，一切從頭來過喔。」

「那也沒關係，拜託您了。」雨果用力握緊大腿上的拳頭。

「而且有件事情我也相當擔心。關於至今教給雨果的食譜，都簽訂了魔法契約加以保護。即便受雇成為宮廷廚師，你也不能夠提供新的食譜給大家，這樣一來，我也不曉得雨果屆時在廚師之間會受到什麼對待。」

「班諾老爺也對我說過一樣的話。可是，我……」

雨果的決心非常堅定。似乎無論工作環境如何，他都想成為宮廷廚師。

「還有，這件事也很重要。一旦成為宮廷廚師，進入貴族區，沒有雇主的許可便不能回到平民區。雨果也有家人吧？你真的不介意與家人分開嗎？家人也贊成你的決定嗎？」

知道我並不想與家人分開的班諾微微垂下目光。然而，雨果還是堅決表示：「即使要和家人分開，我也想成為宮廷廚師。」

「你為什麼這麼想成為宮廷廚師呢？記得你以前對權力並沒有什麼欲望，真讓人好奇理由呢。還是說，你對義大利餐廳深懷不滿嗎？身為廚師的你若對餐廳懷有強烈不滿，還請你告訴我，這樣也能幫助到其他廚師。」

「不是的，我對工作環境並沒有不滿……呃，單純是因為非常私人的理由……」

班諾於是代替吞吞吐吐的雨果幫忙說明。雖然他臉上擺出了正經八百的表情，眼中卻有著戲謔的光芒。原來是前任戀人開始與鄰居交往，雨果每天都被迫看見他們恩恩愛愛的樣子，才想要遠離住家，快點成為宮廷廚師。

不只是被甩了嗎……那真的很可憐呢。

「但如果想要結交到戀人，我倒覺得繼續留在義大利餐廳工作，一定會有更多機會遇見其他女性喔……我想雨果也知道，城堡裡的廚師清一色是男性。」

艾拉要去城堡的時候，我在擔心下調查過了，所以知道廚師的男女比例。聽見我這麼說，雨果瞬間「唔……」地屏住呼吸，但又忙不迭搖頭。

「我已經決定要一輩子為料理而活！」

「畢竟這是雨果的人生，只要雨果不會後悔自己的選擇就好了。可是，如果你想成為宮廷廚師的理由，就只是為了離開現在的住家與工作環境，那我也可以雇用你為我的專屬廚師，並且讓你住在這裡，你意下如何呢？」

雨果瞪大雙眼，露出茫然的表情，我朝他親切微笑。雨果的廚藝這麼優秀，讓他去打雜太可惜了。況且雨果已經熟知我所構思的食譜，如果他要離開義大利餐廳，我當然想留住他這個人才。

「現在廚師只有艾拉一個人十分辛苦，我正好想要增加專屬廚師呢。雨果和艾拉彼此又已經認識，我也非常了解你的實力，所以在我這邊不需要從打雜重新做起。」

「呃，可是……我也對家人說了我要成為宮廷廚師，才辭去義大利餐廳的工作。要是沒有成為宮廷廚師……」

傳出去不好聽，會很沒面子吧。原來如此，是為了守住男人的自尊心。

「但成為我的專屬廚師以後，也會和我一起在城堡與神殿之間往來生活，所以就算對平民區的人聲稱自己成了宮廷廚師，其實也不算有錯喔。」

雨果微微張大眼睛，靜止不動了片刻後，隨即瘋狂搖頭。

……啊，有點動搖了呢。很好很好，那我乘勝追擊。

「而且，雨果還可以動手製作至今學會的所有食譜，不用讓它們就此埋沒，今後也可以最優先取得最新的食譜。因為每當有新的食譜，都是從我這裡再傳去義大利餐廳。還有我想想……對了，也可以最先拿到新的調理工具喔。」

身為廚師，大概是被調理工具引起了興趣，雨果的眼神左右飄動。坐在雨果旁邊的班諾嘻嘻賊笑，一臉看好戲的表情，只是袖手旁觀。

「再加上住在神殿的時候，只要提出申請，你也能夠回到平民區。這樣一來，家人也會比較放心吧？」

雨果的腦袋開始左搖右晃，如實呈現出了他內心的動搖。再下一城。

「而且我這邊的廚房有艾拉，妮可拉和莫妮卡也會以助手的身分出入廚房。比起只有男人的髒亂城堡廚房，你不覺得有可愛女孩子們包圍的工作環境更理想嗎？」

「羅潔梅茵大人，還請您多多指教了。」

雨果一臉正氣，精神上徹底淪陷。之後會再透過用手抵著嘴角、拚命忍笑的班諾，簽訂專屬契約。就這樣，雨果也是我的專屬廚師了。

「明天會打掃好要分配給雨果的房間，請帶行李過來吧。莫妮卡，請妳帶雨果去神殿長室的廚房。今天先告訴他廚房的位置就可以了。」

「遵命。雨果，這邊請。」

雨果跟著莫妮卡往外走去。不同於進來的時候，現在他的心情看來好得都要哼歌了。我看著雨果走下樓梯後，再看向班諾。

「班諾，歐托他們的教育日期已經決定了。」

趁著領主會議期間我住在城堡的時候，會開始指導歐托他們。因為我不在的時候，侍從比較有空閒時間，所以才選在這段時間進行教育。

至於我，就在城堡的圖書室裡盡情看書……儘管我這麼希望，但斐迪南已經告訴過我，領主前往參加領主會議的時候，我得和韋菲利特一起供給魔力。

「承蒙您在百忙之中作好安排，不勝惶恐。」

說完，班諾瞥了一眼秘密房間的方向。看來是有事情想在那裡頭討論吧。我輕輕點頭，站了起來。

「達穆爾、吉魯，我們進去裡面吧。」

我帶著班諾、吉魯和達穆爾一起進入秘密房間，往椅子坐下。坐好後一對上班諾的視線，他原先的商業化笑容就垮下來，變成了愁眉苦臉。

「班諾先生，怎麼了嗎？」

「妳也知道我們最近與貴族的往來增加了吧？」

「是的，我還經由吉魯聽過路茲的抱怨。」

冬天在城堡販售教材的時候，由於艾薇拉向班諾攀談，與奇爾博塔商會往來的貴族一口氣增加許多，現在忙得不可開交。

「很多人都在問羅潔梅茵工坊製作的教材，不只貴族，連富豪也是。但是這樣一來，大店的老闆們也開始向我抱怨，說奇爾博塔商會明明是服飾店。」

班諾大力抓了抓頭，慢慢吐氣。

「我跨足太多領域了。但如果只是這樣而已，或許也不至於引來他人的抗議，但偏偏每項新事業都與妳有關，而且全都能夠帶來龐大的利益。現在又一下子與那麼多貴族往來做生意，旁人眼紅的程度自然非同小可。」

義大利餐廳因為邀請了公會長與芙麗妲加入，最近班諾又很少進出，反倒讓大家留下了他只負責出資的印象。但因為我的關係，印刷方面的工作仍然大幅增加，貴族客戶也以驚人的幅度直線成長，所以大店老闆們都想方設法要瓜分奇爾博塔商會的利益。

「最近才成為客戶的貴族們，很少有人知道奇爾博塔商會原本是買賣服飾的店家。再這樣下去，很難讓珂琳娜和睿娜特繼承商會。所以，我打算等歐托接受完了指導，就脫離奇爾博塔商會，另外成立一間承辦印刷工作的商會。而且，最好是趕在妳想引領流行的新衣亮相之前……」

班諾打算另外開店，把獲利區分開來，藉此減輕周遭人們的嫉妒。雖然不知道這麼做是否真的具有緩和效果，但我對商人不太了解，所以沒有資格插嘴。

「所以是班諾先生、馬克先生和路茲要成立新的商會，負責有關書籍的工作嗎？」

「沒錯。然後那些迫切想要參與領主新事業的大店老闆們，就會從自己的店裡頭各挑出一名都盧亞，送到我這裡來。」

班諾另外開店的真正理由，似乎是因為不想讓其他地方的都盧亞學徒進入奇爾博塔商會。我不太清楚商人的世界，所以不明白為什麼一定要接收其他店家的都盧亞。

「那麼，班諾先生希望我幫忙做什麼嗎？」

「我想請妳幫忙取名。為了向眾人昭告，新的商會是在妳的支持下成立，想請妳為新的商會取個名號。」

奇爾博塔商會初代老闆開店的時候，也一樣是由貴族給了名號。聽說是貴族要求從今以後要自稱是奇爾博塔，初代老闆才開始如此自稱。

「呃……所以新的商會要叫作羅潔梅茵商會嗎？班諾先生要自稱是羅潔梅茵？」

「我才不改名，就算要也得是男性化的名字！況且沒有必要用妳的名字命名，只要取個新店名就好了！」

班諾老大不客氣地怒聲咆哮，我「嗯……」地思考起來。古騰堡已經用來當作是稱號了，所以我想要其他也與印刷業有關的名字。腦海中只有一個選項。

「因為已經有羅潔梅茵工坊了，如果商會也是一樣的名字，大家會容易混淆，那麼叫作普朗坦商會如何呢？」

「……這名字是打哪來的？」

我笑著說「秘密」。因為就算說了，班諾也不可能知道是誰。普朗坦因為印刷聖經，受到了異端審判，但他仍在逃亡途中印刷出了《多種語言聖經》（Biblia polyglotta），是把人生都奉獻給了印刷的人。順便說，現在普朗坦的印刷工坊還變成了世界遺產，也就是比利時的普朗坦—莫雷圖斯博物館。多麼希望有機會可以親眼看看。

「普朗坦嗎？也好，只要不是古騰堡就行。」

「……其實典故差不多呢。不說這個了，班諾先生，既然要成立新商會，那你以後就自稱是普朗坦吧。」

「我不要。」

班諾立刻回絕。也是啦，要是真的改了名字，我很可能會搞混，還是維持原樣比較好。而且更重要的是，普朗坦的工坊裡頭可是同時有二十臺印刷機在運作，不停地大量印刷。我也想向他看齊，讓印刷業蓬勃發展。

「班諾先生、班諾先生，成立了普朗坦商會以後，我們一起做更多的書、賣更多的書吧！我想要可以容納二十臺印刷機的工坊。」

既可以成立新的印刷工坊，也可以在現在的羅潔梅茵工坊裡增設更多印刷機。我勾勒著未來的宏偉藍圖，班諾卻受不了地板起臭臉，用手指彈向我的額頭。

「……喂，神官長不是提醒過妳，要妳改改妳的急性子嗎？」

「對喔，要自制、自制……不能直接拋到腦後嗎？」

「妳這笨丫頭，當然不行！」

聽著班諾的怒吼，我的心情不由得平靜下來。「呼，這樣一來一往真好，好懷念喔。」然而下一秒，他馬上用拳頭狠鑽我的腦袋瓜。

……等、等一下，力道！力道的拿捏也很重要的！

領主會議期間的城堡留守

「法藍，我待在城堡的這段時期，就麻煩你指導大家了。薩姆，也請你多多協助法藍。」

從今天開始直到春天的成年禮，我都要在城堡生活。因為領主夫婦前往中央參加領主會議的這段期間，我必須為基礎魔法供給魔力。

「羅潔梅茵，走吧。」

斐迪南喊道，我讓艾拉、雨果和羅吉娜坐上騎獸。布麗姬娣老位置是副駕駛座，達穆爾騎著騎獸殿後，我跟在斐迪南後頭。

飛上天空的那一瞬間，雨果「嗚噫──」地發出了不爭氣的叫聲，早已經坐習慣的艾拉因此笑他，他立刻閉上嘴巴。

「噗噗，雨果先生，你不用這麼害怕，很快就會習慣的。」

從內容聽起來，艾拉正有些得意地以前輩自居。大概是很高興可以調侃雨果，艾拉的聲音比平常還要高亢又雀躍，真是有趣。

「我第一次坐的時候也嚇了一跳，但現在覺得比馬車還舒適呢。」

「羅吉娜小姐！……艾拉，快跟我換位置。」

雨果感激得抬高了音量。羅吉娜是美女，所以我能明白她的幫腔很讓人高興，但雨果的態度差異也太明顯了。

「現在羅潔梅茵大人正在操縱騎獸，不可以換，可惜～」

艾拉沒好氣地把頭撇到另外一邊，羅吉娜發出咯咯笑聲。後座聽來很開心，真羨慕。

「羅潔梅茵大人，歡迎歸來。斐迪南大人，歡迎您大駕光臨。已經幫各位作好了準備。」

諾伯特在迎接時說道，我不禁歪過頭問：「什麼準備？」但斐迪南只是收起騎獸，慢慢點頭回道：「知道了。」諾伯特看向從我騎獸走出的三名專屬，再看向周遭侍從，開始下達指示。

「羅潔梅茵大人的專屬廚師請前往廚房吧。奧黛麗，妳們負責搬運行李，並帶領樂師回到羅潔梅茵大人的房間。還有，接下來要前往的地方達穆爾與布麗姬娣不能進入，護衛騎士換作柯尼留斯，你們兩人去休息吧。」

「是！」

達穆爾與布麗姬娣後退一步，就地跪下。雨果和艾拉照著諾伯特的指示，拿起自己的行李與一名侍從一同走向廚房，羅吉娜也抱著飛蘇平琴，隨著奧黛麗走向北邊別館。

「羅潔梅茵大人，還請您準備好騎獸，接下來要在本館走一段路。」

看來今天要先去別的地方，還不會回房間。縮小成單人座以後，我坐上巴士。

「請往這邊走。」

我操控著一人座的小熊貓巴士，跟在諾伯特與斐迪南後頭。艾克哈特與柯尼留斯做為護衛騎士，黎希達做為侍從，也跟著一道移動。從後門的出入口來到本館正面，走上樓梯，抵達領主的辦公室。

「奧伯‧艾倫菲斯特，羅潔梅茵大人與斐迪南大人到了。」

辦公室裡有領主夫婦和兩人的護衛騎士及侍從，還有韋菲利特、蘭普雷特與奧斯華德。見到站在門口的我們，齊爾維斯特站起來。

「嗯，來了嗎？那開始吧。」

我和斐迪南走進辦公室後，蘭普雷特與艾克哈特走出辦公室，巍然不動地站在門口。確認了由兩人擔任護衛後，侍從關上房門。接著換作芙蘿洛翠亞的護衛騎士與柯尼留斯站在內側的房門前。

「究竟發生什麼事了？」

感覺非常慎重，現場還彌漫著一種緊張感，我不由得揪住斐迪南的袖子。他低頭看向我，輕挑起眉。

「我不是說明過了，要為基礎魔法注入魔力嗎？」

但當時的說明非常簡略，而且斐迪南也說過，這就和對神具奉獻魔力，也和在奉獻儀式上為小聖杯注入魔力差不多。我哪想得到戒備會這麼森嚴，氣氛又這麼緊繃。

「……但我沒想到會這麼鄭重其事。」

「這可是構成艾倫菲斯特基礎的魔法，自然要小心為上。」

他說此刻在場的，全是與領主有近親關係的上級貴族。

齊爾維斯特揚起下巴，黎希達與奧斯華德便點點頭，動手拆下辦公桌後方的掛毯。

拿下以後，底下出現了一道小小的門。那道門真的很小，連我都必須彎腰才進得去，說是採光用的窗戶好像還比較準確。門上有七個圓孔，當中四個圓孔嵌有彈珠般的魔石。

「羅潔梅茵、韋菲利特，握好這個，登記自己的魔力。」

我接過齊爾維斯特遞來的彈珠造型魔石，注入魔力後，魔石染成了淡黃色。韋菲利特也握住魔石，注入魔力。齊爾維斯特再把盈滿了我們魔力的魔石嵌進圓孔。

「這下子你們也能進來了，走吧。」

領主夫婦摘下手套，分別交給自己的侍從。領主對著門舉起手，那扇小小的門於是變大，現在的高度連斐迪南也能輕鬆通過。齊爾維斯特再打開變大的門扉，但門上像是罩著一層虹色薄膜，看不見裡面。

齊爾維斯特第一個走進去，接著是芙蘿洛翠亞。接下來是誰呢？我左右環顧，斐迪南便輕推韋菲利特的背部說：「換你了。」韋菲利特嚇了一跳，回過頭來。

「韋菲利特小少爺、羅潔梅茵大小姐，這是兩位第一次要履行身為領主孩子的職責。想必不是易事，但我們會在此祈禱，希望兩位都有出色的表現。」

因為不知道會發生什麼事，韋菲利特在不安與緊張下表情十分僵硬，黎希達對他溫柔微笑。

「韋菲利特哥哥大人，走吧。還是我先進去呢？」

「不，我先走吧。」

韋菲利特吞了吞口水後，用力閉上眼睛，跨步踏了進去。

看見斐迪南用眼神示意我進去，我也跟在韋菲利特身後。伴隨著一種像是衝破黏膜的感覺，我穿過了虹色簾幕，進入裡頭的空間。

「嗚哇！」

……好奇幻喔！

我忍不住在心裡頭大叫。雖然至今已經看過了各種與魔法有關的事物，但這個房間整體都非常奇幻。在沒有掛毯也沒有地毯的雪白房間中央，飄浮著一顆比西瓜要大一點的魔石。好幾道複雜的魔法陣彼此交疊，環繞著魔石飄浮旋轉。複雜的文字與圖騰因為帶有魔力而發出光芒，相互串聯起來繞著魔石轉動，看起來就好像是沒有支柱的天球儀。

「羅潔梅茵，妳擋到路了，別停在這裡。」

最後走進來的斐迪南瞪著我說，我急忙退開。

「斐迪南大人，這裡究竟是什麼房間呢？」

「這裡是魔力供給室，用來為艾倫菲斯特的基礎灌注魔力，只有領主夫婦和登記了魔力的領主一族能夠進來。」

目前能夠進入魔力供給室的，只有領主夫婦以及他們的孩子韋菲利特和我，還有前任領主的孩子斐迪南，最後是前前任領主的孩子波尼法狄斯，他也是卡斯泰德的父親，所以是我的祖父大人。領主的母親從她犯罪後遭到幽禁的那一刻起，登記過魔力的魔石就已被卸除。

……要是不懷好意動了什麼手腳，那就麻煩了呢。

「這裡的魔石與基礎魔法相連。」

「所以這個並不是基礎魔法本身囉？」

「嗯，沒錯。基礎魔法的本體另外放在他處，只有領主能夠進入。」

聽了斐迪南的說明，齊爾維斯特領首表示肯定，再補充說明。

「基礎魔法的所在位置，不能讓有可能嫁到他領的女兒和降為臣子的兒子，以及來自他領的配偶知道，只有領主能掌握基礎的位置。」

除了領主以外，沒有任何人知道基礎魔法放在哪裡。聽到這是領地的基礎，也是決定領主人選的重要魔法，難怪要保密到這種程度。

「領主會議期間，羅潔梅茵和韋菲利特要來這裡為基礎注入魔力。」

聽見只有我們兩人的名字，我大吃一驚，交互看向斐迪南和齊爾維斯特。

「只有我們兩個人嗎？……那以前是由誰負責呢？」

「去年是由母親大人和斐迪南負責。但因為中途發生了那件事，不足的部分是由伯父大人……由波尼法狄斯提供了協助。」

去年是在領主會議開到一半的時候，前任神殿長遭到逮捕，領主的母親也因為犯罪而遭到幽禁。後來由我就任成為新的神殿長，斐迪南除了神官長的工作以外，一半以上的神殿長工作也都落到他頭上，所以無法頻繁離開神殿。為此，今年領主夫婦雙雙外出的時候，大家都為誰要提供魔力傷透腦筋。聽說原本不該讓尚未進入貴族院就讀的孩子履行這項義務，但無奈魔力不足的情況非常嚴重。

「提供魔力這件事本身，和平常在神殿進行的奉獻與奉獻儀式相差不多。所以與其我離開神殿，我認為把羅潔梅茵送到城堡來更符合效率。」

……因為我根本不懂神殿的行政工作，又要怎麼與貴族應對嘛。嗯，斐迪南大人的判斷非常正確。

我表示理解地「嗯嗯」點頭，這時齊爾維斯特從腰間的皮袋裡拿出一顆魔石，把大小和桌球相差無幾的魔石遞給韋菲利特。

「那麼這顆用來提供魔力的魔石，我就交給韋菲利特了。這是已經盈滿了魔力的魔石，你要從這裡頭取出魔力，注入到這裡。」

韋菲利特得意非凡地接過魔石。他手上的魔石，和斐迪南在奉獻儀式上交給坎菲爾以及法瑞塔克的魔石很像。我大概猜到了那裡頭是誰的魔力，但韋菲利特不知道嗎？還是不打算告訴他？斐迪南也什麼都沒說。

「我會把放置魔石的袋子放在這裡，之後要提供魔力的時候就拿出來使用，用完的魔石再放進這邊的袋子裡。」

放在這個房間裡，最能有效防止遭竊吧。齊爾維斯特把剛才放了魔石的袋子與空袋子放在房間角落。

「今天會所有人一起注入魔力，所以應該足以支撐到領主會議結束那時候。但是，我不希望從領主會議回來的時候，魔力已經所剩無幾，而且也是為了以防萬一，先為你們示範如何提供魔力吧。你們兩人每天都要來到這裡注入少許魔力，當作是練習。」

齊爾維斯特走到圍繞著魔法陣的魔石正下方，在原地跪下來，把手貼在地板上。下一秒鐘，只見整個房間的地板和牆壁都往上浮起了與魔法陣一樣的圖案，同時發出淡淡微光。

「羅潔梅茵，過來，這裡是妳的位置。妳每次進來，都要在這裡注入魔力。」

斐迪南指著一個圓陣說。圓陣中心有風之女神的符號。我依言跪下來後，斐迪南走向另一個圓陣，也在那邊跪下。韋菲利特與指導兒子要怎麼操控魔石的芙蘿洛翠亞也跪在另一個圓陣上。我們以齊爾維斯特為中心，恰巧形成一個正三角形。

確認所有人都就定位，掌心貼在地板上，斐迪南對齊爾維斯特輕輕點頭。

「創世諸神，吾等在此敬獻祈禱與感謝。」

齊爾維斯特的聲音悅耳洪亮，在儀式廳裡朗朗迴盪。聽到了和奉獻儀式一樣的祈禱文，早已習慣的我也跟著複述。

「司掌浩浩青空的最高神祇，暗與光的夫婦神；分掌瀚瀚大地的五柱大神，水之女神芙琉朵蕾妮、火神萊登薛夫特、風之女神舒翠莉婭、土之女神蓋朵莉希、生命之神埃維里貝。感謝諸神賜予萬千生命的恩惠，聖恩崇潔，謹此獻上敬意，虔心予以回報。」

我馬上感覺到了魔力被吸走。透過光的流動，可以知道魔力釋放出去以後，沿著整個房間循環流動。環繞著魔石的魔法陣也加快了旋轉速度。我掌心貼著地板，來回觀察房間，這時齊爾維斯特制止喊道：「停。」

我拿開雙手，在原地站起來，看見芙蘿洛翠亞低頭看著癱坐在地的韋菲利特。

「韋菲利特，你還好嗎？」

「我沒事，母親大人。」

嘴上雖然說沒事，但韋菲利特很明顯在逞強。他的臉色十分蒼白，肩膀也虛軟無力地垮了下來。畢竟他是第一次操控這麼大量的魔力。奉獻儀式那時候，連青衣神官們都筋疲力竭，還是小孩子的韋菲利特不可能不會累。

「羅潔梅茵，妳看起來還好嘛？我還以為身體虛弱的妳會最先倒下。」

齊爾維斯特察看了房間一圈後，看著我訝異說道。

「這點程度的魔力，奉獻儀式那時候我每天都要提供，所以不得不習慣喔。而且我只是消耗了魔力，並不是消耗體力……」

「這妳已經習慣了？斐迪南，你是不是太苛待羅潔梅茵了？」

「是誰增加了小聖杯的數量，又為了領地的收穫量，要她在祈福儀式的時候前往所有直轄地？橫看豎看，苛待她的人都不是我吧？」

斐迪南不悅地瞪向齊爾維斯特，還挺胸說道：「我自有分寸，也會準備藥水。」但我不覺得只要準備好藥水，就可以任意使喚人呢。

……不過，這樣啊。大家真的很任意在使喚我呢。雖然隱約也有這樣的感覺，但親口聽到別人說出來，還是相當震驚。

魔力供給結束以後，因為要我「直到晚餐之前在房間好好休息」，所以我請黎希達拿書過來，準備度過悠哉的休息時光。

「大小姐，看書可不算休息喔？」

「看書是我最感到平靜與安詳的時刻，所以沒有比看書更好的休息了。」

與黎希達一問一答後，我開始看書，很快就到了晚餐時間。

走進餐廳的韋菲利特看來還有些疲憊，氣色不是很好。這麼說來，以前因為身蝕的熱意反覆無常，我也常常是這樣的狀態。每當魔力失控，就會耗掉我大量體力，然後昏睡不醒。

……我也變強壯了呢。

想到這一路走來多麼漫長，我不禁感慨萬千，卻聽見斐迪南對我怒吼：

「羅潔梅茵，妳有沒有在聽我說話?!」

「我沒有在聽呢，怎麼了嗎？」

斐迪南按住太陽穴，領主夫婦掩著嘴角忍笑。我歪過頭後，斐迪南夾帶著嘆息，開口說了：

「羅潔梅茵，直到春天的成年禮為止，妳都要待在城堡，供給魔力……妳一定要安分守己，不要胡思亂想，也別輕舉妄動。」

「是！我會乖乖待在圖書室！除了看書以外，什麼也不會做，請放心吧。」

正合我意！我大力點頭。「嗯，那我就放心……」但齊爾維斯特話才說到一半，斐迪南就搖頭打斷他。

「不行，齊爾維斯特，絕不能對她完全放心。羅潔梅茵除了看書以外，會真的什麼也不做，必須不時交代事情給她。」

……唔唔，被看穿了。

「斐迪南大人，您太過分了，您要剝奪我的幸福時光嗎?!」

「住口。妳原本就已經身體虛弱，維持常人該有的生活更是重要。我會讓黎希達負責監督，每天都要幫妳安排魔力供給的時間、學習的時間，還要接受強化基本體能的訓練，也要叫她小心別拿太多書給妳。」

吃完晚餐以後，斐迪南便吩咐黎希達要嚴格監視我，然後回神殿去了。因為斐迪南的關係，我的讀書時間無庸置疑減少了。

……神官長是大壞蛋！

「父親大人、母親大人，一路請小心慢走。」

「養父大人、養母大人，一路請小心慢走。」

來到城堡的第三天，要為前往領主會議的領主夫婦和騎士團長卡斯泰德送行。剛才護衛騎士、侍從和文官已經先出發了。他們的親人相繼離開後，現場只剩下韋菲利特、我，還有艾薇拉與哥哥大人他們。

「艾薇拉，麻煩妳看家了。」

「是，卡斯泰德大人，請你儘管放心吧。」

包括哥哥大人們在內，一家人正在互相道別，發現卡斯泰德和艾薇拉都朝我投來視線，我也插進了團聚的一家人。

「父親大人，工作好好加油喔。」

「嗯。羅潔梅茵，妳也要克盡己職……這段期間父親大人也會待在城堡。若有任何問題，妳可以去拜託他。我想他不會拒絕孫女的請求。」

領主夫婦不在的這段期間，是由波尼法狄斯擔任代理領主，掌管艾倫菲斯特，他是上上任領主的兒子，也是卡斯泰德的父親。我只在洗禮儀式與冬季的社交界上稍微打過招呼而已，因此對祖父大人不太了解。但是，一看到祖父大人的體格，馬上就能知道卡斯泰德與哥哥大人們肌肉比頭腦更發達的血緣來自何人。波尼法狄斯現在好像正在執行代理領主的工作，所以沒有出現在這裡。

「那麻煩你們兩人留守了。」

「韋菲利特，記得好好認真學習。」

三人利用轉移魔法陣動身出發。魔法陣發出亮光後，三人的身影在彈指間消失不見，轉移廳變得空空蕩蕩。離開得還真是乾脆。我正感到有些寂寞，艾薇拉出聲叫喚我。

「羅潔梅茵，好像許久沒有與妳說上話了呢。」

「因為一直沒有見面的機會。母親大人如果有時間，要不要一起聊聊天呢？」

我邀請艾薇拉一起喝茶。感覺到了艾薇拉好像在婉轉地要求我開口邀請她，而我也沒有猜錯。艾薇拉滿意地點點頭。

我拜託了黎希達，請她在等候室準備茶水。如今領主夫婦不在，沒人能夠下達許可，准許他人進入北邊別館，所以我只能在本館的等候室與艾薇拉一起喝茶。泡好了茶水，再端出艾拉做的點心。我率先每種點心各吃了一口後，艾薇拉才伸手拿取。她喝了口茶後，看向我說：

「羅潔梅茵，我有件事情必須問問妳。」

「什麼事呢？」

「昨天我傳喚了奇爾博塔商會前來，於是才從商人那裡聽說了這件事。羅潔梅茵，聽說妳為女性騎士設計了一款新的服裝？」

我完全沒有聽說呢——看見艾薇拉對著我露出駭人笑容，我「嗚噫」地倒吸口氣。

「因、因為現在流行的衣服並不適合布麗姬娣，我才想設計一款適合她的服裝而已。呃，我沒想到這件事情必須向母親大人報告。」

聞言，艾薇拉無奈嘆氣。

「那麼在那之前，先讓我看看妳打算用什麼服裝引領流行吧。」

「母親大人，我並不打算讓現在正在製作的服裝流行起來。」

「妳說什麼？」

艾薇拉不敢置信地用手掩著嘴角，微微瞠目。

「……那個，因為當下流行的款式，總是會有人適合，也有人不適合吧？所以我只是心想，既然有些女性不適合現在流行的服裝，那可以設計出適合她們的款式。我從沒想過要在艾倫菲斯特的貴族女性間造成流行。」

為布麗姬娣製作的削肩禮服倘若流行起來，屆時一定又會有其他貴族千金因為不適合自己，為此感到苦惱。所有服裝終有流行與過時的一天，但就我個人而言，我只希望大家可以穿上適合自己的衣服。

「羅潔梅茵，妳所謂不適合現在衣服的女性，究竟是指什麼樣的女性呢？」

「現在流行的款式，我認為非常適合身材嬌小又纖瘦的女性。但是，例如我的護衛騎士布麗姬娣，她們因為要鍛鍊身體，身材比較健壯，服裝卻往外加寬，肩膀看起來更是顯得魁梧，所以並不適合。」

艾薇拉似乎是回想了布麗姬娣的外型，臉上透著可以理解的神色說：「的確呢。」

「若是穿著不適合自己的服裝參加星結儀式，很讓人於心不忍吧？所以我只是另外提供選擇，給那些不適合當下款式的女性參考，並不打算創造新的流行。」

「這樣不行。妳必須昭告眾人，這款新衣是妳想引領的流行，再由布麗姬娣穿出去亮相，否則看在旁人眼裡，會變成只有她一人穿著格格不入的服裝。」

艾薇拉表情嚴厲，搖頭說道。她說我必須向眾人宣傳，這是我為了自己的護衛騎士所做的新衣，讓大家都對布麗姬娣投以欣羨的眼光。畢竟我還不太了解貴族間的規矩，最好還是照著艾薇拉說的去做吧。要是因為我害得布麗姬娣丟臉，那我太對不起她了。

「妳所做的新東西，都必須先讓我過目。裁剪已經結束了吧？試裝用的樣衣什麼時候會完成呢？」

「因為我暫時都不會回神殿，已經告訴過奇爾博塔商會的人可以慢慢來，所以我想大概要等到春天的成年禮後才會完成。」

「那樣子太慢了，請他們稍微提早，帶到城堡來。」

艾薇拉說要在樣衣的階段向派系成員們展示，告訴大家我做了什麼款式的新衣。同時也會邀請幾名體型與布麗姬娣相似的女性前來參觀，最好是能讓她們心生羨慕。創造流行的人還真辛苦。

「要在城堡試裝當然沒有問題，但能請母親大人幫忙聯絡奇爾博塔商會嗎？因為我得回神殿才能聯絡上他們。」

「我明白了，由我聯絡奇爾博塔商會吧。」

……班諾先生、珂琳娜夫人，對不起喔。這份工作好像變成急件了！

新衣展示與報酬

城堡的生活非常悠閒舒適。早晨醒來以後，直到吃早餐為止都是看書時間。和神殿不一樣，城堡的早晨十分從容，可以看不少頁讓我很開心。完全是早起的鳥兒有蟲吃。

吃完早飯，要和韋菲利特一起前往騎士團的訓練場。韋菲利特會拿著模仿長劍的木棒練習揮舞，但我沒辦法。為了增強體力，我必須在不會暈倒的前提下活動身體。所以我每天的例行性運動，就是在艾克哈特的監視下跳收音機體操。光這樣就累了。

「羅潔梅茵，只有這樣而已嗎？」

「……『收音機體操』認真跳起來也是很累的。」

我無懼於周遭人們錯愕的眼光，接著環繞訓練場行走，訓練便宣告結束。就算被人說只有這樣，我還是累得氣喘如牛。

第三鐘響，訓練就結束了。然後移動到韋菲利特的房間，一起聽上午的課。韋菲利特因為稍微會讀寫文字和計算了，所以不知道從什麼時候開始，課程內容居然多了地理和歷史這兩項。

「太奸詐了！我也想看新的書，韋菲利特哥哥大人居然先開始看！」

但是，雖然韋菲利特早一步學習了地理與歷史，我卻花兩天的時間就追上他的進度，結果這次換他鬧起脾氣。

「羅潔梅茵，為什麼妳這麼快就背好了?!我可是背了很久耶！」

「這是因為我在收穫祭和祈福儀式的時候前往了領地各處啊。徵稅的時候，徵稅官還為我詳細了說明各地的特產，所以我才會知道。」

我們兩人吵吵鬧鬧地一起學習。歷史方面，現在正教到齊爾維斯特與韋菲利特的祖先成為領主以後的事情。這部分非常有趣。他們一族成為艾倫菲斯特的領主以後，到齊爾維斯特是第七任，約莫有兩百年的歷史。

上午時段的學習結束以後就是吃午餐。和韋菲利特一起吃。下午要練習飛蘇平琴，之後韋菲利特又是學習，我則是學裁縫，不得不刺繡和編織蕾絲。我好像從現在開始就得準備自己的嫁妝。

「黎希達，如果我不結婚，是不是就不用刺繡和編織蕾絲了呢？」

「大小姐！您在胡說什麼?!您怎麼可以不結婚！」

「……我想也是呢。」

我只是因為對裁縫和刺繡感到膩了，稍微發點牢騷而已，卻惹得黎希達暴跳如雷。才過幾天時間，我就不再抱怨，認真地編編蕾絲、刺刺繡。只是會在心裡頭咕噥：好想要有多莉和媽媽的手藝。

第五鐘響後就是自由時間。韋菲利特似乎在父母離開前取得了許可，所以大多是去本館探視弟弟和妹妹。雖然韋菲利特邀請過我，問我要不要一起去，但黎希達說因為我是異母的兄弟姊妹，所以不會得到許可。

「我要去圖書室，韋菲利特哥哥大人可以唸繪本給弟弟妹妹聽唷。請努力把他們裁培成喜歡看書的孩子吧。」

我對韋菲利特這麼說完，興沖沖地移動到圖書室。接下來要在有大量藏書的圖書室裡度過無比幸福的一鐘時間。然而，幸福的時光總是短暫，每次都一晃眼就結束了。

第六鐘一響，黎希達就拆散我與書本，要去吃晚餐。

因為最好等到文官都離開，所以我和韋菲利特都是在吃完晚餐以後，才會到辦公室供給魔力。波尼法狄斯會在領主的辦公室等著我們，協助韋菲利特，但提供魔力的人只有我和韋菲利特。因為身為代理領主，必須要有人保存魔力，所以波尼法狄斯不負責提供。

魔力供給完後接著沐浴，再一直看書到黎希達怒斥「大小姐，要就寢了！」為止。這就是我在城堡的日常生活。

土之日休息。不必學習，也不用訓練，想做什麼都可以。與土之日也要照常作息的神殿大不相同。但是，我還是無法看書。因為正在補課的安潔莉卡會在土之日從貴族院回來，所以會借用本館的房間，召開貴族院的讀書會。

「安潔莉卡，妳補課補得怎麼樣呢？」

「八成左右都已經通過考試了，還差一點。」

安潔莉卡似乎每天都很用功，及格的科目正確實慢慢增加。大概是也增加了一點自信，安潔莉卡的笑容十分明亮。

「託羅潔梅茵大人的福，我開始覺得自己有辦法畢業了。」

安潔莉卡居然說她若是學科真的無法過關，已經作好了退學的心理準備。

……想不到我護衛騎士的處境比想像中還危險。

達穆爾和柯尼留斯接二連三地為安潔莉卡指出接下來要背的地方，以淺顯易懂的方式進行教學。

「達穆爾很擅長教人呢。」

「我能教的就只有學科而已。再說了，也是因為有這麼多資料。」

達穆爾指著柯尼留斯帶來的資料說，那些是柯尼留斯向艾克哈特借來的貴族院講義。截至目前為止，達穆爾都是靠著記憶和自己簡單記錄在木板上的資料，教導安潔莉卡與柯尼留斯。但是，前陣子達穆爾與柯尼留斯在騎士宿舍一邊玩著加芬納棋，一邊學習兵法的時候，艾克哈特湊巧經過，便好心地提供了貴族院時期的資料。

「竟然能留下這麼多資料，財力真是太驚人了。」

達穆爾垮下肩膀，他說因為羊皮紙太昂貴了，他沒辦法買來在課堂上抄寫筆記，向來都是把重點抄寫在木板上，考完試以後，就會削掉表面，接著繼續寫字，所以手邊才幾乎沒有留下貴族院時期的資料。

「安潔莉卡，妳要加油喔。」

「是！我一定要得到羅潔梅茵大人的魔力。」

這樣的生活持續了一段時日，某天艾薇拉捎來了奧多南茲。她表示已經聯絡了奇爾博塔商會，決定好了試穿樣衣的日期。那一天要以我的名義舉辦茶會，邀請艾薇拉派系的貴婦人們，率先向大家展示新衣。現在因為芙蘿洛翠亞不在，能在城堡裡頭舉辦茶會的，就只有身為領主養女的我而已。

我一邊請教黎希達和艾薇拉，一邊籌辦茶會，感覺到了讀書時間好像在不斷減少。儘管為此消沉，我還是努力寫了邀請函、檢查茶會該準備的東西有沒有遺漏，也和艾拉還有雨果一起討論要做什麼點心。就這樣，我獲得了貴族千金都必須具備的舉辦茶會技能。

……比起這種技能，我更迫切想要書呢。

於是，不枉我犧牲了自己的讀書時間，終於到了茶會兼展示新衣樣衣的日子。舉辦茶會的房間能將春季的庭園景色盡收眼底，旁邊就是這天的試衣室。

「羅潔梅茵大人，奇爾博塔商會一行人到了。」

「讓他們進來吧。」

布麗姬娣、艾薇拉與我站成一排，準備迎接奇爾博塔商會一行人，黎希達等侍從們站在我們身後。最先走進來的人是班諾，接著是歐托和珂琳娜，最後是並肩走進來的裁縫師們，所有人在我們面前成排跪下。

「羅潔梅茵大人、艾薇拉大人，此次有幸承蒙兩位招待，真是無上光榮。」

班諾做為代表問候完後，回頭看向歐托說：「請容我為兩位介紹下一代店主。」站在後頭的歐托於是上前，與班諾並肩跪下。他的動作讓我不由得聯想到了法藍，由此可知我不在的時候，歐托在神殿接受了多麼嚴格的指導。

「羅潔梅茵大人、艾薇拉大人，幸得水之女神芙琉朵蕾妮的清澄指引結此良緣，願能蒙受您的祝福……初次見面，我是往後將掌管奇爾博塔商會的新店主，名為歐托。往後還望不吝關照。」

……啊，對喔。成為羅潔梅茵以後，這是我第一次與歐托先生見面。

「給予你我由衷的祝福，願水之女神芙琉朵蕾妮的祝福與奇爾博塔商會同在。」

我往戒指注入魔力，給予祝福。飄動的綠光向外灑落。可能是第一次接受到貴族的祝福，也或許是沒想到我真的能夠給予祝福，歐托有些驚訝地看著我。

接著我把今天的茶會行程也告訴了班諾與珂琳娜。首先，茶會開始的時候，布麗姬娣會先穿上去年的服裝，在寒暄的時候站在我旁邊。告訴大家我製作了一件新衣後，再回到試衣室，請珂琳娜等人為布麗姬娣穿上新衣的樣衣，最後重新回到茶會現場。這樣一來，應該可以清楚看出新舊兩件衣服有多大的不同。

「那麼，我們只須在這裡待命即可嗎？」

「是的。請妳們作好準備，可以馬上為布麗姬娣更衣。布麗姬娣出來的時候，班諾與歐托就可以進入茶會室，趁著更衣期間推銷商品。」

在班諾與歐托帶來的木箱裡，除了髮飾之外，我還看到了絲髮精的瓶子，所以他們可以趁著更衣期間盡情推銷。

「關於現在已經分成了奇爾博塔商會與普朗坦商會一事，也順便在茶會上通知大家吧。」

「還請羅潔梅茵大人多多費心了。」

不少貴婦人都出席了這天的茶會，好像還邀請了幾名與艾薇拉派系往來甚密的女性騎士。我和艾薇拉還有布麗姬娣並肩站立，迎接客人的到來。

「歡迎各位參加本日的茶會。」

我先向大家寒暄，再邀請大家吃點心和喝茶。身為主辦人的我如果不先試喝，所有人都無法動作。艾拉做的點心廣受好評，所以似乎有不少人都很期待這天的茶會。身為領主的養女，我想我很順利地創造了流行。

「羅潔梅茵大人，您廚師的手藝真是出色呢，全都是我從來沒有吃過的點心。」

「哎呀，這款點心在艾薇拉大人的茶會上也出現過呢。」

「因為我特別向母親大人和養母大人公開了食譜。」

「喔呵呵」「嗚呼呼」的和睦茶會開始了。

「這款點心是磅蛋糕吧？我非常喜歡這款點心，經常品嘗呢。」

「從前我還在神殿的時候，渥多摩爾商會的谷斯塔夫與他的孫女芙麗妲曾經幫助過我，所以我送給了他們磅蛋糕的做法做為謝禮。谷斯塔夫的廚師廚藝也非常精湛，經常開發各種新口味，我也總是很期待吃到他們家的磅蛋糕呢。」

「哎呀！原來還發生過這種事情呀。」

我在桌子間來回穿梭，盡可能平均地與每個人說到話。所有人都說到話以後，就要進入今天的正題。

「其實，今天有套新衣想請各位過目。」

我叫來布麗姬娣，請她站在我旁邊。然後告訴大家，因為現在流行的衣服不適合布麗姬娣，所以我為她做了一套新衣。

「今天要試穿新衣的樣衣。想請各位一起集思廣益，如何能讓布麗姬娣看來更有魅力。」

隨後我帶著布麗姬娣前往隔壁的試衣室。確認已經作好了準備，馬上可以換上樣衣，我點一點頭。

「珂琳娜，接下來就拜託妳了。奧黛麗，等布麗姬娣準備好了，請通知我一聲。班諾、歐托，走吧。」

「遵命。」

班諾與歐托搬起放有商品的木箱，我帶著兩人走出試衣室。接著我告訴參加茶會的眾人，其實奇爾博塔商會原本專門經營服飾這塊領域，如今普朗坦商會從中獨立出來，往後專門負責買賣教材與書籍。饒富興味的視線集中到了我們身上。

「普朗坦是我為新商會取的名號，希望他們今後繼續製作教材與書籍。」

提起這個話題以後，大家也聊起了有關學習的事情。聽說年幼的孩子們都藉由羅潔梅茵工坊印製的教材，很快就學會了文字與計算，哥哥與姊姊們因此產生了對抗意識，現在也都在認真學習。

「玩過歌牌以後，孩子很快就學會了文字，連老師也嚇一大跳呢。」

「哎呀，各位也是嗎？果然都是拜羅潔梅茵大人之賜吧。」

「因為冬天在兒童室裡，大家都玩得很開心，還會一起比賽，所以才產生了鬥志，希望下次可以贏過其他人吧。我最近也開始在印製新的繪本，預計在星結儀式過後，或是今年的冬季社交界上推出，倘若不嫌棄，還請各位多多支持。」

我掛上和悅的笑臉，為大家引薦普朗坦商會和奇爾博塔商會，走向每一張桌子。

「對了對了，最近柯尼留斯也很熱中於學習呢。那孩子以前明明說過，只要維持在上級貴族該有的成績就好了，現在卻認真地研讀兵法書籍，還會統整內容呢。也會和卡斯泰德大人一起玩加芬納，詢問艾克哈特與貴族院有關的課業。怎麼突然變得這麼用功呢？是因為教材的關係嗎？」

艾薇拉瞥向我說道。

「好像是因為有了良好的競爭對手，才會想要努力，不想輸給對方吧。觀察過兒童室的情況以後，我認為男士的這種傾向更是明顯。」

我微笑說道，表示這應該是一般常見的現象。因為，我根本說不出口我所有的護衛騎士組成了「安潔莉卡成績提升小隊」，正團結一心在擬定補課對策。也說不出口因為達穆爾要在神殿負責護衛，沒有時間為土之日才回來的安潔莉卡準備資料，所以人在城堡的柯尼留斯才會有一堆任務要完成。而且我還和柯尼留斯說好了，只要能讓安潔莉卡在夏天之前考試過關，就給他一份從未公開過的食譜，所以他才鬥志這麼高昂——但這種事情我更是說不出口，只能擠出笑臉搪塞帶過。

「哎呀，這個髮飾和羅潔梅茵大人的一樣呢。」

「是的。我的髮飾一直是向奇爾博塔商會訂做。這個花飾不只可以用來當髮飾，也可以裝飾在衣服上唷。不嫌棄的話請向商會訂做吧。」

我微微一笑，讓班諾與歐托留在現場，快步移動到試衣室。

「珂琳娜，還有多的髮飾嗎？」

我走向差不多穿好樣衣的布麗姬娣，詢問正在稍微修改背部的珂琳娜。
「當然還有，怎麼了嗎？」
「我想請妳把花朵的部分拆下來，放幾朵在布麗姬娣的衣服上當作裝飾……就像這樣，把花放在堆疊了布料的腰部這邊……」
我拿起兩個髮飾，按在布麗姬娣的衣服上。珂琳娜眨了幾下眼睛後，點頭說道：
「我馬上加上去。」
「珂琳娜，真是抱歉，明明對妳說過樣衣可以慢慢來，結果還是提前了。」
接到母親大人的聯絡時，一定嚇了一跳吧？我說完，珂琳娜輕笑著搖頭。
「因為哥哥已經告訴過我，很可能需要提前，所以我早就作好了心理準備。辛苦的反而是歐托，因為他得趕在今天之前通過法藍的訓練。」
原來班諾早就作好了會被要求提前的覺悟，才裝作不經意地告訴了艾薇拉我在製作新衣的事情。對於班諾的未卜先知，我佩服得五體投地。
「羅潔梅茵大人，這是哥哥請我轉交的信件。」
我接過珂琳娜遞來的信，看起班諾寫在信上的內容。雖然使用了對貴族該有的委婉言辭，但簡而言之就是：「妳這笨蛋，推出新東西前都要確實做好溝通！」當商人學徒時就被訓斥過的事情，結果我現在又犯了一樣的錯。
……啊嗚，對不起。感謝班諾先生的救命之恩。
在我看信的時候，珂琳娜也把髮飾的花朵從梳子上拆下來，縫在衣服上。她從各個角度看過一遍後，點一點頭，呼喚我過去。

「羅潔梅茵大人，這樣子您覺得如何呢？」

「太完美了。珂琳娜、各位裁縫師，謝謝妳們，大家都辛苦了。奧黛麗，茶水已經準備好了嗎？」

接下來就讓珂琳娜她們休息一會兒，我帶著布麗姬娣，一同回到茶會室。

「讓各位久等了，這就是我為布麗姬娣製作的新衣。與剛才的服裝比起來，給人的印象是否截然不同呢？」

「哎呀呀，確實就如羅潔梅茵大人說的，簡直判若兩人呢。和剛才的服裝不一樣，現在變得十分有女人味。」

艾薇拉率先發出驚呼，眾人也異口同聲地稱讚起布麗姬娣的改變。現在流行的服裝一向給人柔軟蓬鬆的印象，但是這款新衣簡單地呈現出了上半身直到腰部的線條，讓布麗姬娣散發出了女性柔媚的氣息。不過，這其實全要歸功於布麗姬娣那經過訓練的結實體態，還有豐滿上圍所勾勒出的迷人曲線。

「布麗姬娣因為個子高挑，身材也比較結實，所以我上半身設計得很簡單，下半身則是使用了大量的布料。」

我順便說明了其他設計上的細節，例如這款服裝使用了輕薄的布料，能讓騎士方便行動，袖子也是另外穿戴，肩膀更能行動自如。女性騎士們似乎都十分感興趣，微微往前傾身，注視著布麗姬娣。

「……袖子的位置是不是該往上一點比較好呢？」

「腋下那邊的裸露範圍好像也該縮小一點才行呢。」

大家紛紛提出了不少意見，諸如最好從原本的手肘上方，改為從上手臂加上袖子；腋下的布料也可以再往上一點，才能遮住用魔石做成的貼身鎧甲。但是整體而言，大家對於布麗姬娣這款新衣的反應都相當不錯，並沒有人認為這套衣服非常糟糕。我回答了會在正式縫製的時候列為參考後，繼續在桌子間來回走動，尋求更多意見。

「布麗姬娣，這件服裝真是適合妳。我明年也訂做一套這樣的衣服吧。」

一名看似是工作夥伴的女性騎士說道，眼神認真地打量著布麗姬娣身上的服裝。她的體型也和布麗姬娣一樣，所以對於現下流行的服裝並不適合自己，感到非常無奈。

「上半身最好不要有太多的裝飾品吧？看見妳的胸前居然沒有任何飾物，說不定會有男士贈送魔石給妳呢，呵呵。」

「請別取笑我了。」

布麗姬娣彆扭地噘起嘴唇。這名女騎士可能是布麗姬娣的前輩吧，真難得看到布麗姬娣這個樣子。我目不轉睛地注視著兩人的互動，女騎士察覺到我的視線後，斂起笑意。

「羅潔梅茵大人，感謝您設計出了如此具有魅力的服裝。這下子一定會有男士對布麗姬娣一見傾心吧。」

「已經出現了，雖然不是布麗姬娣能夠列入考慮的對象。」

「哎呀呀，真的嗎？」

想起了對布麗姬娣看得入迷的達穆爾，我這麼回答，女騎士立即愉快地勾起嘴角。

「羅潔梅茵大人，我們繼續移動吧。」

布麗姬娣隨即催促我移動到旁邊的桌子。一名貴族千金看見了布麗姬娣衣服上的花飾，發出了興奮的聲音。

「這些花不只可以用來當髮飾，還能像這樣裝飾在衣服上呢，好漂亮啊。」

至今在縫製衣服時必定會加上美麗的刺繡，也曾聽說會裝飾立體的鮮花。但是，若要維持住鮮花美麗的模樣，必須消耗不少魔力，所以下級貴族很難同時裝飾太多的花朵，而現今又處在魔力不足的時勢下，上級貴族在裝飾上也不便太過鋪張。

「請問可以只訂做花朵的部分嗎？」

「那當然。班諾、歐托，這位小姐想訂做可以裝飾在衣服上的花朵，麻煩你們和她確認細節吧。」

班諾立刻擠出和藹的笑容，上前接受訂單。

一旁的貴族千金羨慕地望著布麗姬娣身上的衣服，嘆一口氣。

「唉，我也跟著想要訂做新衣了呢。羅潔梅茵大人，能請您也為我引薦奇爾博塔商會嗎？」

「……介紹給您當然是沒問題，但我認為現在流行的服裝更適合您喔。會為布麗姬娣設計這款新衣，是因為現在流行的服裝並不適合她。現在流行的款式已經很適合您了，但我不清楚這件新衣是否適合。」

這位貴族千金個頭嬌小，身材也苗條纖細。老實說，她若是穿上削肩款式的禮服，看起來會很單薄。尤其是如果不夠高挑，胸部一帶會更明顯。

「藉由把缺點隱藏起來，強調優點，更能突顯自己的魅力。挑選服裝的時候，必須要適合自己的體型。重點不在於追求最新的流行，而是適不適合自己。」

「……羅潔梅茵大人，您也能設計出適合我的服裝嗎？」

一名體型有些豐滿的女性輕輕按著自己的肚子，低聲問道。

「我認為縫製衣服的時候，最好要與裁縫師一起商量，怎麼樣才能夠掩飾自己的缺點。首先，我建議您在領口可以露出大面積的皮膚，藉以展現美麗的頸部線條，至於上身與裙子的用色和布料，也可以全部替換掉。上半身使用暗色系，下半身則用明亮的顏色做成蓬鬆的裙子，這樣子腰部看來就會顯得比較纖細。」

「感激不盡。我會參考羅潔梅茵大人的建議，與我的專屬裁縫師一起討論。」

後來我也提供了一些建議給其他人，但是，我都會先向她們強調，就算衣服是時下最流行的款式，如果不適合自己，也不要勉強穿在身上。因為星結儀式是尋找結婚對象的場合，這種時候比起追逐流行，更該穿上能夠襯托自己的服裝。

我帶著布麗姬娣回到試衣室，向珂琳娜轉述大家提供的意見，修改完後，便請她正式開始縫製。

就這樣，讓大家能夠接受新衣的展示茶會平安結束了。

春天的腳步接近尾聲之際，我收到了安潔莉卡的父母親寄來的感謝信，信上表示「安潔莉卡明天會重新回到護衛騎士的崗位」，我才知道安潔莉卡從貴族院回來了。

「太好了，辛苦總算有回報了。」

我告訴護衛騎士們安潔莉卡補課及格，即將歸隊以後，達穆爾和柯尼留斯都握起拳頭，感動得渾身發抖。因為安潔莉卡的吸收速度很慢，兩個人都絞盡了腦汁，所以感動的程度更是筆墨難以形容吧。兩人簡直像是迎來了畢業典禮的班導師。

因為已經為布麗姬娣做了衣服，所以我也支付報酬給達穆爾和柯尼留斯。我依照約定，遞給達穆爾一枚小金幣。

「感激不盡，羅潔梅茵大人。這下子就能歸還我欠兄長的錢了。」

達穆爾開心地緊握著小金幣，我感覺到自己淌下一滴冷汗。

……欠兄長的，就是用來製作我儀式用巫女服的那筆錢吧？

結果我後來馬上成為了神殿長，枉費重做了一套巫女服，最終卻沒有穿過幾次。這樣子太浪費了，過陣子把它修改成其他服裝吧。

……是不是該再送點東西給達穆爾呢？明明那麼努力，得到的報酬卻全部拿去還錢，實在太可憐了。

但想歸想，我一時間也想不到可以送什麼東西。我決定等之後想到的時候再送給達穆爾，先把寫有食譜的紙張遞給柯尼留斯。

「柯尼留斯哥哥大人，這是教人怎麼用陀拿耶果實做成餡料的『蒙布朗』食譜。」

柯尼留斯很喜歡類似栗子的秋天果實陀拿耶，如果告訴他栗子泥的做法，我想他一定會很高興。

「用陀拿耶做成的餡料嗎？那抹在可麗餅裡面，應該會很好吃吧？」

「很好吃喔。還可以鮮奶油和陀拿耶餡料兩種都抹，會變得更好吃喔。」

我點點頭說，柯尼留斯開心地咧開嘴角，握著寫有食譜的紙張說：「那我馬上交給主廚！」雖然他的雙眼期待得閃閃發亮，但現在還是春天尾聲。

「但沒辦法馬上就做喔，因為陀拿耶要等到秋天才有吧？」

「我怎麼可能等到秋天！羅潔梅茵，妳要想想辦法啊?!」

柯尼留斯氣勢洶洶地質問我，我一時語塞。雖然他說等不到秋天，但現在的季節就是採不到陀拿耶。

「太過分了。虧我那麼認真幫忙，居然只有我一個人要等到秋天！」

柯尼留斯噙著淚目看我，我只好飛快動腦思考。

「呃、呃，對了。雖然沒辦法使用秋季的陀拿耶，但這個食譜也可以應用在其他材料上，做成其他口味的內餡喔。像是哥哥大人喜歡的春季果實……」

「就是這個！」

柯尼留斯緊握著食譜，這次總算笑得開懷。看樣子今晚就會把食譜交給主廚，馬上請他製作新點心。

「那麼做為獎勵，明天也為安潔莉卡的魔劍注入魔力吧。」

布麗姬娣看著達穆爾和柯尼留斯高興的樣子，吃吃笑了起來。

「我也很期待看到魔劍會有什麼變化呢。」

安潔莉卡的魔劍

吃完早餐，我開始往騎士訓練場移動，這是我用來增強體力的每日例行功課。由於這幾天我都用走路的，沒有使用小熊貓巴士，所以被韋菲利特遠遠地抛在後頭。這天陪我從房間走到訓練場的護衛騎士只有達穆爾，布麗姬娣和柯尼留斯先去訓練了。現在我只帶一名護衛騎士，其餘的人都讓他們去接受訓練。

「羅潔梅茵大人的魔力量真讓人羨慕。」

我慢吞吞地邁開腳步，在往訓練場移動的半路上，達穆爾忽然咕噥說道。是為戀愛在煩惱嗎？我這樣心想著，抬頭看向達穆爾。

「我想藉由訓練應該可以增加魔力量喔。因為斐迪南大人說過，我的魔力遭到了極度的壓縮，以前我真的是拚了命才活下來。」

我環顧周遭一圈，確認沒有其他人影後，要達穆爾蹲下來。等他跪下，視線來到和我同樣的高度後，我才壓低音量說了。

「我在進入神殿之前，都沒有會提供給貴族小孩的魔導具。常常魔力都快要滿溢而出，我的身體也承受不了，好幾次都差點死掉。」

「啊……」

「所以為了活下來，我一直無意識地壓縮魔力，也才形成了現在的魔力量。」

只說完這些，我再度邁開步伐。達穆爾也站起來，繼續前進。

「現在達穆爾的魔力還在增加中吧？如果羨慕我的魔力量，要不要試著拿掉所有的魔導具，在瀕死的情況下壓縮魔力呢？」

「……是我思慮不周，實在萬分抱歉。」

從平民時期就認識我的達穆爾，大概是想起了我和貴族的小孩不一樣，平常並不會佩戴魔導具，不爭氣地垮成八字眉道歉。

「呼、呼……總算到了呢。」

「那我們前往休息室吧。」

光是在訓練場與房間之間來回走動，運動量對我來說就已經相當龐大，所以我得先休息一會兒。等我的呼吸平復下來，再做收音機體操，然後本日的訓練就宣告結束……啊，不對。一直到回房為止都是訓練。

這天我也請人叫艾克哈特過來，準備要做收音機體操，一名騎士卻沉下了臉。

「艾克哈特受到傳喚，目前外出。實在非常抱歉，能請您等他回來嗎？」

「知道了，謝謝你。」

負責照顧我的艾克哈特不在，我也不能進行訓練。這樣一來，達穆爾也無法去訓練，只能繼續執行護衛任務。

「艾克哈特哥哥大人不在，我就不能四處走動吧？」

「是的。」

騎士們在練習用魔法進行攻擊的時候，偶爾會有類似流彈的攻擊飛過來，達穆爾不見得可以完全抵擋。因此我不能在艾克哈特不在的時候到處亂跑，那樣非常危險。

我看著這時仍感到侷促不安的達穆爾，思考了半晌。達穆爾是下級貴族，我知道他常在感嘆自己的魔力量很少。我也知道因為這樣，從一開始他就不是布麗姬娣會考慮的對象。但是，我已經給過他祝福了，如今也無能為力，只能靠他自己努力。

「對了，達穆爾。我聽說進入貴族院就讀以後，會教人怎麼操縱魔力，當中還會學到壓縮魔力的方法。但就好比諸神的名字，或許我自己想出來的記憶方式，也和貴族院教的方法不一樣。」

操縱魔力的時候，重點在於腦海中要有明確的想像畫面。如果把我壓縮魔力時的想像畫面告訴達穆爾，說不定能為他帶來一點幫助。

我掃視休息室，發現了木箱和皮袋。

「達穆爾，請你打開那個木箱，把自己的披風放進去。」

「啊？是。」

達穆爾滿頭問號，但還是解下披風，捲起來放進木箱。揉作一團的披風從木箱裡頭露了一截出來。

「假設這個木箱是達穆爾的身體，披風是魔力。現在這樣的狀態，並沒有把魔力完全壓縮進去。那麼如果想壓縮魔力，增加容量，你覺得應該怎麼做呢？」

達穆爾不語地折起披風，重新放進木箱。比起揉成一團放進去時，現在木箱裡的空間明顯變大了。

「沒錯。像這樣增加折起來的披風，然後讓體內盈滿魔力，就是我腦海中想到的魔力壓縮方式，這樣子沒錯嗎？」

「是的。但以前從來沒有像這樣以視覺效果呈現，真是簡單明瞭呢。」

「哪裡，不需要佩服我，其實我只是模仿了達穆爾的做法喔。因為你也是利用加芬納，以視覺的方式，為我們簡單明瞭地解釋兵法吧。」

我說完，達穆爾一拳敲向掌心。因為操縱魔力時，想像畫面非常重要，我才心想比起用言語說明，用看的更有助於理解。

「那麼，請你試著像這樣折起魔力，壓縮到自己體內吧。」

「我試試看。」

達穆爾閉上眼睛，皺著眉頭，開始移動自己體內的魔力。看得出來他很專心，所以我保持安靜，沒有出聲打擾他。

不一會兒，達穆爾張開眼睛。灰色雙眼閃耀著感動的光輝。

「羅潔梅茵大人，我成功了。這次壓縮的魔力量比以往要多得多。」

「是嗎，那太好了。雖然不知道達穆爾的魔力要經過多少時間才會增加，但是在神殿護衛的時候，很少有機會用到魔力吧？只要不斷增加體內的魔力，再把增加的魔力壓縮起來，我想就能儲存到不少魔力。」

斐迪南也說過，一旦習慣了壓縮魔力，即便是相同的容器，能夠累積的魔力量也會有所不同。

「達穆爾，你能拿那個皮袋過來給我嗎？然後，請把披風借我。」

「啊？是。」

「順便告訴你，我在壓縮魔力的時候都是這樣做。」

我接過披風和皮袋，把折起來的披風放進皮袋裡，然後往皮袋上一坐，擠出空氣。把皮袋壓得扁扁的以後，關上開口。比起只是折起來，現在披風又變得更薄更小了。見狀，達穆爾愣愣地張開嘴巴。

「達穆爾可以當作參考喔。」

後來從皮袋裡頭拉出被壓扁的披風一看，活像是塊縐巴巴的抹布。達穆爾抱頭哀嚎，想盡辦法要把縐褶拉平，這時門外響起了細微鈴聲。

「請進。」

休息室的房門打開，走進來的是從今天開始歸隊的安潔莉卡。她把淡水藍色的頭髮往後綁成一束，便於行動，搖晃著馬尾走進房間。

「羅潔梅茵大人，我回來了。從本日起，將重新開始執行護衛任務，還請您多多指教。」

「安潔莉卡，歡迎妳回來。所有補課都上完了吧？妳很努力呢。」

安潔莉卡說她到處打完招呼和報告以後，總算能夠來到訓練場。在安潔莉卡身後，還有布麗姬娣和柯尼留斯。似乎是想和達穆爾及安潔莉卡接手，換他們去訓練。

「直到艾克哈特哥哥大人回來之前，我都不能離開這裡，要不要乾脆趁著這時候為安潔莉卡的魔劍注入魔力，還是要改天呢？」

「不，現在就麻煩羅潔梅茵大人吧。」

其他人也表示想親眼看看我的魔力注入魔劍以後，會產生怎樣的變化。因為一般極少有人會把魔力注入別人的魔劍，所以他們都很好奇。

「但我對魔劍一無所知，能告訴我那是什麼嗎？而且我也想親眼看看……」

「這就是我的魔劍。」

安潔莉卡握住腰上的劍柄，抽出魔劍。明明收在長度算是短劍的劍鞘裡，安潔莉卡抽出的魔劍刀身卻有大約五十公分那麼長。「比我預想的還要長呢，真教我吃驚。」我眨了眨眼睛說，安潔莉卡開心地瞇起雙眼。

「依據注入的魔力，刀身的長度也會不一樣。一開始的長度連小刀都不到。」

因為安潔莉卡一直孜孜不倦地注入魔力，才變成了現在的長度。

「與魔物戰鬥的時候，刀身越長越有利，所以我才想盡快培育完成。而且，我也想增加我沒有的適性。」

「適性是什麼？」

聽見陌生的單字，我偏過頭，布麗姬娣為我說明。因為在場的人都有過切身經驗，要是交給安潔莉卡說明，最後其他人還是要再費一次脣舌。

「就是魔力的適性。依據自己的適性，也比較容易取得神祇的加護。」

「那如果沒有適性，就無法取得加護嗎？」

「不，那也不見得。只是若不具有能讓諸神看中的某些資質，要取得加護就會有一定的難度。」

他們說只要有適性，就能輕鬆取得加護，但就算沒有適性，也未必完全無法取得。為了讓魔劍得到各種神祇的加護，安潔莉卡才想請自己以外的人注入魔力，增加那個人的適性。

「安潔莉卡的適性是什麼呢？」

「我擁有的適性是火和風，雖然沒能取得風神的加護。」

「咦？就算有適性，也有可能無法取得加護嗎？」

「……極其偶爾也會有這種情況吧。」布麗姬娣表情苦悶地說。聽她的語氣，我想只要有適性，一般都能取得吧。

我也問了其他人的適性，布麗姬娣是火和土，達穆爾的適性是風。柯尼留斯說他有光、水、火和風。我對他的適性之多感到驚訝，他便回答：「因為我是血緣關係與領主相近的上級貴族。」聽說上級貴族的魔力都比較豐富，適性也多。

「羅潔梅茵大人的適性有哪些呢？」

布麗姬娣問，但我搖了搖頭。雖然她問得理所當然，但我根本不知道。

「我不知道。適性會在什麼時候，又要如何得知呢？」

「洗禮儀式上登記魔力的時候，斐迪南大人沒有告訴您嗎？」

「登記證上應該會依據您的適性，顯現出神的貴色。您當時有哪些顏色呢？」

被大家接二連三地發問，我「呃……」地回想自己的洗禮儀式。我記得變化成了七種顏色，斐迪南好像還說了「果然」。可是關於魔力的適性，斐迪南並沒有對我做過任何詳細的說明。

想到這裡，我恍然一驚。表面上與我是兄妹的柯尼留斯有四種顏色，但設定上我是第三夫人的女兒，可以告訴大家我是七種顏色嗎？我不確定這件事能不能公開。說不定就是為了不讓大家知道，斐迪南才刻意沒有告訴我。

「呃，當時雖然分成了幾種顏色，但我不知道那和適性有關係，現在記憶也有些模糊了。斐迪南大人又馬上收到了盒子裡……」

聽了我的回答，達穆爾「嗯……」地沉吟，開口說了。

「羅潔梅茵大人很輕易便能給予英勇之神安格利夫的祝福，應該具有火的適性吧。」

「還能變出風之女神舒翠莉婭的風盾，也具有風的適性吧。」

布麗姬娣也接著說道。我還在大家面前施展過其他魔法嗎？我回溯記憶。

「討伐陀龍布以後，我也曾經治癒土地……」

「當時羅潔梅茵大人是使用了從神殿帶來的芙琉朵蕾妮之杖。神具本身就具有屬性，和術者魔力的適性無關。倘若沒有適性就不能使用神具，一般神官和巫女就無法舉行儀式了吧？」

「說得也是呢。」

萬一負責執行儀式的神官沒有水的適性，無法治癒遭到陀龍布肆虐的土地，也無法在祈福儀式上祈禱，那就麻煩了。原來魔導具本身也能賦予屬性嗎？我點了點頭，布麗姬娣微微側過臉龐。

「芙琉朵蕾妮之夜，羅潔梅茵大人開始唱歌以後，泉水魔力的反應相當激烈，所以我想還具有水的適性吧……」

「如果有水、火和風，和柯尼留斯很類似呢。」

安潔莉卡說，達穆爾笑著點頭。

「果然是兄妹吧，因為適性很容易受到父母親的影響。」

「原來是這樣啊……那麼，魔力的適性會為魔劍帶來什麼樣的影響呢？」

對於我的疑問，安潔莉卡溫柔地撫摸魔劍劍柄，回答說道：

「因為魔物也有適性。依據魔劍具有的適性，有的魔物容易打倒，但也有的不容易，所以我才想盡可能搜集到各種屬性。」

安潔莉卡自身只有兩種適性。雖然打倒了魔物後，用魔石裡的魔力為魔劍增加了些許土的屬性，但她說遲遲增加不了多少。我「嗯嗯」點頭，整理思緒的時候，護衛騎士們對於要怎麼運用我的魔力培育魔劍，開始討論起來。大家畢竟選擇了騎士這項職業，所以看來都對魔劍很感興趣。

「我覺得就按照本人的期望，可以用來填補安潔莉卡不足的適性。」

「我認為可以把魔力用在增加刀身的長度上。刀身會直接影響到攻擊的強度，可以先增長刀身，適性再慢慢增加就好了。讓魔劍能即刻上場使用比較重要吧？」

「換作是其他人的魔劍，我最贊成達穆爾的意見。可是，安潔莉卡完全沒打算自己填補自己的缺點，所以我覺得還是幫忙彌補她的不足吧。就和提升成績一樣。我想在彌補不足這部分上，她很需要別人的幫忙。」

聽了三人的意見，我注視魔劍。

「安潔莉卡，那妳希望我怎麼做呢？」

「我很不擅長彌補自己的缺點，所以想請羅潔梅茵大人為我彌補不足。」

「所以我在注入魔力的時候，只要心想著要為安潔莉卡彌補不足就好了嗎？」

「是！」

大家都要我補上安潔莉卡缺乏的適性，我輕輕伸手觸摸劍柄上的魔石。由於還說不能夠超過安潔莉卡至今注入的魔力，所以我非常緩慢地一點一點灌注。

……但在討論要不要填補適性之前，我覺得安潔莉卡最缺乏的，應該是智慧吧？因為安潔莉卡滿腦子都只想著提升速度與戰鬥能力，如果想填補她的不足，也只能為魔劍增加智慧。但讓魔劍具有智慧，這麼奇幻的事情做得到嗎？在這個世界搞不好做得到。總之，在有辦法做到的前提下，先試著想像看看吧。

……我希望魔劍能夠幫忙聆聽旁人的意見，並且牢記在心，要是安潔莉卡做錯事情，就會斥責她，為她指引正確的方向。安潔莉卡又缺乏知識，最好是充滿智慧，可以提供建議給她……啊，這已經不是劍了吧！根本是神官長！

「你們聚在這裡做什麼？」

「噗呀！艾克哈特哥哥大人?!」

專心思考的時候突然聽到話聲，我真的不誇張地當場跳起來。

「我在為安潔莉卡的魔劍注入魔力……」

「不行，培育魔劍不是容易的事情。若要注入魔力，必須在斐迪南大人的監視下進行。」

我話都還沒說完，便遭到艾克哈特的反對。我瞟向已經注入魔力的魔劍。完蛋了。很明顯我又要挨罵了。

「艾克哈特哥哥大人，雖然很難啟齒，但我已經注入魔力了。」

我據實以告後，艾克哈特的臉頰一陣抽搐。他隨即變出思達普，另一隻手拿出黃色魔石，叩叩地敲下魔石說：「奧多南茲！」

然後艾克哈特對著變作白鳥外形的奧多南茲喚道：「斐迪南大人。」向他報告我為他人的魔劍注入了魔力，接著揮下思達普，白鳥往外飛去。望著一直線飛遠的奧多南茲，我開始感到不安。

「我為安潔莉卡的魔劍注入魔力，是件這麼糟糕的事情嗎？」

「安潔莉卡是中級貴族，妳是足以成為領主養女的上級貴族，魔力的質與量都不相同。沒人知道魔劍會產生怎樣的變化。」

「咦咦?!」

安潔莉卡不安地伸出手，想拿起自己的魔劍。

「安潔莉卡，別碰！直到斐迪南大人檢查過之前，必須維持原樣。」

在艾克哈特的瞪視下，安潔莉卡「唔」地倒吸口氣，縮回了伸出的手，然後在自己的胸前緊緊交握。

奧多南茲很快就回來了。「我馬上過去。」斐迪南的回覆簡潔有力，聲音很明顯在生氣。完全可以想像到斐迪南在奧多南茲的另一頭有多麼讓人望而生畏。

……要挨罵了。我真的惹神官長生氣了。

大概是聽到斐迪南要過來，心情放鬆了，艾克哈特吐一口氣後，瞪向柯尼留斯。

「柯尼留斯，你為何也沒有阻止她們？」

「因為我在貴族院的時候，學習到只要當事人雙方同意，就可以自由交流魔力。所以我心想既然羅潔梅茵都答應了，應該沒有問題……」

柯尼留斯說完，護衛騎士們一致點頭。大家因為都是一樣的想法，所以誰也沒有意識到這件事不可以做。然而，艾克哈特搖了搖頭。

「羅潔梅茵還未就讀貴族院吧？也就是說，她不具有魔力方面的知識。雖然她因為舉行儀式的關係，習慣注入魔力，但對於應該怎麼調節魔力量、要如何把適性分開，她完全沒有這方面的技術。」

「……啊。」

「一般尚未進入貴族院就讀的孩子，都只懂得在問候時操控魔力而已。羅潔梅茵因為會在神殿舉行儀式，也會給予騎士團祝福，所以旁人很容易忘記，但她其實沒有技術也沒有相關知識。你們不能以為她和自己一樣。」

正當所有護衛騎士都一臉愕然的時候，斐迪南騎著騎獸趕來了。他讓騎獸在訓練場降落，飛快跳下來消除了騎獸。目光定定地望著這邊，大步流星走來。從他還穿著神官服就趕來城堡這點來看，顯然是怒火中燒。

「羅潔梅茵，我已經提醒過妳，別輕舉妄動了吧？」

「對、對不起！」

「先讓我看看那把魔劍吧。」

斐迪南拿起魔劍，仔仔細細端詳。然後他流入了非常微量的魔力，開始檢查我的魔力帶來的影響。

「目前看來還沒有問題。但萬一注入過多他人的魔力，持有者會難以駕馭。妳的魔力本就比常人要多，更不可能細膩地調整自己的魔力量。要是魔劍的持有者從安潔莉卡變成了妳，妳打算怎麼辦?!」

「呃、呃……萬一我變成了魔劍的主人，只要對魔劍說，請你服侍安潔莉卡吧，這樣不就好了嗎？它應該會聽從主人的命令吧？」

我說完歪過腦袋，安潔莉卡的小臉猛然發亮。

「不愧是羅潔梅茵大人。這樣一來，就連我也能使用強大的魔劍了。」

「……兩個蠢蛋！」

斐迪南把魔劍放到桌上，對著我和安潔莉卡，連同所有護衛騎士在內，開始了長篇大論的說教。從為什麼不只魔劍，連魔石和魔導具都必須注入自己的魔力，只讓自己可以使用，這當中帶有的意義、優點和缺點，再到關於如何交流魔力，斐迪南的說教長到我都為他的氣管和喉嚨感到擔心。

「羅潔梅茵，妳現在知道妳要做的事情有多危險了嗎？」

「是。」

「安潔莉卡，妳呢？」

「我好像明白了。」

……那個表情根本是一點也不明白！

至今指導過她讀書的「安潔莉卡成績提升小隊」都看得出來，那是她完全沒有聽懂的表情。斐迪南的太陽穴一陣抽動，同時大聲怒吼。

「妳這笨蛋，剛才到底有沒有在聽！」

然而斐迪南的怒吼聲，不知為何聽來像有兩道。

「……咦？」

連發出怒吼的斐迪南本人也眨了眨眼睛。這時，桌上安潔莉卡的魔劍用著與斐迪南如出一轍的說話方式，開始訓斥：「主人，妳根本一點也不明白。」更正確地說，是劍柄上的魔石發出了聲音。

斐迪南用感到發毛的眼神低頭看向發出話聲的魔石，接著再看向我。

「……羅潔梅茵，這是妳幹的好事嗎？」

「冤枉啊！我絕對不至於做出這種事情！」

「是嘛，抱歉。因為魔劍居然開始訓話，會發生這麼奇妙的現象，我只能想到一定與妳有關。」

斐迪南按著太陽穴說，魔劍在此同時迸出光芒。

「正是。因為主人的主人羅潔梅茵大人的魔力與希望，才創造出了我。」

「咦?!」

大家的目光一致往我集中。我眨著眼睛，注視魔石。魔石用斐迪南的聲音繼續說話。

「是妳說了，希望我能夠幫忙聆聽旁人的意見，並且牢記在心；倘若主人做錯事情，還要斥責她，為她指引正確的方向。主人又缺乏知識，所以希望我能擁有智慧，可以

為她提供建議。同時妳還強烈地心想道，這樣的人便是神官長。」

「這麼說來，我那時確實想了這些事情。我一邊慢慢地注入魔力，一邊覺得安潔莉卡最缺乏的就是智慧……可是，我真的沒想到事情會變成這樣。」

我拚命辯解，斐迪南惡狠狠地瞪向我。

「罪魁禍首果然是妳，哪裡冤枉妳了。」

「除了羅潔梅茵大人的希望外，你又流入自己的魔力，才使得我真正誕生。」

原來是因為斐迪南流入了自己的魔力，才造就這樣的性格與說話語氣。換言之如果斐迪南沒有注入魔力，會說話的魔石也不會誕生。

「結果給了最後一擊的根本是斐迪南大人嘛！」

「這件事明顯是妳的錯吧。」

「唔唔……」

的確，希望魔劍擁有智慧的人是我，在什麼也不懂的情況下就注入魔力的人也是我。事已至此，我必須負起責任。

「安潔莉卡，對不起。我沒想到魔劍進化後的模樣這麼對不起妳……如果妳不喜歡愛說教的魔劍，就由我負起責任回收吧。」

「不，羅潔梅茵大人。能夠代替我記住事情，還能為我提供意見的魔劍，這世上就只有這麼一把而已。我會好好珍惜這把魔劍。」

安潔莉卡說她很高興魔劍稱呼自己為主人，拿起桌上的魔劍，輕輕撫過魔石。

「是啊，主人缺乏的知識，就由我來補足吧。」

魔石說完，安潔莉卡喜孜孜地表示：「補充知識這件事就交給你了。」一人一劍看來氣味相投，我卻不安得要命。

「……安潔莉卡，妳真的不介意嗎？它會非常非常嘮叨喔？」

這簡直像是只會出一張嘴的斐迪南全天候都在自己身邊。我覺得心情絕對很難平靜得下來。然而聽了我的勸告，斐迪南發出「哦……」的低吟。

……慘了，我又說錯話了。

斐迪南用力捏起我的臉頰，低頭看向安潔莉卡說：

「安潔莉卡，倘若妳不介意，那就繼續使用這把魔劍吧。但是，以後禁止羅潔梅茵再注入魔力。我不想再看到它有更多奇怪的變化。」

聞言，除了一臉遺憾的安潔莉卡外，全員都大力點頭表示同意。

增加印刷品

安潔莉卡的說教魔劍誕生至今已經過了好幾天，這把魔劍實在非常有趣。雖然魔劍因為斐迪南的魔力產生了個性，而且還會說話，但本身並不具有任何知識。聽說要從今以後由主人安潔莉卡教導它，或是聆聽旁人說話的內容，才會慢慢累積知識。也就是說，現在是一把什麼也不懂的魔劍在對安潔莉卡說教。

「所以就只是很愛說教而已嗎？」

這也太煩了吧……我在心裡頭嘀咕。魔劍發出亮光，用鄭重其事的口吻說道：「首先最重要的，是主人必須累積知識。」只有說話方式和斐迪南一模一樣。

「那如果要讓魔劍獲得知識，安潔莉卡得先讀書才行呢。」

「斯汀略克和我不一樣，絕對不會忘記內容，所以很值得對它進行教育。」

「斯汀略克？」

安潔莉卡露齒一笑，緩緩摸著魔劍說：「是這把魔劍的名字。」她說魔劍擁有了智慧以後，總覺得需要為它取個名字。達穆爾帶著五味雜陳的表情，低頭看向用斐迪南語氣說話的魔劍，再環抱手臂看向安潔莉卡。

「安潔莉卡，那為了增加斯汀略克的知識，妳要不要先預習四年級生的課程？」

這樣一來直到安潔莉卡理解為止，就不用再重複說明好幾遍，能省去我們不少時間——

達穆爾咕噥道。柯尼留斯也點頭贊成。

「是啊。兄長借給我的資料當中，也有四年級生的講義。」

「為免之後又要大量補課，預先學習確實很重要。」

布麗姬娣的看法也一樣。聽了大家的意見，安潔莉卡神色認真地連連點頭，緊接著藍色雙眼晶燦發亮，輕輕地把魔劍遞給達穆爾。

「達穆爾，那就拜託你了。斯汀略克，加油。」

「主人！應該妳先學習才對吧?!倘若沒有妳注入魔力，我也無法收集旁人的聲音。妳必須歸納過內容後再教給我，否則主人的魔力根本支撐不了多久！」

看來安潔莉卡的魔力量並不足以一整天都往魔劍注入魔力，她緊握著魔劍，深受打擊地瞪大眼睛。

「也就是說，我還是逃離不了讀書嗎？」

「廢話，妳這笨蛋！」

熟悉的怒吼聲聽來簡直是斐迪南本人，我不禁感到佩服。好厲害的魔劍。希望它可以繼續保持，鞭策安潔莉卡讀書。

「那我們盡量先整理好內容，讓妳和斯汀略克可以一起學習吧。」

「達穆爾，太感謝了。」

達穆爾與柯尼留斯開始為安潔莉卡訂定起教學計畫。我側眼看著他們，伸手拿起堆成小山的資料。

……不管是參考書還是資料，沒看過的文章都要先看過一遍。這就是我的生存之道。

我看著艾克哈特提供的四年級講義，同時回想起了以前每當新學期開始，領到新的教科書時總是很幸福。就讀貴族院期間，艾克哈特想必時常請教斐迪南吧。他提供的資料上到處都寫有斐迪南的註解，我「唔唔」蹙眉。

「布麗姬娣，如果利用艾克哈特哥哥大人和斐迪南大人手邊的貴族院資料，做成給學生看的參考書，妳想會有很多人買嗎？」

麗乃那時候，成績好的人所抄寫的筆記也相當具有價值。像這裡既沒有教科書，上課時也都要靠自己把課堂內容整理起來，如果能夠做成參考書，應該很值錢吧？

「我想確實會賣得很不錯，但是……」

布麗姬娣說著，紫水晶般的眼眸瞥向達穆爾，感覺帶有苦笑。我隨著她的視線望去，發現達穆爾垮著眉尾，一臉為難。

「達穆爾，有什麼問題嗎？」

「對於沒有多少閒錢的下級貴族來說，在木板上整理好課堂內容後拿去販售，以及代人抄寫課堂內容的工作，都是賺取零用錢的絕佳機會。倘若羅潔梅茵大人整理了斐迪南大人與艾克哈特大人的資料，做成參考書販售，我想可能會有學生因此陷入經濟困難。」

原來這是貧窮學生的貴重收入來源，那我可不能搶走。如果真的想賣參考書，得先想辦法讓學生們有其他途徑可以賺錢。

「雖然我覺得這是個好主意，可以提升艾倫菲斯特整體的學習能力，但看來還是該再考慮看看呢。」

「感激不盡。」

聊著這些事情的時候，一隻奧多南茲朝著布麗姬娣飛來。白鳥啪沙啪沙地揮動翅膀，降落在布麗姬娣的手腕上，開始用斐迪南的聲音說話。他說普朗坦商會向我提出了會面請求，有事情想趕在夏天來臨前與我商量。

因為土之日休息，我可以利用那天回神殿。我請布麗姬娣變出傳話用的奧多南茲，對著奧多南茲說話。

「斐迪南大人，我是羅潔梅茵。後天實之日的魔力供給結束後，直到水之日的魔力供給為止，我預計返回神殿。請幫我轉告吉魯，與普朗坦商會的會面訂在水之日上午吧。」

「那麼土之日要協助我處理公務，第三鐘響後來神官長室。」

聽完斐迪南接著傳來的回覆，可以肯定我這週的休閒時光泡湯了。這陣子來我週末都是在城堡悠悠哉哉地看書度過，這週末的行程對我來說恐怕會有些難熬。

晚餐席間，我向波尼法狄斯和韋菲利特報告了我週末的行程。

「我打算回去察看工坊與孤兒院的情況，所以實之日的魔力供給結束以後，直到水之日的魔力供給之前，會離開城堡一段時間。」

「嗯，妳要小心別太勉強。」

惜字如金的波尼法狄斯點點頭說。波尼法狄斯的容貌與卡斯泰德十分相似，雖然上了年紀，塊頭卻相當大，肌肉也很壯碩。由於說話語氣比卡斯泰德更粗野，眼神又很銳利，所以給人的感覺相當恐怖。然而柯尼留斯表示，他其實對我非常疼愛。據說波尼法狄斯很少會顧慮到別人的身體狀況。至少換作是哥哥大人們身體不舒服，他都只會怒喝一聲「太軟弱了！」而已。

柯尼留斯還說，不只卡斯泰德曾經威脅過：「父親大人只要大聲一喝，羅潔梅茵就會沒命。」再加上我好幾次都在城堡裡暈倒，知道我的身體是真的虛弱，所以波尼法狄斯才盡量不靠近我。好像是要接近一個連被雪球砸到都會暈倒的孩子，讓他感到害怕，怪不得總是與我保持距離。

「羅潔梅茵，妳提供完魔力後，還有辦法騎著騎獸去神殿嗎？妳強壯的地方跟別人真不一樣。明明只是跑一段路就快死掉，魔力供給的時候卻一派輕鬆。」

韋菲利特皺起眉嘀咕說。他光是操縱魔石的魔力就累得筋疲力盡，所以似乎不敢相信我在供給完魔力後，居然還能移動到神殿。

「因為體力和魔力不一樣啊。」

也是因為我已經很習慣魔力在體內流竄的感覺，也經常少量地使用魔力，所以魔力不會在體內累積過多。和魔力常常快要滿溢出來的平民那時候相比，我現在已經很少感受到生命危險了。

然後到了實之日。我照著先前說好的，供給完魔力後才返回神殿，這時候第七鐘都已經響了。

「羅潔梅茵大人，歡迎您的歸來。」

所有侍從排成一排出來迎接。由於好久不見了，我感到非常懷念。

「我回來了，大家都還好嗎？」

一回到房間，早已準備好的侍從們馬上為我沐浴。隨後我一邊喝著法藍泡的茶，一邊在就寢前聆聽大家報告。首先是負責管理神殿長室的法藍與薩姆。這陣子法藍、薩姆和莫妮卡都不是在神殿長室，而是轉往神官長室處理公務，但除此之外沒有其他改變。

「神殿長室這裡一如既往，倒是神殿內部日漸產生了變化。」

「看見坎菲爾大人和法瑞塔克大人近來受到神官長重用，有幾名青衣神官也對處理公務表現出了興趣。」

原本立場中立的青衣神官在看見坎菲爾與法瑞塔克現在的模樣後，都漸漸往斐迪南靠攏。聽說他們以前就屬於中立派，所以斐迪南判定應該不會有什麼危險，也開始對他們進行教育。而至今從沒做過像樣工作的青衣神官們，現在就和一開始的坎菲爾和法瑞塔克一樣，每天都過得水深火熱。坎菲爾和法瑞塔克因為以前也是這樣一路走來，都對他們投以溫暖的眼光。

「神官長近來精神抖擻，羅潔梅茵大人擔心的服藥次數也減少了許多。」

「大概是因為多了可以慢慢分擔工作的人手，感覺得出比較游刃有餘。」

聽起來斐迪南不只不再依賴藥水完成工作，也順利地栽培了更多後輩。雖然有點同情正接受著熱血教育的青衣神官，但真是太好了，可喜可賀。

「吉魯、弗利茲，工坊的情況如何呢？」

聽完法藍和薩姆的報告，我接著問吉魯和弗利茲。我最關心的事情，就是工坊的印刷進度。我邊問邊目不轉睛地盯著吉魯手上的新繪本，吉魯注意到後，笑著朝我遞來。

「冬季眷屬神的繪本已經完成了。」

我接過繪本，緩緩撫摸封面。上頭點綴著代表冬季貴色的紅色花瓣，外觀鮮豔醒目。我再用臉頰磨蹭，墨水的氣味便撲鼻而來，味道好聞得教人陶醉。

我緊接著拿來房裡的所有繪本，全部擺在桌上。最高神祇與五柱大神，還有春夏秋冬四個季節的眷屬神繪本一字排開。看到兒童版的聖典繪本全部都完成了，我不自覺地發出了感動的嘆息。

「呼……成套的繪本看起來更是賞心悅目呢。太美妙了，為我的古騰堡們獻上感謝，也為神明獻上祈禱吧。為睿智女神梅斯緹歐若拉與藝術女神裘朵季爾獻上祈禱！」

我筆直舉高雙手，獻上祈禱以後，吉魯一雙接近黑色的紫色眼睛也得意發亮，用力點頭說：「看到羅潔梅茵大人這麼開心，我也很高興。」

「吉魯，你們做得太好了，有這麼多優秀侍從的我真是幸福。那接下來要印什麼呢？得照著這個速度繼續增加書本才行，唔呵呵。」

法藍無奈地嘆一口氣，在我正興奮不已的時候輕拍我的肩膀。

「羅潔梅茵大人，您太激動了，請冷靜下來。薩姆和弗利茲都嚇到了。」

我只是稍稍爆發出了自己對書本的愛意而已，薩姆和弗利茲卻都僵硬著臉龐，看起來有些受到驚嚇。

「薩姆、弗利茲，羅潔梅茵大人平常看到書時都是這種反應，請努力習慣吧。」

法藍這麼對兩人諄諄教誨時，我疊起繪本抱起來，小心翼翼地擺到櫃子上。光是稍微拉開距離，注視著擺在自己房裡的書本，我就不由自主滿足嘆氣。

……呼啊，太美好了。

看見不只是圖書室，自己房裡的書本也越變越多，這真是太棒了。這種看著書本慢慢增加的幸福感，究竟該怎麼形容才好呢。

「真想向這世界的所有人分享這種幸福呢。」

「……羅潔梅茵大人不是打算星結儀式過後，要把書賣給大家，分享這份幸福嗎？」

吉魯說得真是太對了。我雙眼發亮，抬頭看向吉魯。

「沒錯，我要把這份幸福也分送給大家。但既然要分送，我希望再多印點書呢。吉魯，騎士故事集有辦法趕在星結儀式之前完成嗎？」

我問完，吉魯「嗯……」地把頭歪向一邊，豎起手指不知道在算什麼，然後一臉遺憾地搖頭。

「目前有三篇短篇已經印好了，但如果要全部印完，恐怕是來不及。」

「因為無論是組排金屬活字還是校對，全都非常耗時，星結儀式之前，也無法肯定能再印好兩篇短篇。」

弗利茲接著補充說道，同時拿出目前做到一半的短篇。

「羅潔梅茵大人，請問騎士故事該如何裝訂呢？要等到全部完成後一起裝訂，還是每則短篇各別分開？還請您下達指示。」

我接過弗利茲遞來的三則騎士短篇，很快地看過一遍，一邊思考要怎麼販售。由於購買的人可以再依自己的喜好加上封面，所以每則短篇分開裝訂應該是沒問題。而且或許有的人雖然買不起全部，但至少可以買一則短篇。

「請每則短篇分開裝訂吧，做好的短篇可以先拿去販售。」

「遵命。」

「羅潔梅茵大人，由於繪本已經印好了，所以謄寫版目前是閒置狀態。有沒有什麼能用謄寫版印刷的書籍呢？」

我想馬不停蹄地接著印書——聽了吉魯這麼可靠的發言，我從桌子抽屜裡拿出「想印書籍清單」。

「文字量多的書籍還是使用金屬活字，用凸版印刷印製，文字才會比較工整美觀；謄寫版印刷則是適合印製圖畫數量較多的印刷品吧。那要印什麼好呢？」

因為要在星結儀式結束後販售，和之前冬天在兒童室裡販售教材不一樣，可能也要準備一些大人會感興趣的書籍。樂譜和食譜集應該可以列入考慮，而且我一直在想等到有時間了，就要印製這一類的印刷品。

「我覺得樂譜和食譜集很適合用謄寫版印刷，那等明天我和神官長討論過以後，再作決定吧。」

我能待在神殿的時間不多，如果想做完所有該做的事情，恐怕會非常忙碌。第三鐘響後，就要去神官長室幫忙處理公務，到時再問斐迪南能不能印製樂譜和食譜集吧。我往寫字板寫下要做的事情，也告訴法藍，最後慢吞吞地爬上床鋪。

在城堡，土之日是美好的休假日，可以一整天都窩在圖書室裡頭，但到了神殿卻是一切如常。第三鐘響的同時，我就要前往神官長室。

「神官長，打擾了。」

「嗯，來了嗎？那麼，先為妳介紹最近開始在神官長室工作的青衣神官。」

斐迪南從文件當中抬起頭來，這麼說道。沒有見過幾次面的青衣神官們於是停下工作，向我跪下。他們應該就是最近開始接受教育的青衣神官吧，和我一樣桌上都堆著小山般的木板，正在和計算機奮戰。

簡單介紹完了青衣神官以後，斐迪南對於我在城堡的生活提出了幾個問題，然後終於可以進入正題。我在辦公桌上往前傾身，討論我接下來想印製的書籍。

「現在與諸神有關的繪本已經完成了，接下來我想利用謄寫版印刷樂譜和食譜集。我可以把神官長在演奏會上彈奏過的曲子印成樂譜，拿出來販售嗎？」

雖然源頭是我哼的歌曲，但用飛蘇平琴加以改編，寫成了琴譜的人是斐迪南和羅吉娜。我徵求許可後，斐迪南聳聳肩。

「作曲者不是我，只要妳別加上奇怪的圖畫，就隨妳高興吧。」

「咦？可是，我打算在作曲者欄寫上神官長的名字喔。因為我又寫不出樂譜，改編成飛蘇平琴琴譜的人也是神官長吧？」

「我做的只是編曲，並非作曲，所以作曲者不能寫我的名字。」

斐迪南這麼表示，拒絕列為作曲者。可是，我也不認為作曲者該寫我的名字。我只是基於麗乃那時候的記憶才知道這首歌，並不是真的由我本人創作。

「可是，就算作曲者寫我的名字，我自己根本不會彈啊。」

「作曲和會不會彈奏是兩回事，標記一定要正確。」

本來想把引人注目的事情都推給斐迪南，卻被他擋下來了，真沒辦法。編曲者就寫上斐迪南和羅吉娜的名字，然後寫得顯眼一點，再以「樂曲原案：羅潔梅茵」的方式小小地標上我的名字，別把自己列為作曲者吧。

「對了，我還想順便印製羅潔梅茵精選食譜集，請問有什麼該注意的事情嗎？」

「要印製是無妨，但販售必須等到冬天，最好是在集結了所有貴族的場合上販售。妳可以先在星結儀式時推出新的餐點，吸引大家的注意，再不經意地透露消息，告訴眾人食譜集預計何時販售、定價又是多少。畢竟食譜集價值不菲，與其他書籍不同。」

目前食譜集的定價還沒有決定好。究竟要顧及齊爾維斯特之前支付的價格訂個適當金額？還是以限量販售的方式提升價值，抬高售價？看來也得和班諾商量才行。

「那麼，我會開始準備印製樂譜和食譜集。樂譜我打算請羅吉娜撰寫，請問可以嗎？」

「嗯，交給她應該沒問題。」

羅吉娜寫得一手好字，音樂造詣也深。一起編曲的時候，斐迪南也看過她寫的樂譜，所以馬上下達許可。

「如果妳要談的事情都談完了，快點工作吧。該計算的資料堆積如山。」

我久違地對著大量木板，在石板上揮筆計算。最近才剛開始訓練的青衣神官看了都目瞪口呆，嘟囔說著：「好快。」顯然他們現在的計算速度還沒能讓斐迪南滿意。

「你們別發呆了。速度本就不快，手別再停下來，快點計算。」

斐迪南頭也不抬，看著文件斥道，青衣神官們「噫」地倒抽口氣，操作起計算機。他們的動作看來明顯還不習慣，恐怕要花點時間才能真正幫上忙吧。

第四鐘響便是午餐時間。計算完資料，我回到神殿長室，快步走向彈著飛蘇平琴的羅吉娜。

「羅吉娜，我得到神官長的許可了，想麻煩妳撰寫樂譜。」

羅吉娜停下彈琴的雙手，連連眨了幾下眼睛，緩慢側過臉龐。她的動作老樣子非常優雅，教人看得入迷。

「請問是什麼樂譜呢？」

「就是神官長在飛蘇平琴演奏會上彈奏過的所有樂曲。我要印成樂譜販售，所以要麻煩妳寫得細心一點，曲名和編曲者都要使用裝飾性的美麗字體。」

「遵命。身為專屬樂師，我一定不負您所託，用心完成樂譜。」

只要是與音樂有關的事情，羅吉娜基本上都喜歡，所以欣然答應了撰寫樂譜的工作。我請她編曲者寫上斐迪南的名字，再把我列為樂曲原案，標上小小的名字。羅吉娜手托著腮略微思考，眼神游移。

「除了神官長改編過的樂譜，我也可以撰寫自己改編的樂譜嗎？」

我高舉雙手，接受羅吉娜的提議。

「那當然，我非常歡迎有更多樂譜喔。等到樂譜寫好了，請妳再交給弗利茲或吉魯，我會告訴他們可以直接開始印刷。」

「羅潔梅茵大人，我明白您高興的心情，但請先吃完午餐，再談論印書的事情吧。」

想到印刷品的數量會再增加，我高興得激動起來，法藍立刻出聲提醒我。他的語氣讓我聯想到了麗乃那時候的母親。每當我沉浸在書的世界裡頭，忘記吃飯，母親總會發出這種充滿無奈的話聲。

「我現在就吃。」我聳聳肩坐下來，妮可拉把餐點端上桌。

「羅潔梅茵大人，今天因為雨果來了，餐點做得比平常還要用心喔。為了與艾拉對抗，雨果還做了在義大利餐廳學到的新菜色，我也很期待分送下來的餐點呢。」

我抬頭看向開心地擺著餐點的妮可拉，想起了要拜託她的事情。

「妮可拉，我們接下來要印製羅潔梅茵精選食譜集喔。」

「哇啊，食譜集嗎？可以把美味的食物分享給大家，真是太棒了。」

妮可拉欣喜地拍手，我拜託她擔任我與雨果及艾拉間的溝通橋樑。如果我可以直接與廚師對話，其實會簡單得多，但如今我已經是領主的養女了，甚至不能隨意進出廚房。

「首先要請妳把自已知道的食譜寫下來，寫的時候記得也要和雨果還有艾拉一起討論。然後請幫忙把食譜分類，一邊是容易製作、大家也比較熟悉的，另一邊是事前準備工作繁雜，就算看了食譜也不知道要怎麼做的料理。等決定好要收錄哪些食譜……」

「羅潔梅茵大人，方才已經提醒過了，請您先用完午餐，再討論印書的事情。」

法藍抱著往杯子倒水用的水瓶，笑容開始散發出寒意。這是危險徵兆。

「對不起，那我先用餐了。」

我立即道歉，拿起餐具。察覺到法藍的怒氣，妮可拉也說著「我去準備下一道餐點」，急匆匆地撤退回廚房。

我在嘴裡咀嚼著當季蔬菜做的沙拉，忽然想到了一件事。

「莫妮卡，不好意思，麻煩妳去工坊，幫我借裝訂書籍用的針線過來。」

「羅潔梅茵大人，有關印刷的事情……」

「這、這跟印刷沒有關係，是跟裝訂……不對，這是下午的行程還有準備喔。」

我慌忙向法藍辯解。法藍就和斐迪南一樣按住了太陽穴。如果是斐迪南在場，他肯定會說「真受不了妳」吧。這對主從還是老樣子這麼相像。我待在城堡的這段期間，因為一直都要協助斐迪南處理公務，搞不好法藍又比以前更像斐迪南了。

眼看著莫妮卡走出神殿長室，這次我真的乖乖安靜吃飯。吃完午餐，我就要裝訂書本，是我從冬天開始一點一點慢慢寫好的母親故事集。順便說，封面是我畫的全家福。雖然是Q版人物，大概很難被這裡的人接受，但這裡又沒有照相技術，我也是萬不得已。

……等全世界僅有一本的手工繪本完成了，再請路茲轉交給家人吧！

與普朗坦商會的會談

這一天要與普朗坦商會面談。第三鐘響的同時，我便抱著做好的母親故事集和要給家人的信，踏出神殿長室。

……唔呵呵、唔呵呵，可以見到路茲啦～

「讓各位久等了。」

抵達孤兒院長室的時候，班諾、馬克、路茲，現在再加上歐托，已經在一樓喝著妮可拉泡的茶等我了。結束了形式上的冗長問候後，馬上走上二樓，進入秘密房間。

「哇——！路茲、路茲、路茲、路茲，我好想你喔！家人他們過得怎麼樣？都還好嗎？」

我用力一蹬撲向路茲，他像是早就預料到了，一邊接住我一邊敷衍應聲：「嗯，好、好。」然後他輕拍著我的頭，咧嘴一笑。

「聽到我說領主大人不在的時候，妳得留在城堡，直到夏天才會回神殿，昆特叔叔他們都擔心得要命，很怕妳會不會在城堡裡闖禍……」

「大家好過分！我可是很認真地在履行職責喔！」

居然這麼不相信我，太讓我失望了。最近聖女傳說還在周遭的貴族間加速傳開，說不定最不信任我的反而是我自己的家人。

「虧我還為了多莉這麼賣力做書……」

「書？」

「是要送給多莉的書喔，今年夏天多莉就滿十歲了吧？所以這是賀禮。可以幫我交給她嗎？」

在這裡，七歲就要舉行洗禮儀式，然後簽約成為學徒。十歲這年，正好三年的學徒契約也到期了，必須決定是否要與原工坊更新契約，還是與其他工坊簽約，又或者工坊看中了自己的才能，轉為簽訂都帕里契約。就各方面而言，都會在這年邁入新階段。裙襬也會從膝蓋變到小腿的長度，不會再被當作是小孩子。換作麗乃那時候，就像是從小學畢業，成了國中生或高中生的感覺吧。雖然還未成年，但也不再是小孩子。

而我做了母親的故事集，要送給多莉當作十歲的禮物。

「啊，對了。多莉之前說過，等她十歲就要換去珂琳娜夫人的工坊，現在怎麼樣了？有辦法進入珂琳娜夫人的工坊嗎？」

我抱著路茲，環顧普朗坦商會一行人。班諾慢慢地把目光投向歐托，開口說道：

「剛好這就是今天想談的正事，我們想聽聽妳的意見。」

「咦？」

在班諾與馬克的催促下，我放開路茲坐下來，班諾和歐托坐在我對面，馬克和路茲則站到他們身後。

「現在你可以放輕鬆了，由你來說吧。畢竟我不再是奇爾博塔商會的老闆。」

被班諾用手肘輕戳以後，歐托看著我，眼神有些游移不定。

「啊，應該不能再叫梅茵了吧？所以要叫羅潔梅茵大人囉？嗚哇，感覺好奇怪。」

歐托自言自語地嘰咕幾句後，先是吸一口氣，開口說了。

「妳也知道春天一結束，多莉的都盧亞契約就到期了吧？所以多莉必須在夏天之前決定好下一個工作地點。我也是為了這件事情才拜託班諾，要求面見羅潔梅茵大人。」

原來急事與多莉有關。可是，我不懂與多莉有關的事情，為什麼需要我的意見。

「目前討論時的大方向，都是多莉會與奇爾博塔商會簽約，因為多莉對奇爾博塔商會來說十分重要。雖然知道內幕的人很少，但她可是與領主的養女羅潔梅茵大人有著聯繫，在髮飾製作上也是非常重要的工藝師。」

多莉不僅會認真地構思新的花朵款式與織法，目前我也只購買多莉與母親做的髮飾。他說為了留住領主養女這樣高級的客戶，希望能與多莉簽訂都帕里契約。

「在此之前，珂琳娜除了自己感興趣的事情外，其他工作都只要交給班諾處理就好了。但是，如今班諾已經獨立出來，成立了普朗坦商會，他還有馬克和路茲等等……與羅潔梅茵大人有著極深淵源的人，都跑去了普朗坦商會吧？」

「所以才需要多莉嗎？」

「嗯，可以這麼說吧。」

聽說珂琳娜是為了保有我與奇爾博塔商會的聯繫，才想招攬多莉。「嗯哼……」我點頭聽著歐托的說明，班諾再補充說了。

「不光髮飾，妳還為騎士設計了新衣吧？珂琳娜好像想藉由那套新衣，努力留住妳這個客戶。」

「哦，這樣子啊……」

「妳看起來完全不感興趣嘛。」

路茲說，我大力點頭。在我聽來，我只覺得這些事情根本無關緊要。

「如果你們為了商會利用多莉，害她傷心哭泣，那我絕對無法原諒你們。可是，既然多莉自己也想進入珂琳娜夫人的工坊，珂琳娜夫人也認為多莉具有價值，這樣不就好了嗎？究竟想找我商量什麼事情呢？」

想簽都帕里契約就簽吧。就這麼簡單而已。目前我完全看不出來要討論什麼事情，所以提不起興趣，歐托傷腦筋地笑了笑。

「當然多莉本人也希望進入珂琳娜的工坊，我們也都往這個方向討論。但是，現在的難處在於不知道該簽訂都盧亞契約，還是都帕里契約。」

歷經路茲之前的風波，我多少有點概念，但依然不算非常了解都帕里與都盧亞之間的差異，於是我看向班諾問道：

「都盧亞與都帕里的待遇並不一樣吧？」

「嗯，沒錯。基本上都帕里的待遇比都盧亞要好，但當然也有更多限制。」

每三年簽訂一次契約的都盧亞可以在不同的店家進修，藉此學習各種技藝，也能拓廣人脈，只是沒什麼保障。倘若能力不夠好，店家還會拒絕與他更新契約，也可能不願為他介紹下一份新工作。一旦下一份工作沒有著落，生活會頃刻陷入困境。

相較之下，都帕里的生活起居不只能得到妥善照顧，也不需要再找下一份工作，工作上的待遇也比較優渥。但是，這輩子都會被綁在同一間店。正如同薩克與約翰說過的，既不能出來自立門戶，也不能換到其他間店。

普朗坦商會從奇爾博塔商會獨立出來以後，由於路茲和馬克也跟著移動，所以現在是普朗坦商會的都帕里。但因為已經是不同的商會了，所以兩人今後再也不能回到奇爾博塔商會。

「多莉如果要與奇爾博塔商會簽訂都帕里契約，最大的難關會是妳。」

「咦?!我哪裡拖累到多莉了嗎?!」

完全沒有意識到自己連累了多莉，我嚇得捂住兩邊臉頰，深深倒吸口氣。多莉一直這麼照顧我，我居然不知道自己連累了她。接下來得認真聽才行！我感覺得出自己血色盡失，往前傾身想問清楚，路茲笑著擺擺手。

「啊，不是啦。意思並不是妳拖累了她，是如果妳以後搬到了其他地方，多莉說她也想跟著妳一起移動。」

路茲一邊擺手一邊說道，但我還是一頭霧水。「這是什麼意思？」我問，路茲先看向班諾，微微點頭後說了：

「我和老爺都已經做好覺悟，如果妳往後會搬去其他城市，普朗坦商會也將跟隨妳的腳步。因為普朗坦商會主要負責拓展印刷業、販售書籍，妳又對書有那麼強烈的執著，對於印刷最有熱忱的支持者，可以肯定當然是我，所以普朗坦商會才打算跟在我身邊，以便擴展植物紙協會與印刷協會。真是可靠的夥伴。

待在妳身邊當然是最好的。」

「我把這件事告訴了多莉以後，她就說她也想一起移動。」

至今路茲和多莉都以為，只要加入奇爾博塔商會底下的珂琳娜工坊就沒問題了。只

要進入奇爾博塔商會，跟在路茲與班諾身邊，多莉就能跟著我移動到任何地方。

然而，現在卻分成了以印刷業為主的普朗坦商會，和以服飾業為主的奇爾博塔商會。一旦決定成為奇爾博塔商會的都帕里，多莉就再也無法脫離奇爾博塔商會。和已經下定決心，會追隨我腳步的普朗坦商會不一樣，主要在艾倫菲斯特做生意的奇爾博塔商會不可能離開這裡。

「嗯～？意思是多莉想簽訂都盧亞契約嗎？可是，我會一直待在艾倫菲斯特喔。神官長也說過，領主多半不會輕易放人，我也很有可能嫁給下任領主。」

雖然斐迪南說的終歸只是可能性而已，但如今聖女傳說已經加速傳開，印刷業又開始擴張，我更覺得自己不可能離開到他領去。

「但這只是領主現階段的期望而已吧？比艾倫菲斯特強大的領地多得是。倘若將來有政治力量介入，妳也有可能被迫嫁往外地。」

聞言，我小聲嘀咕：「這麼說也沒錯啦。」仔細想想，我雖然學習了艾倫菲斯特領地內的地理知識，但對於其他領地幾乎一無所知。只聽近侍們說過，在聚集了全國貴族的貴族院當中，艾倫菲斯特的順位算是在正中間。班諾的擔心或許有天會成真。

「如果妳會一直待在艾倫菲斯特，那當然沒問題，只是……」

班諾說話的同時，赤褐色雙眼發出精光，兇巴巴地瞪著我。

「比起政治力量的介入，我更擔心妳這頭脫韁野馬。妳以前就曾經因為發現了圖書室，為了看書貿然跑進神殿當巫女，搞不好會為了藏書量就突然改變結婚對象，這點才是我最擔心的。」

「唔唔……」

聽到班諾舉出前科當例子，我無法反駁。大概是因為相處久了，我覺得班諾完全摸透了我的行動。我實在沒辦法信誓旦旦地說「我才不會那麼做」。

「妳一旦失去控制，我們根本無法預料妳會跑到哪裡去。」

啊……連我也無法預測呢。

從前明明是要在家工作，負責開發商品，我卻因為在洗禮儀式上發現了圖書室，不顧眾人的反對成為了青衣見習巫女。後來又因為預料之外的發展，變成了領主的養女，現在更身任神殿長一職，這樣回想起來，班諾的擔心也不算無憑無據。我嘿嘿傻笑想蒙混帶過，班諾瞪著我的眼神更兇狠了。

「蠢丫頭，這才不好笑。」

我趕緊從班諾身上別開視線，轉向歐托攀談，改變話題。

「呃……也就是說，奇爾博塔商會傾向於簽訂都帕里契約，留住多莉。但多莉為了能夠和我一起行動，不想被綁住吧？」

「妳有沒有什麼好主意？」

「嗯……那要不要先簽訂都帕里契約，將來如果真的有需要，再另外開分店呢？」

「『分店』？那是什麼？」

「就是在其他城市成立奇爾博塔商會二號店，然後交給都帕里管理。」

「不是獨立出來？」

「對，不是獨立出來，而是再成立一間奇爾博塔商會。那麼商會內部的人自然可以往來流動，也能繼續沿用商會訂定的流程傳遞資訊。這樣一來，多莉就能以都帕里的身分，調到其他城市的奇爾博塔商會工作。」

我試著說明，然而班諾、馬克和歐托都一臉不明所以地歪過頭。這裡沒有所謂的連鎖店，城裡的居民也極少搬到外地。雖然會一起努力振興一家店，或是藉由聯姻與其他店家成為親戚，但在走路就到得了各個地方的城市裡頭，同一家店開好幾間根本沒有意義。也因為沒有這樣的店，難怪他們無法理解分店是什麼意思。

「嗯，總之也不用想得這麼複雜，我覺得大可以簽訂都盧亞契約喔。」

雖然提出了妥協方案，但我認為多莉想怎麼做就怎麼做吧。多莉曾說過珂琳娜是她崇拜的裁縫師，所以如果她想加入工坊，我當然會全力支持，但她也沒有必要因此被奇爾博塔商會綁住。

「奇爾博塔商會是為了自己的利益，才想簽訂都帕里契約留住多莉吧？如果多莉想跟著我一起移動，我也可以馬上為多莉準備一間新工坊喔。其實我個人更希望她簽訂都盧亞契約，以後才方便移動呢。」

只要不與他領的人結婚，我就不會離開艾倫菲斯特。如果真的會搬走，只要動用我現在的存款，再加上當作是遺產為了家人另外存下來的錢，完全足以在其他城市購買市民權，再準備工坊與住處。即便是一直都住在艾倫菲斯特，多莉的實力也會隨著年紀而增長，到時我也可以用領主養女的身分提供援助，讓她擁有自己的工坊。多莉不需要非得成為都帕里不可，有我在背後支持她。

「……妳現在擁有的資金與權力，確實足以讓多莉自立門戶呢。」

歐托長年來都是旅行商人，後來把所有存款都用在購買市民權與迎娶珂琳娜上，所以話聲中帶有著些許苦澀。

「但是，如果會一直住在艾倫菲斯特，考慮到待遇與周遭旁人的觀感，進入珂琳娜夫人的工坊時，還是簽訂都帕里契約對多莉比較有利吧。」

我說完，歐托頻頻點頭。

「我會把『分店』這個想法轉告珂琳娜，再好好想一想。」

「那我也會告訴多莉有關『分店』的事情，以及如果她將來有需要，妳也能夠為她準備工坊。」

我對路茲點點頭，這件事就此告一段落。班諾像要切換思緒似的輕輕甩頭後，猛地往前傾身。

「那關於多莉的事就到此為止……接下來是普朗坦商會的請託。現在一切已經準備就緒，可以派人前往伊庫那了。想請妳與基貝．伊庫那洽談這件事情。」

「咦？有足夠的人手可以與貴族應對了嗎？」

記得不久前才說過，現在雖然與貴族的往來變多，卻沒有人手可以應對，所以沒有餘力把路茲派往外地。班諾搔了搔頭，「啊……」地含糊應聲。始終站在班諾身後待命的馬克，柔和地瞇起深綠色眼睛。

「我們獨立出來，成立普朗坦商會後，各店送來的都盧亞全是原先店裡的菁英，比預期更能夠毫無窒礙地接待貴族。拜此之賜，現在店裡的人手比以前還要充足。」

來自各店的都盧亞們都想從班諾這裡分一杯羹，讓自己原本的所屬店家也能從中獲利，所以能力都優秀得連馬克也予以認同。

「老實說，目前普朗坦商會的商品並不多，得趁著現在貴族還對我們保有興趣的時候，盡量多開發新商品，而我也希望是我手下的都帕里學徒路茲取得妳所提供的資訊，製作新的產品。」

「如果要研究新的紙張，也是一直以來都在做紙的我更能勝任啊。」

我也跟妳說好了，妳想的東西，都由我來做吧？——路茲說完挺起胸膛。

「現在印刷機和繪本的製作剛好都告一段落了，確實是開發新商品的好時機呢。等到了星結儀式，我就能與基貝．伊庫那討論這件事。」

「……比我預期的還快哪，我還以為得等到冬季的社交界。」

「因為向他報告過布麗姬娣將穿上我為她設計的新衣，在星結儀式上亮相，所以聽說基貝．伊庫那也會來到艾倫菲斯特。如果到時能和他討論這件事情，我想應該就能派遣普朗坦商會的人前往伊庫那，研究新紙張了。」

基貝．伊庫那看起來很希望與我打好關係，也說過希望伊庫那能有自己的特產，對於開發新紙張很感興趣。而且從身分來看，只要我開口要求，他既不會也無法拒絕。我反而得小心拿捏分寸，別演變成是我用權力迫使他答應。

「這樣啊。我本來還預期妳得等到冬天才能與外地貴族協商，如果夏天就能見面，就必須提早進行準備了。」

「但是伊庫那路途遙遠，如果要過去研究紙張，有可能好一段時間都無法回到艾倫菲斯特。馬克先生和路茲要是過去了，普朗坦商會真的不會有問題嗎？」

從各店派來的都盧亞再怎麼優秀，只有班諾一個人帶領他們不會太辛苦嗎？聽了我的擔憂，班諾面露苦笑搖頭。

「不，馬克也會留下來帶領員工。然後我會從都盧亞裡頭指派一名能與貴族應對的傢伙，讓他代替馬克和路茲一起過去。」

……有這種人嗎？

我想不出有誰可以代替馬克前往伊庫那，皺起了眉。

「請問是誰呢？我預計乘坐我的騎獸前往伊庫那，是可以信任的人嗎？」

「沒問題。就某方面而言他也認識妳，還說與妳見過一次面，當時還說過話。」

班諾、馬克和路茲同時露出了疲憊無力的表情。聽到是和我見過面的人，我更疑惑了。雖然不值得拿來說嘴，但平民時期的我認識的人少得可憐。怎麼可能認識一個與普朗坦商會有關係，還能與貴族應對的人。

「我完全沒有頭緒，究竟是哪一位呢？」

「就是達米安……芙麗妲的哥哥。」

原來追求利益不落人後的渥多摩爾商會，派了達米安加入普朗坦商會當都盧亞學徒。據說是芙麗妲鼓吹哥哥說：「這可是與羅潔梅茵大人有關的新事業，身為商人怎能不積極參與呢。」

「啊，我確實在芙麗妲的洗禮儀式時見過一次面。住在公會長家打擾的時候，我曾經見過芙麗妲的家人。記得芙麗妲有兩位哥哥，但兩個人我都記不清楚長相了。只記得他們一家人個性都很強勢，而且不聽別人說話。」

「嗯，妳的觀察很正確。他們對利益很敏銳，作風也很強勢。」

從班諾的表情來看，想必成了都盧亞的達米安在普朗坦商會也是蠢蠢欲動，想讓他們家族可以從中得到好處吧。雖然聽說芙麗妲最像她的祖父公會長，但我想她的哥哥達米安大概也不遑多讓。

「路茲，你沒問題嗎？制得了達米安嗎？」

我不由得開始擔心起要和達米安一起前往伊庫那的路茲。路茲只有一個人，會不會對抗不了他呢？路茲八成也很不安吧。他沒有挺起胸膛，只是哈哈乾笑，朝班諾投去不安的視線。

「我當然也擔心路茲，但還是無法剔除達米安。」

「這是為什麼呢？」

「因為他與貴族的應對非常嫻熟，利益當前，也懂得忍耐自持。最重要的是，他是著重在開發新商品上的候補人選，而不是販售方面。再加上那個老頭子和那些想觀察情況的大店老闆的施壓，我根本沒辦法拒絕，畢竟那老頭近來很多事情都幫忙通融。」

班諾感到厭煩地大嘆口氣，用力抓抓頭。

「首次前往伊庫那的時候我也會同行，以負責人的身分簽訂植物紙協會的成立契約。把路茲他們安置在伊庫那以後，我再和妳一同回到艾倫菲斯特。然後也只能到處打點，牽制住達米安了。」

「為了路茲，還請確實做好牽制工作喔。」

後來，我們也討論了在伊庫那製造植物紙時的利益應該怎麼分配。如果不先決定好利益的分配，也無法與基貝進行交涉。關於對彼此獲利的期望，以及暫住在伊庫那時對生活有什麼條件與要求，我都問清楚了以後抄寫下來。

「呃……所以說，已經確定要由達米安與路茲前往伊庫那了吧？」

我看著寫字板，向班諾確認與他一同討論後所決定的事情，這時路茲慢吞吞地舉起手來。

「請問，我可以要求羅潔梅茵工坊也派吉魯前往伊庫那，再加上幾名已經熟悉造紙作業的灰衣神官嗎？光我一個人根本做不了紙，而且要是只有我和達米安兩個人，我也會悶到喘不過氣來。我們會負責準備工具。」

「是我想要研究植物紙，才派你們前往伊庫那，所以我當然也會指派工坊的人過去喔。我打算請吉魯和路茲你們自己選人。」

「那太好了。」路茲卸下心頭大石地吁口氣。

「路茲，畢竟想研究新紙張的人是我，其實本來應該要我自己過去研究才對。現在卻變成要麻煩你和吉魯代替我做這些事情，所以我不希望你們有任何不方便，有什麼要求儘管提出來吧。」

「啊，不過，妳也不用太放在心上啦。因為我很期待去伊庫那。」

路茲發出嘿嘿笑聲，肩膀看起來也沒有那麼僵硬了，我鬆一口氣。

「難得要去伊庫那，希望可以找到新的木材，以及能取代耶蒂露和斯拉姆蟲的材料。」

「是啊。我也希望可以成功做出新紙張，增加更多種商品。」

路茲露出了十足帶有商人氣息的笑容後，班諾也點頭說：「現在很需要新商品啊。」

「新商品已經在做了喔。我要印越來越多的書。接下來正打算印製樂譜，也預計在冬天之前完成羅潔梅茵特選食譜集。」

我「哼哼」地挺起胸膛，這才想起了要討論食譜集的定價。

「啊，對了對了。我正在考慮食譜集的定價。要依據之前賣給養父大人和父親大人的價格去作考量呢？還是採取限量販售，賣得比養父大人他們那時候還貴呢……」

「當然是限量販售吧。」

班諾挑了挑眉，只差沒說別問廢話，站在他身後的馬克也笑容可掬地點頭。

「雨果曾經說過，妳構思的食譜得花很多工夫，非常麻煩，要是沒有一定程度的廚藝，很難做得出來。更別說這些食譜在其他地方根本買不到，價格昂貴也是當然的。妳別想著要壓低價格，賣給更多的人。」

儘管強調食譜集的稀有程度，以高價賣出吧——班諾目光炯炯地說。連領主在購買食譜時都付了鉅款，要是賣得太便宜，只會拉低食譜集的價值。班諾說我的知識都應該高價售出。畢竟班諾是我經商上的師父，最好還是聽從他的建議吧。

「不過，食譜集嗎……妳可以收錄一些尹勒絲不知道的食譜，那個老頭肯定會買下來。狠狠敲他一筆吧。」

「班諾先生，你現在的表情非常邪惡喔。」

領主夫婦歸來

結束了與普朗坦商會的面談，回到城堡後又過了幾天。正在韋菲利特的房間裡聆聽下午的課程時，門外的護衛騎士呼喚了安潔莉卡，走出去的她很快再度進來，向黎希達與奧斯華德報告了什麼事情。

「韋菲利特小少爺、羅潔梅茵大小姐，聽說奧伯・艾倫菲斯特回來了。我們前往迎接吧。」

我耳朵雖然聽見了黎希達的聲音，但只是敷衍應著「是……」還是繼續看書。

「父親大人和母親大人回來了嗎?!」

韋菲利特興奮的話聲剛落，面帶著可怕笑容的黎希達立即抽走我手上的歷史書籍。

「請前往迎接以後再看書吧。走了，大小姐。」

我和韋菲利特在黎希達的催促下，前往轉移陣所在的房間。負責看守的騎士打開門扉，讓我們走進去。

進房後，過不久轉移陣便發出耀眼亮光。複雜的魔法陣往上浮起，下一秒卡斯泰德、齊爾維斯特和芙蘿洛翠亞就已經站在轉移陣上了。「父親大人、母親大人，歡迎回來！」韋菲利特立刻衝上前去。

「韋菲利特、羅潔梅茵，我們回來了。你們兩人是否確實盡到了自己的職責呢？」

「那當然，母親大人。我每天都按時供給了魔力喔。對不對，羅潔梅茵？」

「養父大人、養母大人，歡迎回來。韋菲利特哥哥大人雖然還不習慣供給魔力，但每天都很努力喔。」

「這樣呀，你們兩人都很了不起呢，身為母親我很驕傲。」

芙蘿洛翠亞綻開溫柔的笑容，邁步移動。接下來文官們會依序回來，所以要盡快離開鋪有轉移陣的房間。韋菲利特顯然還想向母親報告許多事情，我默默退開，走向正輕輕轉著肩膀的卡斯泰德。

身為領主夫婦的護衛騎士，卡斯泰德一直與他們共同行動。「父親大人，歡迎回來。」我開口這麼說了以後，卡斯泰德微微瞠大了眼，隨即柔和地眯起眼睛，低頭看向我說：「羅潔梅茵，真高興看到妳精神不錯。一切都還好嗎？」

但我正和卡斯泰德閒話家常的時候，齊爾維斯特無預警地戳了一下我臉頰。大概是累得虛脫乏力，他的臉色相當憔悴，眼神也毫無生氣。

「養、養父大人，怎麼了嗎？」

我歪了歪頭，但齊爾維斯特的表情還是不變，帶著死魚般的雙眼頻頻戳我臉頰。我突然間理解了他的要求。

「噗、噗咿？」

「……都是妳害的。」

齊爾維斯特雖然不再戳我，但這一次我完全不明白他到底想要我做什麼。我眨著眼睛，抬頭看向齊爾維斯特，他又用食指輕彈我的額頭。

「好痛！」

「我要問妳有關神殿的事情，第五鐘響後來辦公室。」

「……是。」

我摸著陣陣發麻的額頭，與領主夫婦道別後，與韋菲利特一起回去繼續上課，一直到第五鐘響為止。

接著看書以後，不知不覺第五鐘響了。

「羅潔梅茵，妳要和父親大人談事情嗎？我說好了要與母親大人及弟弟妹妹喝茶。」

隔了這麼久時間父母親終於回來了，韋菲利特看來真的很高興。鐘聲一響他馬上收拾讀書用具，然後踩著雀躍的步伐，奔向本館弟弟妹妹所在的房間。

我因為與齊爾維斯特有約，所以坐著小熊貓巴士，前往齊爾維斯特在本館的辦公室。最近多半是開始習慣了，現在很少有人看到小熊貓巴士後還會一臉吃驚。

「奧伯・艾倫菲斯特，羅潔梅茵大人到了。」

「讓她進來。」

我走進辦公室，只見文官正在整理帶回來的文件資料，侍從正在準備茶水。齊爾維斯特要我坐下後，摒退了護衛騎士卡斯泰德以外的所有人。

「直到我叫你們為止，先出去待命吧，有卡斯泰德留下來就夠了。」

「遵命。」

文官不約而同停下工作，與準備好了茶水的侍從們一同離開。

等所有人都走出房間，再也聽不見腳步聲後，齊爾維斯特才慢慢地吐一口氣，更接著抛開了文官在場時還會勉強維持住的領主威嚴，癱軟地趴倒在桌上。

「羅潔梅茵，都是妳害的。」

雖然他只在親人面前才會表現出這副模樣，但我實在一頭霧水，不知道該做何反應。為什麼會說都是我害的？我完全摸不著頭緒。我朝卡斯泰德投去求助的視線，但他也點頭為齊爾維斯特說話：「這次確實相當淒慘。」

「呃，養父大人，關於神殿您想問什麼事情呢？」

我詢問後，齊爾維斯特把臉龐轉向我，表情充滿怨懟，深綠色的雙眼恨恨地盯著我瞧。

「聽說舅舅大人過世這件事，是妳告訴了姊姊大人。」

「我完全聽不懂您在說什麼。」

「妳絲毫沒有頭緒嗎？」

……完全沒有。

然而，惡狠狠瞪著我的齊爾維斯特顯然相當篤定。於是我從他說過的話裡頭，挑出自己知道的部分開始抽絲剝繭。

「呃……我知道養父大人的舅舅大人是誰，就是前任神殿長吧？可是，您說的姊姊大人我就不清楚了。但是我有聽說過。是指嫁給養母大人的哥哥大人，也就是西邊法雷培爾塔克領主的那位姊姊大人嗎？」

「不對，那是我二姊，我現在說的是長姊。」

齊爾維斯特揮了揮手，補充說明：「我長姊嫁去了艾倫菲斯特南邊的亞倫斯伯罕。」

「……我根本不認識她。而且我也不知道養父大人有多少兄弟姊妹啊。」

大概是我的反應太慢半拍了，齊爾維斯特霍然起身，不耐煩地用指尖瘋狂敲起桌面。

「姊姊大人她可是親口告訴我，是新任神殿長通知了她過世的消息。妳應該還記得自己冬天的時候，曾告訴過別人舅舅大人已經過世了吧？」

「因為如果有人問起，我都會告訴他們前任神殿長已經過世了，所以應該是在那些信件裡頭吧。但我根本不知道哪封信是您長姊寫的……啊，該不會是那封魔導具變成的信吧?!奉獻儀式的時候我曾在一封信上寫了回信，結果它馬上變成小鳥飛出去，害我嚇了一大跳。」

我想起了自己曾收過魔導具變成的信，齊爾維斯特立即指著我大喊：「就是那個！」他的臉龐發亮，好像在說總算可以溝通了，但馬上又頹然垮下肩膀。

「……對喔。妳並不認識姊姊大人吧。舅舅大人非常疼愛長姊，聽說她嫁人以後，兩人還一直保有聯繫。所以領主會議期間她不停向我抱怨，居然將近一年的時間都沒通知她這項消息，罵我不近人情。」

原來齊爾維斯特會這麼面容憔悴，是因為那位長姊不停歇地對他酸言酸語。我接著猛然想起來。

「呃……該不會是與養父大人相差多歲，在您出生之前還被視為是下任領主的那位姊姊大人吧？後來因為是由養父大人當上領主，兩位的父親擔心她會怨恨您，若讓她待在艾倫菲斯特必定會引發紛爭，所以才讓她嫁往他領？」

「是啊，但妳怎麼這麼清楚？」

……所以並不是前任神殿長的秘密戀人啊，幸好沒有到處亂宣傳。

原來那些信件不是男女間在偷偷互訴衷情，只是外甥女在向舅舅發牢騷。

「因為在前任神殿長慎重保管著的信件當中，有您的長姊寄來的信件。居然在嫁到他領以後還保有聯繫，感情真的很好呢。」

「因為我的長姊像極了母親大人，舅舅大人很疼愛她。」

然而，明明領主才是親人，自己竟然是經由神殿才得知了前任神殿長的死訊，所以齊爾維斯特的姊姊才三番兩次找碴挖苦。齊爾維斯特身為領主，又因為前任神殿長犯了重罪，基於種種因素，才沒有發布訃告吧。既然是以前感情很好的親人，幾句挖苦也只能摸摸鼻子忍受了。

「所以姊姊大人說了，夏天尾聲她要過來祭拜舅舅大人。還說想向妳道謝，因為是妳告訴她舅舅大人過世了。」

「我明白了。居然還特地過來道謝，真是行禮如儀的人呢。」

我說完，齊爾維斯特卻說著「妳一點也不明白」，搖了搖頭。

「萬一知道了舅舅大人是因為妳才被逮捕，我那位姊姊大人講話不知道會有多刺耳，每一句話都會有如萬箭穿心。雖然關於舅舅大人遭到逮捕的理由，我會盡可能保持沉默，但姊姊大人在艾倫菲斯特依然保有自己的情報網。一旦她從貴族們那裡聽說了詳細情況，我看妳也只能咬牙忍耐了。」

「嗚咦?!」

「值得慶幸的是停留時間不長。姊姊大人很愛窮追猛打，同一件事可以重複許多遍。」

原來不是行禮如儀，而是容易記仇又難纏的對象。明白到了自己即將大難臨頭，我感覺到全身的血液都在逆流。看到我臉色發白，齊爾維斯特的氣色反倒變好，像是找到了一起受苦的同伴，咧開嘴角露出邪惡笑容。

「姊姊大人嫁過去的亞倫斯伯罕是順位比艾倫菲斯特要高的領地。要是惹她不高興，會給領地之間帶來不少麻煩，妳可要萬事小心。」

……噢噢，感覺情況越來越麻煩了。

我消沉地垮下肩膀，準備站起來。「如果要說的事情說完了，請恕我先行失陪。」但是齊爾維斯特揮揮手，要我重新坐下。

「我話還沒說完。我想趁著今年的星結儀式，讓斐迪南還俗。對此，我想聽聽妳身為神殿長的意見。」

「……居然要讓神官長還俗把他搶走，養父大人想毀了神殿嗎？」

我誠實地說出了自己的感想，卡斯泰德噗哧失笑，齊爾維斯特則是扶額。

「並不是。這一年來妳擔任神殿長，也知道直轄地的收穫量增加了吧？如今領地整體的魔力不足，若能讓大家看到領主的血親也在為領地貢獻一己之力，不論對人民還是對貴族，這都具有重大的意義。」

雖然我覺得這只是好聽的場面話而已，但還是點點頭。「確實是這樣呢。」

「況且母親大人被幽禁至今已經一年了。若在這時候讓斐迪南從神殿回來，也不會有人有意見。等到他還俗了，我打算再和妳一樣，以領主的身分任命他為神官長，讓他去神殿任職。」

這一番場面話可說是完美無缺，而且如果斐迪南最終還是會以神官長的身分回到神殿，我也不好表示反對。但是，我還是忍不住瞪向想讓斐迪南還俗的齊爾維斯特。

「養父大人，您真正的理由該不會是想在城堡使喚斐迪南大人吧？現在後輩尚未訓練完全，還不能讓您帶走神官長喔。」

領主的母親被捕以後，截至今日為止，我從來沒聽他們提起過想讓斐迪南還俗。我不禁覺得會不會是因為斐迪南只顧著處理神殿的工作，不來城堡露面，齊爾維斯特才急著想讓他還俗。該不會只是想讓斐迪南幫忙分擔城堡的公務吧？我提出這樣的質疑後，齊爾維斯特瞬間語塞。

「……身為領主一族，能夠調動的成年人不多，我確實也想藉此增加人手。」

「養父大人。」

「但是，最主要是我不想再讓斐迪南維持現狀了。」

齊爾維斯特垂下目光，小聲問道：「妳知道斐迪南為什麼會在神殿嗎？」以前經由斐迪南、艾薇拉、卡斯泰德和前任神殿長等人，我在他們各自的談話間都曾擷取到片段資訊。但是，並沒有人對我作過詳細說明。

「把我得到的各種資訊拼湊起來，斐迪南大人好像是為了逃離養父大人的母親大人的刁難，才會進入神殿，但詳細情況我不清楚。」

「差不多就是這樣了。」

齊爾維斯特表情苦澀地點頭，卡斯泰德再補充說明。

「那個人打從以前就對斐迪南很嚴厲，但是在前任領主離世前不久，她的中傷甚至讓斐迪南感受到了生命威脅。因為她居然開始聲稱，斐迪南希望前任領主死去，並且企圖在前任領主死後坐上領主的位置。」

這樣的被害妄想也太離譜了吧。從小她就一直對斐迪南說「你要輔佐領主」、「沒用的廢物沒有存在的理由」，斐迪南也因為不敢示弱，成天都過著必須喝藥的生活，怎麼可能還想成為領主，為自己招惹麻煩。

「斐迪南是愛妾的孩子，並非正妻所生，也因為母親大人拒絕收他為養子，所以他不可能成為領主。更正確地說，是除非領主一族全部死光了，否則領主的位置根本輪不到他頭上。這一點母親大人明明也知道，但她對斐迪南的迫害卻還是變本加厲。儘管父親大人去世，我當上了領主，母親大人仍然沒有罷手。為了把兩人隔離開來，我才要斐迪南進入神殿避難。」

齊爾維斯特說他那時候才剛繼任為領主，情勢還不穩定，這麼做是為了避免引發更多風波。他原以為等到自己成為領主，局勢穩定下來後，母親那種無謂的猜疑與針對也會慢慢平息。然而，只要齊爾維斯特想讓斐迪南回到城堡，他的母親依舊極力反對。

「其實我原本並不想讓斐迪南在神殿待這麼久。」

「……我明白養父大人懊悔的心情了。可是，現在斐迪南大人正在神殿裡頭神采奕奕地栽培後輩，也很少服用藥水了。健康狀況好不容易有所提升，所以我不太想讓他改變現在的生活環境呢。」

要是還俗以後在城堡任人使喚，那一切又會恢復原狀了。我還是不太贊成斐迪南還俗，卡斯泰德發出了嗤嗤笑聲。

「聽妳的語氣，還真不知道誰才是監護人哪。」

「是啊，反倒羅潔梅茵更像是斐迪南的監護人。」

齊爾維斯特也捂著嘴角偷笑，瞄了我一眼。

「羅潔梅茵，如果斐迪南要在神殿擔任妳的監護人，還俗以後，他在貴族社會也會比較有影響力。況且斐迪南若能以領主異母弟弟的身分就任成為神官長，也能和妳一樣，帶著護衛騎士與文官出入神殿。這樣一來，多少能夠分擔他在神殿的工作吧？」

斐迪南的近侍有艾克哈特和尤修塔斯。艾克哈特曾哀怨過，斐迪南和我不一樣，因為是自願進入神殿，所以不能帶著護衛騎士。

「還俗這件事我會和斐迪南大人討論看看，但還是請優先尊重他個人的意願吧。」

「……好。」

事情談完了，我便告退離開。領主會議結束以後，領主夫婦與同行前往的人們都回來了，文官們也都忙碌地開始投入工作，城堡變得充滿活力。既然領主夫婦回來了，我的任務也結束了。不需要再提供魔力，可以返回神殿。回去以後，馬上就是春天的成年禮，再來是夏天的洗禮儀式。

我在隔天回到神殿，隨即與斐迪南會面。為了不讓神官們感到混亂，當然是進入斐迪南的秘密房間討論。

看起來斐迪南最近真的多了不少閒暇時間，秘密房間裡的大桌子上凌亂地擺滿了各種瓶瓶罐罐，裡頭都裝有著顏色奇異的液體，另外還有潦草寫著研究成果的紙張，顯然研究魔導具的興趣很有進展。

我一如既往避開資料，坐在長椅上，斐迪南也拉來椅子坐下。目光對上後，斐迪南催促我開口。

「齊爾維斯特要妳跟我說什麼？」

「養父大人說想要讓神官長還俗。」

我簡單扼要地轉述了自己與領主的對話，斐迪南嘆一口氣。「他還耿耿於懷嗎？真麻煩。」

「我認為養父大人說得沒錯，還俗有很多好處。」

「但也包括了他刻意沒提的壞處。」

斐迪南露出嘲弄的笑容後，微微擰眉，咚咚地敲起太陽穴。一般人若能恢復貴族的身分，都會興高采烈地離開神殿吧，斐迪南卻是說「真麻煩」。從他的反應來看，似乎並不積極想要還俗，我握起拳頭說了：

「……神官長想怎麼做呢？如果不想還俗，我可以向養父大人進言喔。」

「不，沒有這個必要。既然齊爾維斯特已經保證過，我能夠繼續擔任神官長，那麼對妳來說也沒有損失，況且如若沒有特別的理由，最好還是不要推翻領主的決定。再者齊爾維斯特說得也沒錯，能夠差遣的左右手越多越好……艾克哈特和尤修塔斯因為還跟隨著我，一直以來都承受著他人無謂的惡意。若能還俗，也有助於他們恢復名譽。」

聽著斐迪南用平淡語氣說出的分析，我的眉頭忍不住越皺越緊。我「唔唔」地抿緊嘴唇，瞪著斐迪南。從他口中說出來的理由，全都和他自己沒有關係。都這種時候了，我有沒有損失與艾克哈特他們的處境根本不重要。

「跟身邊人們有沒有損失無關，我想知道的是神官長自己的想法喔。」

聞言，斐迪南像是始料未及般輕輕瞠目。他眨了幾下眼睛後，緩緩搖頭。

「無論我還俗與否，最終還是會被叫去城堡，幫忙處理公務吧？既然如此，當然該選擇好處更多的那一方。」

我想聽到斐迪南說的不是「應該」，而是「自己想這麼做」。但是，我想他不會再有更多表示了吧。既然斐迪南認為「應該選擇好處更多的那一方」，那我就尊重他吧。

「養父大人說了，如果願意還俗，他想趁著貴族都來參加星結儀式的時候宣布這件事。然後以領主的身分任命你為神官長，進入神殿，再正式成為我的監護人。」

斐迪南「嗯嗯」聽著，但聽到監護人這三個字以後，很快掃我一眼，接著輕輕挑眉，充滿調侃意味地勾起嘴角。

「……成為妳的監護人嗎？那我好像太急著還俗了。」

「這句話是什麼意思？難道成為我的監護人是很大的缺點，連養父大人列出的那些好處都能一筆勾銷嗎？」

我不滿地瞪著斐迪南，他饒富興味地瞇起金色眼睛，哼笑一聲。

「我就是這個意思。妳這傢伙老是不斷惹出意料之外的麻煩。輔佐齊爾維斯特和擔任妳的監護人，我還真難評斷哪一邊比較輕鬆。」

雖然很不甘心，但我完全無從否認。

……不過，原來在神官長心目中，我和養父大人是同樣等級的麻煩人物。我直到今天才知道。居然跟那種會突然戳人臉頰，要求別人發出「噗咿」叫聲的人相同等級，我有些受到打擊。

神官長的還俗與新衣亮相

自從回到神殿以後，一直到城堡的販售日為止，我都忙著準備印刷品、調整時間與地點、檢察布麗姬娣新衣的進度、察看哈塞的情況，每天忙得暈頭轉向。

眼看星結儀式就快到了，我們在神殿內為斐迪南舉行了不公開的還俗儀式，並告訴大家等到星結儀式結束，斐迪南會再以神官長的身分回來。雖然只有短短幾天的時間，但神官長室會關起來，誰也不能進入。因為一旦還俗，斐迪南就不能待在神殿，暫時得先回到貴族區。

「坎菲爾、法瑞塔克，你們一定要確保星結儀式順利進行。」

「遵命。」

「羅潔梅茵，我不在的時候，妳身為神殿長也要好好舉行儀式……流程都和去年一樣，應該沒有什麼大問題，但還是不能鬆懈大意。明白了嗎？」

斐迪南一臉憂心忡忡，列出了許多注意事項後，出發前往貴族區。今年的星結儀式得在沒有斐迪南的情況下進行，並由坎菲爾和法瑞塔克接下代理工作，看得出來兩人從現在就開始緊張。

「諸神的神話只要照著聖典上的內容唸出來就好了，不用這麼緊張喔。」

「不，神殿長。我們擔心的不是要在儀式上朗讀神話，而是艾格蒙大人等青衣神官，不知道會不會依照我們的指示行事。」

艾格蒙他們曾是前任神殿長的跟班，在青衣神官中地位較高。至少比坎菲爾和法瑞塔克都要高。他們要是仗著權力恣意妄為，坎菲爾兩人會應付不來。

「要是真的發生這種情況，請來通知我吧，我會以神殿長的身分出面應對。」

「還要勞煩如此年幼的神殿長，實在教人良心不安，但屆時請您多多幫忙了。」

我微笑著答應兩人。若有青衣神官仗著權力耀武揚威，不肯乖乖遵從指示，那我一樣可以用權力逼他們就範。假使還是不服氣，到時就用魔力給予威懾吧，小事一樁。

「我聽雨果說，今天的星結儀式，在平民區被稱作星祭嗎？」

妮可拉為我穿上儀式服時問道，我點點頭。

「是啊。神殿的儀式結束以後，城裡的居民會互相丟擲塔烏果實。孤兒院的孩子們應該已經出發，要去森林撿塔烏果實了吧？聽說今年是昆特陪他們一起去。」

路茲說他今天沒辦法陪孤兒們一起去森林。因為普朗坦商會才剛成立，為了在當地得到廣泛認同，必須在星祭上投注心力。班諾要他們與店裡的都盧亞，和城裡原有店家的人們多多交流。商人的世界也很辛苦。

「艾拉還跟我說了，雨果因為與戀人分手，今年還是無法成為主角參加星祭。但是雨果也說，等星祭結束以後他們就要移動到貴族區，在城堡的廚房幫忙，所以會很忙碌，就算不能參加星祭也不會不甘心。」

但他說話的時候，表情看來倒是非常不甘心呢——妮可拉笑著告訴了我這些事情。吃完午餐，馬上就要動身前往貴族區，所以兩名專屬廚師今天會忙得不可開交。

「妮可拉，晚飯就麻煩妳準備了。」

「包在我身上吧，我的廚藝也進步了不少唷。」

這天上午要在神殿舉行儀式，下午則移動到城堡，再次舉行儀式。但今年不只有儀式，我還為布麗姬娣設計了新衣，將在會場上亮相，所以要忙的事情更多了。

「布麗姬娣現在一定很緊張吧。」

我操控著小熊貓巴士，車上還坐著專屬們，在往城堡移動的半路上，達穆爾突然這麼說道。此刻布麗姬娣不在，由達穆爾坐在副駕駛座上。今天布麗姬娣工作休息，從早開始便要從頭到腳精心打扮，為展示新衣作好準備。聽說一般都是回到騎士宿舍更衣，但今年因為要穿著我設計的服裝出席星結儀式，所以借用了本館的房間。

「因為羅潔梅茵大人還有神殿的工作要做，所以是由艾薇拉大人代替您陪在布麗姬娣身邊，但她一定很緊張吧。換成是我，等於是騎士團長陪在我身邊。」

坐在副駕駛上的達穆爾按著自己的肚子，擔心得彷彿自己是當事人。而達穆爾也必須參加星結儀式，所以一到城堡的同時，就要趕回騎士宿舍。抵達城堡以後，換作未成年的柯尼留斯與安潔莉卡擔任我的護衛騎士。

「首先得為羅潔梅茵大人梳洗打扮才行。」

「黎希達，今年和去年不一樣，羅吉娜已經參考過城堡裡的流行，指導莫妮卡與妮可拉為我編好了這個髮型，所以我想應該不需要再整理儀容了，妳覺得呢？」

黎希達目光銳利地由上到下，由右到左，還從前後與各個角度檢查了我這一身的神殿長裝扮後，稍微理了理腰間的縐褶，總算點一點頭。

「大小姐確實現在這樣就可以了。那麼，我帶您前往布麗姬娣所在的房間吧，準備差不多快結束了。」

我在黎希達的帶領下抵達了房間。珂琳娜與其他幾名裁縫師正圍繞在布麗姬娣四周，忙碌地來回奔走，艾薇拉非常專心地看著她們。

「母親大人，真的非常感謝您願意幫忙，今天布麗姬娣就拜託您了。」

「嗯，展示新衣這件事就交給我吧。羅潔梅茵，妳要好好完成神殿長的職責。」

星結儀式上我得擔任神殿長舉行儀式，也因為未成年的關係，舉行完儀式後馬上就得離開。因此今天儀式結束後，會由艾薇拉陪著布麗姬娣一起展示新衣。由於新衣在樣衣展示的階段就廣受好評，艾薇拉欣然答應幫忙。順便說，今年因為艾克哈特和蘭普雷特依然沒有尋找對象的意願，所以艾薇拉無事可做，原本對此相當不滿。再順帶一提，兩位哥哥大人還因此對我表達過感謝：「幸好有妳轉移母親大人的注意力。」

「布麗姬娣，非常適合妳喔。」

「羅潔梅茵大人，感激不盡。」

削肩禮服緊貼著身體，完美呈現出了胸部直到腰部的迷人線條。在淡藍綠色的服裝襯托下，布麗姬娣偏暗的一頭紅髮變得更是醒目。用大量縐褶增添蓬鬆感的腰部一帶則點綴著花飾，同樣是與髮色相近的紅色。至於頭髮上的花飾則是純白色，搖動著與服裝同樣顏色的葉子飾串。而且我頭上戴著的髮飾與布麗姬娣一樣，讓大家一眼就能看出布麗姬娣擁有我的支持。

「單是展示新衣，本來就會引來不少矚目，設計者又是羅潔梅茵，我想一定會有渴望著晉升機會的男士接近妳喔。」

妳要多加小心——艾薇拉提出忠告後，布麗姬娣露出了帶有死心意味的淡淡微笑，搖搖頭說：

「我是一度解除過婚約的人，從沒想過可以再一次談成婚事。所以穿上羅潔梅茵大人為我設計的新衣後，若能找到對伊庫那有利的對象，那我就別無所求了。」

……比起伊庫那，我更希望布麗姬娣能找到她自己喜歡的對象呢。

但是，我還不太清楚貴族間解除了婚約以後，究竟會帶來怎樣的影響，所以也沒辦法對布麗姬娣說些什麼。

「對伊庫那有利的對象嗎……目前恐怕還有些困難呢。儘管眾人都知道妳是羅潔梅茵的護衛騎士，但伊庫那自身若是毫無魅力……」

艾薇拉略作思考地說道。她說如果伊庫那能夠開始從事製紙業，布麗姬娣的婚事談起來也會比較順利。

……那為了布麗姬娣，我要加油與基貝交涉才行。

「我們也該前往大禮堂了。羅潔梅茵，妳也先回房間去吧。」

艾薇拉帶著作好準備的布麗姬娣走出房間。「我會在臺上看著妳唷。」我對布麗姬娣說道，她露出了有些羞赧的笑容。

房門「啪噹」關上，我也對正在收拾整理的珂琳娜說：

「珂琳娜，至今真是辛苦妳們了。多虧妳們的努力，才讓布麗姬娣變得如此美麗動人。今夜這款新衣勢必會成為眾所矚目的焦點，奇爾博塔商會的名號也將廣為人知吧。」

「由衷感謝羅潔梅茵大人的提攜關愛。」

珂琳娜說著跪下來，其他裁縫師們也跟著跪下。

「我接下來也還有事情，就先失陪了。奧黛麗，剩下的交給妳了。」

「遵命，羅潔梅茵大人。」

今年我能在本館使用騎獸，所以和去年不一樣，在完全沒受到黎希達催趕的情形下準時抵達了大禮堂。我很快收起騎獸，讓黎希達檢查我的服裝有無不整，隨後進入大禮堂。

「神殿長入場。」

大禮堂的天花板宛如體育館般又高又寬敞，場地正中央鋪著鑲有金邊的黑色地毯。我和去年一樣在眾人的注目之下，一直線地走到臺上。雖然走路速度還是超級慢。

「羅潔梅茵，這裡。」

齊爾維斯特、芙蘿洛翠亞與卡斯泰德已經坐在臺上了，領主夫婦後頭還站著其他幾名護衛騎士。我如同去年往齊爾維斯特旁邊的椅子坐下後，柯尼留斯與安潔莉卡並肩站到我身後。

「妳今年做的新衣還真是下了不少工夫，難以想像和去年的女騎士是同一個人。」

齊爾維斯特看著在大禮堂一角被人們簇擁著的布麗姬娣，用佩服的語氣說道。看起來不光男士，對新衣感到好奇的女性也團團圍住了布麗姬娣。

「唔呵呵，我的護衛騎士今天格外曼妙迷人吧？」

「是啊，這下子想必會有男人示好吧。」

去年曾有過苛刻批評的齊爾維斯特也點頭附和，這次沒有半點挑剔。雖然總覺得他的視線好像固定在了布麗姬娣凹凸有致的曲線上，但還是別說破吧。因為要是不小心說錯話，繼續降低齊爾維斯特在芙蘿洛翠亞心中的好感度，我想應該很不妙。

「但是瞧她現在那副模樣，簡直像是從頭到腳都在宣傳妳是她的後盾。想往上爬的男人都會盯上她吧，妳得提醒她當心。」

「母親大人已經提醒過了。但是本人表示，她不介意從那些男人之中挑選出對伊庫那有利的對象。布麗姬娣因為曾經取消過婚約，在心裡面早就放棄能有一門好親事了。但我很希望她能藉著這次機會，找到好對象呢……」

我微微噘起嘴唇說，齊爾維斯特眉毛一挑。

「嗯，雖然有機會談成親事，但能不能促成一門好親事，也得看基貝・伊庫那的本事了。希望這次不會再告吹。」

「這部分我就無法負責了呢，希望基貝・伊庫那與布麗姬娣都能挑到好對象。」

我甚至不了解伊庫那這塊土地究竟需要怎樣的對象，所以也不曉得怎樣的親事對布麗姬娣來說才是好的。

「只要大家都能注意到布麗姬娣其實非常美麗又可愛，這樣我就心滿意足了。我也希望大家可以開始意識到，女性不該只是一味追求流行，而是該挑選適合自己的衣服。」

「除了創造流行，妳還想得這麼深遠嗎……」

齊爾維斯特驚訝瞠目，但我想得並沒有那麼遠大。我只是希望大家都能無拘無束，穿上適合自己的衣服。

眾人正談笑風生的時候，冷不防有幾名貴族千金發出了高亢尖叫。發生什麼事了？我轉頭一看，發現是斐迪南走進來了。為了一睹斐迪南的丰采，貴族千金們蜂擁而上，但又絕對不會擋到斐迪南的去路。她們彷彿事前就說好了，雙腳完全沒有踩上中心那條鑲有金邊的黑色地毯。

「斐迪南，你來啦。」

斐迪南一路暢行無阻地走到臺上，坐在我的另外一邊。隱藏不住喜悅表情的艾克哈特隨即站到他的身後。能夠執行護衛任務，好像比尋找新的結婚對象更讓艾克哈特感到高興。

「艾克哈特哥哥大人，您看來很開心呢。」

「是啊，因為我從沒想到還能像這樣再次侍奉斐迪南大人，尤修塔斯也很高興。」

「嗯，他還說以後要多來神殿走動。但羅潔梅茵，他看著我的時候，我總覺得他真正感興趣的對象另有其人。」

斐迪南朝我投來別具深意的眼神。

「……難不成尤修塔斯的目標其實是我？」

「這時候若是予以肯定，聽來就像是尤修塔斯喜歡小女童，傳出去有損聲譽，但從他喜愛搜集情報這點來看，妳確實是他感興趣的對象。」

雖然說著傳出去有損聲譽，斐迪南還是給予了肯定的答覆。聽說尤修塔斯認為在我生活周遭，有許多意想不到的事物。

「妳要小心，切勿失言。」

「是。對了，還俗以後，斐迪南大人應該也可以結婚吧？您不去尋找對象嗎？」

現在不應該坐在臺上，而該找個貴族千金說說話才對吧？我詢問後，斐迪南的目光很快地掃過大禮堂。

「那樣只是白費工夫，這裡沒有與我魔力相當的女性。」

斐迪南斷然說道，我的雙眼瞪得老大。因為布麗姬娣與達穆爾的關係，我知道魔力量若是相差過多，便不可能考慮與對方結婚。但是，大禮堂內明明有這麼多正值適婚年齡的貴族千金，居然全部都無法列入考慮嗎？

「呃……連一個都沒有嗎？」

「若把條件局限在艾倫菲斯特內能夠成婚的女性，確實一個都沒有。」

「咦？可是，您應該曾與女性交往過吧？雖然母親大人也說過，每段戀情都持續不了多久……」

這是艾薇拉手中握有的斐迪南大人資訊，我想正確性應該很高。因為消息大半都來自於陪伴在斐迪南左右的艾克哈特。我偷偷瞄了眼艾克哈特，斐迪南大概是猜到了情報來源，有些厭煩地皺起臉龐。

「你們到底都聊了些什麼，實在無聊……那是就讀貴族院時的事情了。在一同修習的領主候補生中，也有魔力與我相當的女性。」

條件若擴大到已婚女士，艾倫菲斯特內也不是沒有魔力相當的女性——斐迪南說。聽到並不是完全沒有，我感到安心的同時也感到疑惑，歪了歪頭。

……考慮到魔力之類的條件，那所謂的已婚女士，不就是養母大人嗎？

看來艾倫菲斯特的上級貴族當中，沒有人與斐迪南的魔力量相當。

「魔力相當的女性居然只有領主一族，那還真是傷腦筋呢。」

我事不關己地發表感想後，卡斯泰德「唔唔」蹙眉。

「那不如斐迪南就迎娶羅潔梅茵吧。等她長大，她的魔力量應該能與你相當吧。」

聽到這簡直天外飛來一筆的爆炸性發言，斐迪南和我都瞠大眼睛。

「你要我一輩子照顧這個問題兒童嗎？卡斯泰德，你在胡說八道什麼。」

「斐迪南大人說得沒錯。這麼可怕的嘮叨得聽一輩子，根本是可怕的惡夢。父親大人也知道斐迪南大人十項全能，您會想與他結婚嗎？」

「哦……你們倒是一個鼻孔出氣嘛。」

齊爾維斯特露出了令人不快的嘻嘻奸笑，我的臉頰不禁抽搐抖動。這是他覺得有趣，在打什麼如意算盤時的表情。

「養父大人……」

請不要再想那些奇怪的事情了——我正想這麼說，卻被斐迪南制止。聽到斐迪南說「只會逗得他更開心而已」，我恍然醒悟。絕不能做出會讓齊爾維斯特高興的反應。我表示明白地點點頭後，斐迪南把手搭在我的肩膀上，眼神認真地看著我說：

「羅潔梅茵，就讀貴族院期間，最有機會能找到與自己魔力相當的對象。妳就趁著那段時間尋找自己最滿意的對象吧。屆時若得離開艾倫菲斯特也無妨。我准許妳。妳要隱藏本性，認真尋找對象，明白了嗎？」

「我會努力尋找領內圖書館比艾倫菲斯特還要大的人。但是，請斐迪南大人也要努力。從年紀來看，您應該先結婚才對吧。」

我們兩人自顧自地討論起來，齊爾維斯特慌忙打斷。

「慢著，領地這麼重要的事情你們別自己決定。斐迪南，而且你才沒有權限准許這種事。」

「齊爾維斯特，你在說什麼？我今後將成為羅潔梅茵的監護人吧？」

「哎呀，養父大人，監護人相當於父母親吧？」

我和斐迪南一起悠然微笑後，齊爾維斯特啞然失聲。這下子他不會再胡思亂想了吧。反擊成功以後，我感到心滿意足，今年也努力地尋找達穆爾的身影，結果還是找不到。不知道今年是否有望找到可愛的戀人呢？還是說，已經迷上布麗姬娣了？

第七鐘響的同時，齊爾維斯特立即起身，揮開披風往前一步。

「星結儀式正式開始，新郎新娘上前！」

今年的新郎新娘成排站開，齊爾維斯特開始講述神話。然後是每對新人各別上前，在契約書上簽名。所有人都簽完契約以後，由我給予新郎新娘祝福。

「司掌浩浩青空的最高神祇，暗與光的夫婦神啊，請聆聽吾的祈求，為新夫婦的誕生賜予祢的祝福。彼等的赤誠真心奉獻予祢，謹獻上祈禱與感謝，懇請賜予祢神聖的守護。」

我往戒指注入魔力，祈求最高神祇夫婦神給予祝福，金黑兩色的光芒於是旋轉著從戒指中浮出，朝著天花板附近飛去，接著更互相纏繞、重疊，最後迸散成了無數的細小光粒，灑落在新郎新娘身上。現場響起了如雷歡呼。

……呼，任務完成。

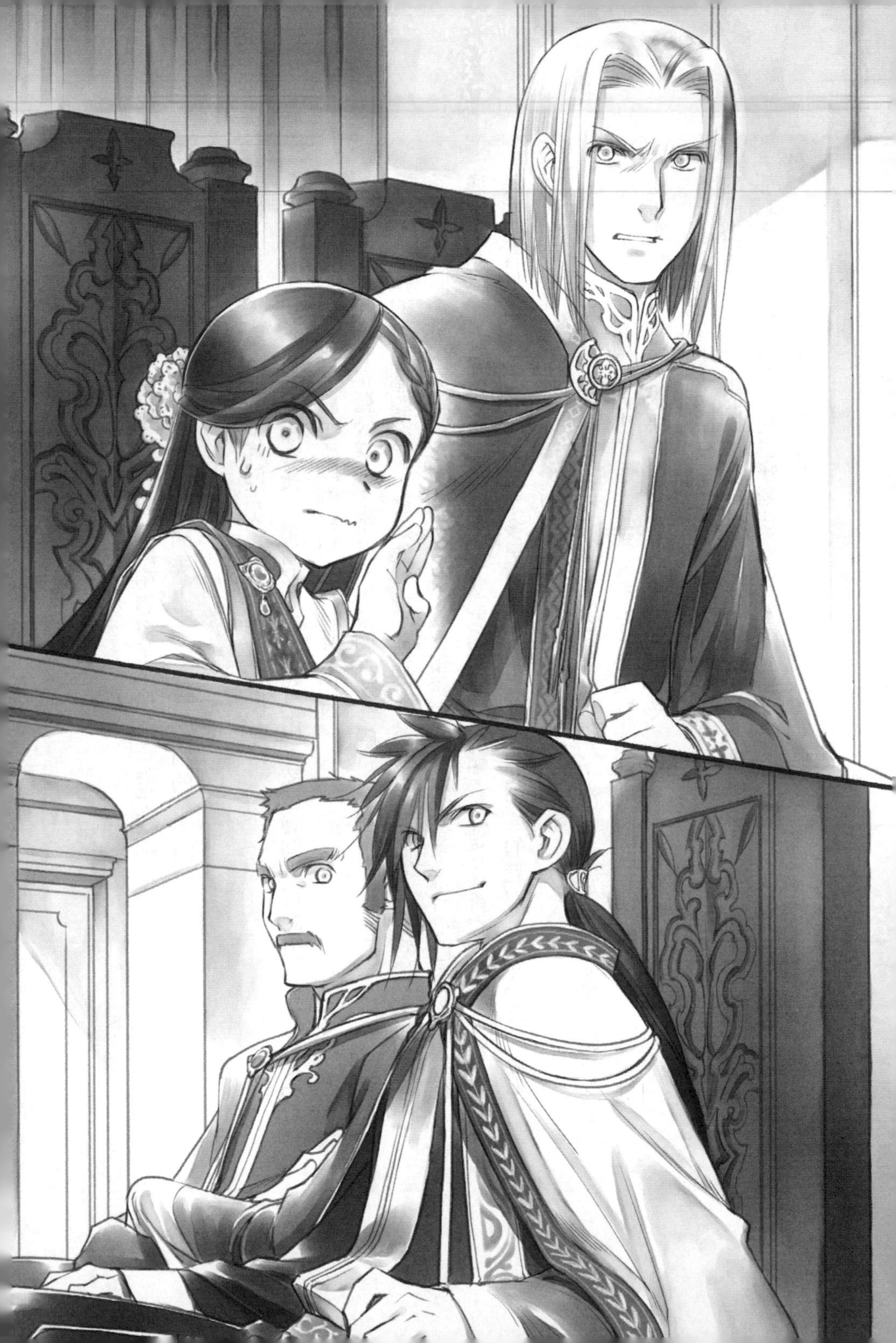

接下來好像還會向大家宣布斐迪南還俗了，但我在給予祝福以後，馬上就得離開。關於離開後發生的事情，只能等到明天下午與艾薇拉相約的茶會時光再問她了。

「母親大人，布麗姬娣的新衣是否得到了好評呢？」

我喝了口茶再品嘗點心後，也請艾薇拉一起享用，然後詢問昨夜的情況。艾薇拉慢條斯理地喝口茶後，露出了陶醉神情，長長吁一口氣。

「說到昨夜的布麗姬娣……當時的場景簡直像一幅畫呢。」

艾薇拉的雙眼晶潤發亮，就好像是愛作夢的少女，說起了由布麗姬娣擔綱主角的戀愛故事，而不是大家對新衣的評價。去年為止布麗姬娣都還穿著不適合自己的服裝，今年換上新衣以後，頓時變得明豔照人，成為全場矚目的焦點。為她設計新衣的，還是領主的養女。有了這樣強大的後盾，眾多男士更是難以忽視布麗姬娣的魅力。就在這樣的情況下，布麗姬娣的前未婚夫站了出來，笑容可掬地走向她。

對方厚顏無恥地表示「我不介意再次與妳訂下婚約，況且這麼做也最能保住妳的名譽」，朝著布麗姬娣伸出了手。達穆爾與他的幾名騎士好友在這時候跳出來打斷，為了守住布麗姬娣的名聲，達穆爾更挺身對抗她的前未婚夫。

「達穆爾在布麗姬娣面前跪了下來，這樣對她說了……我會努力擁有足以向妳求婚的魔力，請等我一年的時間吧。那一幕彷彿是騎士故事在現實中上演，連在旁邊看著的我都忍不住心跳加速呢。我也好嚮往那樣的示愛。」

……什麼?!我也好想看！

聚餐與販售會

星結儀式的兩天後，書本販售會將在這天下午舉行。聽說儀式時已經向大家宣傳過會有販售會，所以比起往年，今年仍有不少貴族留在貴族區。達穆爾的示愛事蹟也因此在這兩天傳遍了整個城堡，成為眾人促狹揶揄的對象。

雖然親眼目睹了戲劇化告白場面的女性們都給予達穆爾不錯的評價，但看在男性眼中，達穆爾是下級貴族，不可能得到能與中級貴族布麗姬娣匹配的魔力，所以都嘲笑他太魯莽了。只不過，對於能在布麗姬娣的前未婚夫面前守住她的名譽，這點還是受到表揚。最近不時會看到有人拍拍達穆爾的肩膀，賊笑著說「期待你一年後的表現啊」。

至於收到表白的布麗姬娣則表示：「無論一年後結果如何，至少達穆爾守住了我的名譽，我已經很高興了。」從表情看得出來，她認為那只是達穆爾在當下為了守住自己名聲所說的場面話，不可能實現吧。

「一年後……達穆爾，你想來得及嗎？」

魔力增長的速度因人而異。我雖然把自己的壓縮方式教給了達穆爾，但也不知道能起到多少幫助，達穆爾與布麗姬娣的魔力量又相差了多少。

「……我也不知道。但是，光是可以爭取到緩衝時間，我就很慶幸了。」

為自己訂下期限，作好了覺悟的達穆爾臉上，不再是往常有些怯懦的不爭氣表情，帶著凜然的英氣。

這天有書本販售會，也預計要與基貝．伊庫那面談，順便共進午餐。為布麗姬娣製作新衣的時候，對方就說過想約個時間向我道謝，所以一切非常剛好。我正好也想要介紹普朗坦商會，討論前往伊庫那的事宜，所以把面談日期與販售日安排在了同一天。

「斐迪南大人、基貝．伊庫那，讓兩位久等了。」

我走進這天聚餐的房間，基貝．伊庫那與斐迪南已經在等我了。由於斐迪南正式成了我的監護人，所以為免我與貴族在應對時吃虧或是惹出麻煩，討論與印刷業相關的事情時也會一同出席。

我的第一位監護人養父齊爾維斯特是領主，無法出席我所參與的所有會面。第二位監護人親生父親卡斯泰德是騎士團長，又是領主的護衛，也不可能一直陪在我身邊，因此這份苦差事才會由斐迪南接下來。斐迪南現在已經開始後悔，「早知道不該還俗。」

……敬請節哀順變。

結束了貴族間的冗長問候後，午餐端上桌了。我示範性地先吃一口，斐迪南和基貝．伊庫那才拿起餐具。基貝．伊庫那品嘗了一口後，高興地彎起嘴角。

「先前在冬季的社交界上，就已經品嘗過羅潔梅茵大人構思的餐點，美味程度實在教人吃驚。布麗姬娣也經常向我誇耀三餐有多麼美味，所以我一直期待著本日的聚餐。」

看來布麗姬娣向家人炫耀過工作地點提供的伙食非常美味，聽見哥哥揭穿這件事，她難為情得紅了臉頰，輕瞪哥哥一眼。發現她的瞪視，基貝．伊庫那開心得瞇起雙眼，隨即進入正題。

「承蒙羅潔梅茵大人在星結儀式上賜予舍妹布麗姬娣新衣，實在不勝感激。多虧羅潔梅茵大人的厚愛，舍妹的名譽才能恢復，還出現了向她求婚的男士。」

基貝・伊庫那瞥向達穆爾說，臉上微微帶著像是回想起來後忍俊不禁的笑意。看來達穆爾告白的時候，基貝・伊庫那也在現場。我回頭看向站在身後，執行著護衛任務的達穆爾，再詢問基貝・伊庫那。

「我在給予祝福以後，馬上就離開了會場，所以很遺憾未能親眼目睹求婚的場面。請問當時究竟是什麼樣的情況呢？」

由哥哥描述起來，聽來一點也不像是愛情故事，反倒像是勸善懲惡的佳話。和艾薇拉的感想完全不一樣，真是有趣。我一邊聽著，一邊也用完了午餐。

「雖然不知這樣能否表達謝意，但倘若有機會，還請您造訪伊庫那。我會為羅潔梅茵大人準備各式各樣的木材。」

我們喝著飯後的茶，聽到基貝・伊庫那這樣提議，我正要一口答應，斐迪南立刻輕抬起手制止。

「且慢。羅潔梅茵，基貝・伊庫那會這樣邀請，是想向布麗姬娣的前未婚夫昭示，布麗姬娣擁有領主的養女做為後盾，希望今後別再遇到麻煩。妳要先理解到這一點再給予答覆，否則往後有可能被捲進糾紛裡頭。」

斐迪南平靜地注視著基貝・伊庫那。自從為布麗姬娣設計新衣，我個人早就作好了要全面支持她的打算，所以並不介意經由布麗姬娣，成為基貝・伊庫那的後援。

「我不喜歡會讓布麗姬娣傷心難過的男士，所以從來不想與對方打好關係。而且在伊庫那研究植物紙不只於我有利，如果還能為伊庫那帶來益處，我也樂見其成。」

基貝．伊庫那需要我的後援，我也需要伊庫那的木材與研究場地。因為是彼此各取所需，我也能夠毫無顧忌地派遣普朗坦商會過去。

「您想研究植物紙嗎？」

「是的，因為印刷需要用到紙張。在艾倫菲斯特推廣印刷業之前，必須先成立植物紙工坊。」

「……您願意把這麼重要的工作交給伊庫那嗎？」

基貝．伊庫那眨著眼睛，彷彿不敢置信。因為這等於是從初期就開始參與領主養女所主導的新事業。如此一來，伊庫那將能明確地向其他貴族展示我所給予的支持。與此同時，我也能夠毫無後顧之憂地研究植物紙。

「在伊庫那研究新植物紙的同時，我們也會大方分享技術，教導伊庫那的人如何造紙。屆時比起周遭同樣以林業為主的土地，伊庫那就能擁有領先的優勢吧。」

「真是感激不盡。」

明白到了我將給予的後援絕非空頭支票，基貝．伊庫那的表情放鬆下來。我也微微一笑。但是，如果想領先在他人前頭，也得付出相對的努力。

「為了研究植物紙，我將派遣我工坊的人，還有負責販售植物紙的普朗坦商會前往伊庫那叨擾一段時間，還請基貝．伊庫那多多關照了。記得收穫祭與祈福儀式的時候，都有能夠提供給神官留宿的別館吧？若能讓他們入住別館，我想馬上就能開始研究。」

「馬上嗎？」

基貝．伊庫那大吃一驚，我笑容滿面地用力點頭。

「前陣子我正好在地理課上學到，伊庫那位在艾倫菲斯特南邊，和這一帶不同，河水到了冬天也不會結冰吧？那說不定能把製紙業當作是冬天的手工活。」

「……這真是令人高興的好消息。」

「關於造紙的詳細利益分配，我會請普朗坦商會負責說明。因為應該還需要運費，所以不可能和我工坊的獲利一樣。奧黛麗，普朗坦商會一行人應該已經抵達舉行販售會的房間了，請去叫班諾過來。」

我拜託了奧黛麗叫來正在其他房間為販售會進行準備的班諾，片刻過後，班諾帶著一名我不認識的青年走了進來。

「在這火神萊登薛夫特威光輝耀的吉日，得以在諸神的引導下與您會面，願能蒙受您的祝福。我是普朗坦商會的班諾，往後還望您多多關照。」

「願火神萊登薛夫特的祝福與普朗坦商會同在。」

基貝．伊庫那給予了兩人祝福。打完招呼後，我說明了傳喚班諾過來的理由。我事前就已經通知過班諾，我將與基貝．伊庫那會面，而且有可能傳喚他過來，所以班諾一派鎮定。

……我也稍微成長了呢。唔呵呵。

「班諾，我正和基貝．伊庫那在討論研究新紙張的事情。普朗坦商會預計何時可以前往伊庫那呢？」

「只要羅潔梅茵大人一聲令下，隨時可以出發。造紙所需的工具與人手，全部已經準備妥當。」

你們辦事的速度還是一樣這麼快，太優秀了——我稱讚了普朗坦商會一番，再看向基貝．伊庫那，他也抬頭看我。

「羅潔梅茵大人，倘若伊庫那只需要開放別館，那麼我們隨時都能作好迎接的準備。但是，想請教預計停留多久的時間？收穫祭期間將有神官前來，屆時需要空出別館供他們留宿，也要依據過冬準備的有無，才能評估我們該作哪些準備……」

「停留時間預計到伊庫那的收穫祭為止。收穫祭也不是由神官，將由我前往舉行儀式。同時我會順便聽取研究成果，並帶回工坊與普朗坦商會的人。」

這樣一來，應該就沒有任何問題。基本上只前往直轄地的我若專程跑一趟伊庫那，大家也會知道我很看重伊庫那吧。

「斐迪南大人，收穫祭的時候請派我前往伊庫那吧。」

「我會考慮。」

斐迪南沒有加以制止，緩緩點頭。

「等到我的工坊作好準備，就會動身出發。至於詳細的日程，我再請布麗姬娣寄去奧多南茲通知你。」

「遵命，靜候您的通知。」

得到了基貝．伊庫那的同意後，班諾請求發言。

「斐迪南大人、羅潔梅茵大人、基貝．伊庫那，能容許我為三位介紹普朗坦商會將派往伊庫那的商人嗎？」
「請。」
「這位是達米安，他是艾倫菲斯特商業公會的公會長，谷斯塔夫的孫子。聽聞數年前曾與羅潔梅茵大人有過一面之緣。」
站在班諾身後的達米安立即交叉雙臂，在原地跪下。他有著淡棕色頭髮與琥珀色眼睛，身高與班諾差不多。儘管外貌上看來才成年不久，卻能一派落落大方地站在這裡，感覺得出是很習慣與貴族交涉的富商。
從介紹聽來可以肯定他是芙麗妲的哥哥，但在我的記憶當中，我記得他只是個十幾歲的少年。身高沒有這麼高，看來也還不是大人。
「當年承蒙谷斯塔夫與芙麗妲照顧的時候，確實見過一面。但是，和我印象中的模樣大不相同呢。」
「這一年來我長高不少，一段時間不見的人，也都說我簡直判若兩人。」
介紹結束後，我拿出寫字板，轉告一行人暫住在伊庫那期間有哪些要求。
「我派去的人會教導伊庫那居民如何製作植物紙，但相對地，也要麻煩居民為他們準備三餐。另外我們每天也會指派一名灰衣神官，協助你們準備伙食。至於要怎麼販售伊庫那所做的植物紙，和利益要怎麼分配，請你們自行與班諾商議吧。」
接下來主要都是普朗坦商會與基貝．伊庫那在討論。我只負責居中協調，別讓雙方蒙受損失，以及不著痕跡地轉達商人的意見。
「羅潔梅茵，第五鐘就快響了，往販售會的所在房間移動吧。」

不知道斐迪南是依據什麼判斷時間，他開口提醒我。

我先指示班諾和達米安退下，再與基貝．伊庫那道別。又臭又長的問候語歸納起來，意思就是「現在成了話題中心人物的妹妹還請您多多關照」。

與基貝．伊庫那道別後，我前往舉辦販售會的房間，只見屋內有不少商人的身影。除了正下達指示的班諾與馬克外，全是我不認識的人。應該是其他店家送來的都盧亞吧。看得出來受過嚴格訓練，動作與儀態都無可挑剔。

……路茲也需要多接受這方面的指導呢。

準備工作好像差不多快完成了，桌上擺放著成排的書本。有最高神祇與五柱大神的繪本，還有四季眷屬神的繪本和五則短篇騎士故事。樂譜共有六首。包括哈塞的工坊在內，這是孤兒院所有人努力趕工的成果。除此之外，冬天手工活所做的歌牌、撲克牌與黑白翻轉棋等等也準備了不少的數量。

「羅潔梅茵大人。」

注意到我來了，班諾屈膝跪下，商人們也跟著跪地。

「剛才已經問候過了，現在就免禮吧。更重要的是一切都準備好了嗎？客人們應該快要到了……」

「準備幾乎已經就緒。還請羅潔梅茵大人確認，是否仍有遺漏。」

商人們在班諾說話的同時迅速起身，著手去處理剩下的準備工作。他們的動作全都非常利落，眨眼間準備工作就結束了。

「班諾，說好的那個東西準備好了嗎？」

我瞄了眼班諾，向他確認。班諾咧開嘴角，回答：「當然。」

雖然告訴過大家第五鐘響後才會開始販售，但早在第五鐘響之前，貴族就為了問候陸續前來，我忙碌地與他們應對。

「羅潔梅茵大人，衷心感謝您聆聽了我的請求，我一直很想買齊所有季節的繪本呢。」

由於冬季社交界時已經預先通知過兒童室裡的人，所以想預習的學生們都帶著父母一起前來，購買眷屬神的繪本。我坐在椅子上接受大家的問候，向他們推薦商品。

「我的護衛騎士曾說，只要細讀這些繪本，三年級生的課程上起來就會很輕鬆唷，課業還請加油。」

一名少女將眷屬神繪本抱在胸前，指著以剪影方式呈現男性在彈奏飛蘇平琴的封面，詢問：「請問這是什麼呢？」

「這是飛蘇平琴的樂譜。封面上畫有女性的樂譜是由我的樂師編曲，專門提供給孩童的練習曲；畫有男性的是斐迪南大人在演奏會上表演過的曲子。如果參加過演奏會，想必會感到十分懷念吧。」

羅吉娜所寫的樂譜，都是參考我彈過和唱過的學校課本歌曲，改編成飛蘇平琴的琴譜。領主會議結束後，我回到神殿時，樂譜就已經印好了。

「哎呀，作曲者是羅潔梅茵大人嗎？」

「哪裡，我提供的幫助並不算是作曲。該怎麼說呢……單純只是在我哼歌的時候，剛好被樂師和斐迪南大人聽見了而已。」

「這樣還是很厲害呢。」少女說著，買下了兒童用練習曲中難度最高的那本樂譜。

「這孩子一直央求我買撲克牌給他，茶會上大家的評價也都不錯，那我買一份吧。」

不知道是中級還是下級貴族的夫人在一名男孩子的催促下走上前來。聽說冬天的時候已經買了歌牌學習文字，但男孩子還是非常想要撲克牌。

「因為撲克牌可以練習計算，又會依據比賽排出名次、得到獎勵，所以大家都很努力精進自己呢。有了撲克牌，冬天就能擊敗其他人了吧。」

「我會努力練習，得到獎勵的點心。」

少年捧著撲克牌，笑得陽光燦爛，接著換作一名比較年長的貴族走來，興致勃勃地端詳起每本書的封面。「哦哦，這個就是印刷嗎？」

「是的，這些印刷品今後將成為艾倫菲斯特的重要產業，請拿起來翻翻看吧。」

這次和冬天的兒童室不一樣，並非以孩童為優先販賣對象，所以對印刷業感興趣，以及想與我交流的貴族也紛紛聚集前來。很好奇印刷究竟是什麼的貴族們在翻看了現場書籍以後，大多購買了字數量多的騎士故事。

「哎呀，聽說這是斐迪南大人在演奏會上彈奏過的樂曲琴譜吧？那一定要購買才行……羅潔梅茵大人，請問這次有沒有在演奏會上販售過的畫像呢？」

一名貴族千金在最後小聲偷偷問道，我回答「沒有」，但也指示班諾把那樣東西拿來，對貴族千金盈盈微笑。

「這次新推出的騎士故事純屬虛構，登場團體與人物皆非實際存在，所以就算看起來很像，也絕對不是同一個人喔。」

馬克很快拿出一個用薄木板做成的資料夾，遞來給我。我輕輕接下後，在貴族千金面前打開資料夾。

薄薄的木板間固定著騎士故事裡的插圖。因為擺在現場的書本只看得見封面，看不見裡頭的插圖，所以我才製作了騎士故事的特選插畫集。每張插圖底下還寫有書名，大家就能依據自己喜歡的插畫選擇要購買的短篇，功能非常優秀。

雖然我也考慮過像招牌那樣，直接把插畫張貼在現場，或是各別立起來擺在騎士故事後頭，但我擔心遭到斐迪南的禁止，所以還是決定私底下提供試閱。

「羅潔梅茵大人，請問能購買這本插畫集嗎？」

「抱歉，這是非賣品。」

一見到那些插圖，貴族千金的雙眼立即盈滿光輝，認真地考慮再三後，購買了其中一則騎士故事。隨後我把資料夾還給馬克。大概是那位小姐很快就廣為宣傳，前來購買騎士故事的女性突然間大舉增加，所有人都想觀看插畫集。

……唔呵呵，很順利！太順利了！

營業額節節攀升，當中賣得最好的，是由斐迪南編曲的樂譜。因為飛蘇平琴演奏會就只舉辦那麼一次而已，又全是從未有人聽過的原創樂曲，所以想購買樂譜的貴婦人與貴族千金比預期中還多。有人想一邊練習，一邊回想演奏會的情景，也有人想買回去讓自己的樂師彈奏，沉浸在樂曲當中，甚至也有男性想用來追求女性。客群非常廣泛，令我嘖嘖稱奇。

此外不出所料，購買騎士故事的女性比男性要多。銷量最好的是騎士打倒魔物以後，將魔石獻給公主的那則短篇。想必是騎士露出迷人笑容求婚的那幅插圖，擄獲了眾多女性的芳心吧。雖然參考人物是斐迪南，但經過葳瑪的濾鏡美化以後，看起來根本是另一個人。斐迪南才不會露出那麼迷人又溫暖的笑容。現實中的他那是完美的假笑，又恐怖又讓人心底發寒。

「不過，不能販售畫像真是可惜呢。」

已經買下了所有騎士故事與樂譜的艾薇拉，仍是感到惋惜地嘆氣。

「真的很可惜，明明可以賣得最好，無奈遭到了斐迪南大人的禁止。」

「但大家都這般滿心期待，難道就沒有其他辦法了嗎？」

艾薇拉輕瞥向我說，但我真的也無能為力。我緩慢地搖著頭，忽然驚覺到一件事情，抬起頭來。

「母親大人，這件事對我來說是絕對不能做的喔……對我來說。」

我最後再強調了一次，艾薇拉也像是驚覺到了什麼，雙眼發亮地用手托腮。

「哎呀，對呢，妳說得沒錯。對羅潔梅茵來說，這是不能做的事情吧？」

「是的，真傷腦筋呢，因為『我』遭到了禁止呀。」

看來是明白了我的深意。我盈盈微笑後，艾薇拉也笑意吟吟。

「羅潔梅茵，奧伯・艾倫菲斯特打算推廣印刷業沒錯吧？」

「是的，母親大人。養父大人打算花上二十年的時間，把印刷業擴展到領地各地，發展成艾倫菲斯特的新事業。」

「既然如此，我去拜託哥哥大人，也就是基貝・哈爾登查爾協助我可愛女兒的新事業吧。等到了冬天，妳願意與我一同商議嗎？」

「那是當然。」

領主本來就希望在領地內拓展印刷業，所以要增加印刷的據點絕對不成問題。就算新成立的印刷工坊印製了斐迪南的畫像，也與我完全無關。「得快點找到優秀的畫師，加以栽培才行呢。」艾薇拉的雙眼燦然生輝，開始訂定起今後的計畫。我與她四目相接後，露出了共犯的笑容。

前往伊庫那

販售會盛大地劃下了句點。對於艾薇拉開始在暗中進行的各種計畫，我也偷偷給予支援，然後回到神殿。回到神殿以後，就要安排前往伊庫那的人選。我把路茲和吉魯叫到孤兒院長室的秘密房間，拜託兩人選出要派往伊庫那的灰衣神官，並且準備各種生活用品。

「吉魯，準備衣服的時候要小心喔，因為夏天和秋天的衣服都得準備。我會在收穫祭的時候過去接你們，到時候天氣應該很冷了。」

「是。」

「路茲，也要麻煩你去奇爾博塔商會準備幾件外出用的衣服，讓灰衣神官們能在伊庫那穿。雖然不用太昂貴，但我想除了在工坊工作以外，應該也需要其他場合能穿的衣服。和在神殿不一樣，他們總不能在那裡還穿著破爛舊衣。」

「知道了，等挑好人選以後，我再幫他們準備衣服。」

看著兩人分別在自己的寫字板上作紀錄，我一邊試想還需要哪些東西。

「餐具也記得一定要自己帶過去。因為一下子增加這麼多人，我想那邊的餐具可能會不夠用，而且灰衣神官他們從來沒有不用餐具吃飯過，萬一沒有餐具，我猜他們肯定會很傷腦筋。」

路茲會在平民區的飯館用手吃飯，也知道大家共用餐具的習慣，但灰衣神官不一樣，他們都受過足以服侍貴族的教育，就這方面而言教養相當良好。哈塞的孤兒們在剛來神殿生活時也都顯得手忙腳亂，所以灰衣神官們去到伊庫那以後，想必也會為文化的不同感到不知所措。

「餐具這方面，我想最好也請老爺和達米安幫忙準備。我聽說在伊庫那會待到收穫祭為止，那究竟是到什麼時候？」

「……我想會在採集到秋季材料以後。因為要在舒翠莉婭之夜，也就是月亮會變成紫色的那天採集材料，所以會在那天之後。」

去年採集失敗後，我還哭哭啼啼地對路茲抱怨過，向他尋求安慰。大概是想起了這件事情，路茲「啊……」地喊道，低頭看我。

「妳今年別再失敗了喔。」

「嗚……今年神官長會陪我一起去，所以沒問題的。」

斐迪南說過，今年舒翠莉婭之夜的前後幾天，他會向齊爾維斯特借來騎士團長卡斯泰德。有了解去年狀況的斐迪南和艾克哈特負責部署，我想應該不用擔心。

……但在那之前，還要採集夏天的材料呢。

「還有，普朗坦商會這邊也有要報告的事情，就是往後達米安也會出入工坊。因為要是不知道怎麼做紙，他也沒辦法與基貝．伊庫那交涉。」

「只要班諾先生允許就好了，但和工匠們一樣，能夠出入的範圍只有工坊而已喔。你們一定要鄭重提醒達米安，小心別誤闖貴族區域。」

我提醒完，路茲就用沒好氣的眼神瞪著我說：「人家又不是妳，而且一般才沒有人會誤闖進貴族區域。」達米安是公會長的孫子，又是能夠圓滑與貴族應對的人才，所以雖然普朗坦商會得小心別讓他從中搶走獲利，但是面對貴族，他還是懂得什麼事情能做，什麼事情不能做。

「啊，對了對了。公會長說過，他想在我們被派往伊庫那之前和妳打聲招呼，妳有時間嗎？」

「他可以在出發當天前來送行，但是，如果要特地為他空出時間恐怕沒辦法。因為在出發去伊庫那之前還有很多事情要做……而且，時間都已經這麼緊迫了，感覺他很有可能會提出什麼強人所難的要求，我有點想避免。」

雖然我知道現在我擁有的權力已經比公會長還要大，但他當時的強硬作風仍讓我印象深刻。直到現在我還是相當怕他，路茲卻立刻吐槽說：

「哪裡啊，比起公會長，明明是你們這些貴族更強人所難。」

……嗚嗚，對不起一直增加大家的工作，對不起很多工作還提早進行。

「嗯，算啦。總之我會轉告公會長，說他可以前來送行。」

後來路茲與吉魯選出了四名要派往伊庫那的灰衣神官，準備要帶往伊庫那的造紙工具也陸續送到了工坊。達米安好像也開始出入工坊，但因為我很少過去，所以從未碰到面。

在神殿長室，布麗姬娣似乎很高興能與老家往來聯絡，負責向伊庫那送去奧多南茲。調整好了日程以後，敲定前往伊庫那的日子。

出發當天早上。在神殿的後庭，從平民區來看則是神殿的前庭，雪白的石板路上堆疊著大量行李。因為距離工坊近，又能變出騎獸的遼闊空地就是這裡。

「羅潔梅茵大人，早安。」

「早安，大家都到了嗎？」

我環顧四周，發現在幫忙搬運行李的灰衣神官們和普朗坦商會一行人之間，還有芙麗妲與公會長的身影。

「我要變出騎獸了，請大家後退一點吧。」

我依據行李的數量，變出了大巴士尺寸的騎獸。大家立刻在班諾的指示下，接連將行李搬上巴士。芙麗妲目瞪口呆地望著這幅光景。

「……羅潔梅茵大人，這個究竟是什麼呢？」

「這是我的騎獸喔，我們會坐著它前往伊庫那。很可愛吧？」

芙麗妲來回看了好幾遍我和小熊貓巴士，接著腦袋瓜往旁一歪。

「騎獸……？和我知道的騎獸大不相同呢。」

芙麗妲露出了不可思議的表情，但我也已經習慣了。我反倒驚訝於芙麗妲一副很了解騎獸的口吻，因為一般大多只在貴族區才會看到騎獸。

大家作著準備的時候，芙麗妲向我報告了義大利餐廳最近的營運狀況，我也請她從第三者的角度，告訴我她觀察到的普朗坦商會的發展趨勢，她好像也透過達米安聽說了販售會的情況。

「芙麗妲，聽說向普朗坦商會推薦達米安的人是妳吧？」

「是的，沒錯。羅潔梅茵大人所推動的事業，是在領主大人的號令下才開始的吧。既然成功機率很高，那當然要想辦法參與呀。請您儘管使喚哥哥大人吧，他一定能幫上忙喔。」

芙麗妲老樣子態度強勢，在做生意上魄力十足，我為此感到有些瑟縮時，達米安機靈地介入我和芙麗妲之間。

「芙麗妲，儘管羅潔梅茵大人不介意，但妳也不該這麼過分親暱。如今的羅潔梅茵大人已經與洗禮儀式之前不同了。」

「非常抱歉，我以後一定小心。」

達米安可能是注意到了我有些不敢領教吧。他一邊提醒芙麗妲這不是面對領主養女該有的態度，一邊不著痕跡地隔開我們兩人。

「現在行李都搬完了，大家坐上去吧。之前坐過的人，要教第一次坐的人怎麼繫安全帶。」

這次普朗坦商會的人有班諾、路茲、達米安。我的侍從和專屬則有法藍、吉魯、莫妮卡和雨果。護衛騎士是達穆爾和布麗姬娣。最後是孤兒院的四名灰衣神官。以上是這次要一起移動的所有成員。

布麗姬娣坐在副駕駛座上，對於要回到闊別已久的家鄉顯得相當開心，騎著騎獸領路的，則是看來好像有些緊張的達穆爾。我猜他是想讓布麗姬娣老家的人對他留下好印象吧。雖然令人莞爾，但感覺他很可能因為太緊張而出差錯，真想叫他放輕鬆。

「那我們出發了。」

小熊貓巴士起飛升空。在芙麗妲與公會長張大了嘴巴的目送下，我輕輕揮手，正式出發。

一路上除了曾停下來吃午餐兼休息外，小熊貓巴士不間斷地在空中飛行。如同布麗姬娣對我形容過的，再加上我在地理課上學到的，伊庫那是塊森林與高山遍布的土地。河川從高山蜿蜒而出，匯集成了湖泊，民家沿著河川零星散布。

從上空可以看到一處規模最大的聚落，當中有棟占地遼闊的白色宅邸。是伊庫那的夏之館。有些居民好像正等著我們，仰望著天空朝我們揮手。

「他們是不是在叫布麗姬娣的名字呢？」

「……因為大家都像是我的家人。」

布麗姬娣說著，懷念地瞇起雙眼，俯瞰眼下的伊庫那。這裡和艾倫菲斯特不一樣，貴族的宅邸與平民的房舍並沒有用高牆區隔開來，從大家都用力揮著手呼喚布麗姬娣的模樣來看，感覺得出這裡的平民與貴族之間沒有什麼隔閡。

「羅潔梅茵大人，您也許會感到困惑。呃，伊庫那與艾倫菲斯特相當不同……您或許會覺得平民太過熱情，舉止過分親近，但是大家都沒有惡意。」

知道發生在哈塞的種種事情，布麗姬娣大概是擔心居民會惹我不高興，一臉不安地這麼說道。但我搖了搖頭，要她不必擔心。

「要是神官長也在，他大概會皺起眉頭吧。但我因為是神殿出身，經常出入孤兒院，以前也曾偷偷溜到平民區與商人還有工匠見面，所以並不介意大家不拘禮節。而且，所有人看起來都很仰慕布麗姬娣呢。」

我再小聲偷偷說了：「哈塞的收穫祭那時候，我不是也和平民一起用過餐嗎？」布麗姬娣聽了連連眨眼，最後開心地綻開笑靨。由於布麗姬娣平常總是板著臉孔，很少表達情緒與想法，這時的笑容卻看得出來完全是發自真心，真的很難得。老實說，可愛到我好想跑去向達穆爾炫耀。

小熊貓巴士一降落，十幾名居民紛紛上前圍住我們。聽布麗姬娣說，這些居民不只會在森林和田地裡幹活，也會幫忙在伊庫那的夏之館處理雜務。

「布麗姬娣大人，歡迎回來。」

「羅潔梅茵大人，歡迎您造訪伊庫那。」

簇擁著布麗姬娣的他們眼神都非常溫暖，敬慕之情溢於言表。布麗姬娣也帶著平常執勤時鮮少露出的真誠笑容，接受他們的迎接。

「大家，我回來了。這位是領主大人的養女羅潔梅茵大人，也是我的主人，你們要小心別失了禮數。」

布麗姬娣說完，一名中年男子答道：「是小姐的主人嗎？那得小心才行哪。」但他話一說完，居民們就開始七嘴八舌。

「哎唷唷，以前那麼野蠻活潑的小姐，現在居然變得這麼端莊。」

「搞不好是有了喜歡的對象。」

「以前小姐比起循規蹈矩，更喜歡拿著小刀在山野裡奔跑，如今也是個大家閨秀啦……」

但他們脫口說出的，全是布麗姬娣以前的模樣。只見布麗姬娣急忙阻止他們。

「停！現在先別閒聊，你們快為大家帶路吧。我得帶羅潔梅茵大人去找哥哥大人。」

「是、是，那我們走吧。」

他們發出哈哈大笑，帶著大家前往別館，為我們打開大門。然而，住在艾倫菲斯特的其他人因為一直以來都被教導要敬畏貴族，所以有的人面無血色，也有的人一臉困惑，不知該作何反應。

「羅潔梅茵大人，這……」

看見法藍露出了在提出建言時會出現的表情，我輕輕搖手。

「法藍，這裡不是艾倫菲斯特。只要沒有危險，不需要特地加以糾正。請以平常心接受這樣的現實吧。」

「但是……」

「如果覺得情況太過嚴重，也別直接向居民抗議，請先向基貝・伊庫那或是布麗姬娣進言吧。因為萬一與居民鬧僵，普朗坦商會的人和灰衣神官他們之後還得暫住在這裡，我怕他們會待得如坐針氈。」

眼見我對居民的態度沒有任何表示，班諾大概是判定這下子不會有什麼麻煩，開始下達指示，要普朗坦商會員工和灰衣神官們把小熊貓巴士裡的行李搬出來。如果不先整理好別館，今晚他們會沒有地方睡覺。

不光回到老家的布麗姬娣，基貝．伊庫那也為身分是貴族的我和達穆爾在夏之館準備了房間。莫妮卡會隨侍在我身邊，法藍則是跟著達穆爾，所以兩人也都住在夏之館。今後要與普朗坦商會一起行動的吉魯，還有專屬廚師雨果因為是男性，不能進入我的房間，必須在別館留宿。

眼看大家都各自把行李搬進了別館，我收起小熊貓巴士，跟著布麗姬娣踏進伊庫那的宅邸。屋內的家具大多樸實無華，和艾倫菲斯特住家裡那些充滿藝術氣息，工匠們都使出了渾身解數的擺飾不一樣，有種手工製作的溫馨感。

「羅潔梅茵大人，竭誠歡迎您造訪伊庫那。」

「基貝．伊庫那，很高興你邀請我前來。」

基貝．伊庫那與他的家人都聚集在了會客用的接待室裡，等著我們到來。有布麗姬娣的母親，還有基貝．伊庫那的妻子與他的兒子。

「在這火神萊登薛夫特威光輝耀的吉日，得以在諸神的引導下與您會面，願能為您獻上祝福。」

「准許你。」

介紹家族成員的時候，布麗姬娣的母親與基貝．伊庫那的妻子也向我問候致意，緊接著基貝．伊庫那示意已經準備好的茶水。

「趁著侍從還在整理房間，是否要喝杯茶呢？有許多事情想與您一同商議。」

我看向以護衛騎士的身分跟在我身邊，甚至無法與家人打聲招呼的布麗姬娣，再看向把這種情況視為理所當然的基貝．伊庫那，再看向一眼便能看出極想與布麗姬娣攀談的其他家人。

「布麗姬娣，不如護衛騎士的工作就交給達穆爾，直到回去之前，這段時間就當作妳休假吧。」

布麗姬娣彈也似地抬頭看我，不住搖頭。

「請讓我與羅潔梅茵大人同行。」

「布麗姬娣這麼了解伊庫那，有妳陪著我，我當然很高興，也打算拜託妳同行喔。可是，我也想問妳很多問題，執行任務期間，妳不能跟我說話吧？」

護衛騎士如果優先執行了護衛以外的工作，等同擅離職守。個性一板一眼的布麗姬娣自然是很少在工作期間與我交談。

「而且難得布麗姬娣回到了老家，也讓家人有時間與妳相處吧……這是命令。布麗姬娣快去換衣服，和我一起喝茶吧。」

「遵命。」

布麗姬娣露出沒轍的笑容，在我面前跪下交叉手臂後，便依著我的命令離開去換衣服。聽了我們的對話，基貝．伊庫那難掩困惑地垂下眉尾。

「羅潔梅茵大人真是不可思議，與我認識的上級貴族截然不同。」

「基貝．伊庫那也知道，我與一般的上級貴族不一樣，是在神殿長大。我以前不只會和孤兒院的孩子們交流，也曾去平民區與商人還有工匠們見面，所以這裡的氣氛讓我感到非常自在。」

這裡的景致與空氣都很宜人，居民看起來也都很穩重又好相處。比起城府深沉的人占了多數的城堡，這裡就和平民區一樣讓我覺得很放鬆。

……但城堡有圖書室，真是難以割捨呢。

「讓您久等了。」

布麗姬娣很快換好了衣服回來，大家一邊喝茶，一邊討論明天之後的行程。沒過多久，莫妮卡前來通知說房間已經整理好了。

「羅潔梅茵大人，請回房更衣。」

「好，那我也暫時失陪了。」

等我離開房間，他們一家人也能閒話家常了吧。我走出接待室，房門啪嗒關上。才剛踏出腳步，便聽見身後傳來話聲。「布麗姬娣，歡迎妳回家。」感受到了蘊含在這句話中的濃密親情，我突然也好想要回家。回到在平民區的，那個真正的家。

我從訪問貴族用的服裝，換上了可以在農村行走的服裝後，法藍和吉魯走了進來。兩人向我報告達穆爾的房間已經整理好了，吉魯他們要使用的別館也快要整頓完畢。

「今日的就寢場所已經安置好了。現在正在觀察河川，決定工坊要設置的地點，擺放工具。」

「普朗坦商會希望能盡快與基貝・伊庫那討論成立植物紙協會一事。而且希望羅潔梅茵大人也能在場幫忙協調，確保雙方都能獲利。」

先前在城堡討論的時候，說過伊庫那主要的交易方式是以物易物，所以最好成立協會，才能夠確實取得貨款。因為好不容易做好了紙，這樣才能以適當價格進行買賣。由於與貴族的會面很花時間，是想請我提早預約會面時間吧。我立刻寫了信預約會面，請法藍送過去。期間，我把剛才在喝茶時談定的明日行程轉告吉魯。

「明天會有見聞廣博的當地居民幫忙帶路，為我們介紹周遭環境。如果發現了看來可以做紙的材料，我想先採集一些，所以請換上要去森林的裝束，也備好籃子和小刀。」

「遵命。」

「還有基貝．伊庫那也說了，晚餐他們會設置鐵板，燒烤當地取得的肉類與蔬菜，為我們舉辦歡迎會。請幫我轉告雨果，到時候要幫忙準備食材。」

正在轉告幾項該通知的事情時，一臉掩藏不住困惑的法藍回來了。

「法藍，怎麼了嗎？」

「……基貝．伊庫那表示，現在就能開始討論。」

在艾倫菲斯特，貴族往來間預約會面的時候，都是假定對方還有其他行程，所以一般都會預約好幾天後的時間，有時還得來回寫上好幾封信。然而基貝．伊庫那表示，現在雙方都知道彼此的行程，沒有必要還等上那麼多天的時間。我個人倒是很高興可以這麼快就進行討論，但法藍與我不同，他成長至今接觸貴族作風的時間更久，所以好像怎麼也無法適應這種鄉間做法。

「法藍，你不用太過在意。而且班諾也不方便長時間離開商會，如果可以早點談完正事，對大家都有好處喔。」

「話雖是如此沒錯……」

我請吉魯叫來班諾，然後與表情沉重的法藍一同前往基貝．伊庫那的辦公室。班諾與達米安的臉上也都寫著「現在？」，顯得有些驚慌，但兩人早已經習慣了貴族的強勢，所以只是感到驚訝，不像法藍那樣有著困惑。

「基貝．伊庫那，萬分感謝您撥冗會面。」

植物紙協會的代表是班諾，所以班諾與基貝．伊庫那在討論的時候，我只是以見證人的身分在旁邊觀看而已。而達米安接下來將代表普朗坦商會留在伊庫那，所以需要預先了解契約內容。

由於在城堡已經討論好了大方向，簽約很快就結束了。

伊庫那的布麗姬娣

晚餐是周圍居民也一起同樂的熱鬧烤肉大會。

「希望這些菜合您的口味。」

「應該是這裡的氣候與艾倫菲斯特不太一樣，蔬菜的種類好像也有些不同呢。還有我很少看到的食材，品質也都很好又新鮮，只要在剛烤好的時候撒點鹽，吃起來就非常美味了。」

我在莫妮卡的服侍下，吃著聽說名為勒孜蔻的蔬菜。外觀像是桃子，但味道與吃法比較接近西葫蘆。我動著嘴巴咀嚼食物，一邊環顧四周。現場雖然另外為貴族設置了座位，但是除此之外的人，不是坐在砍倒後橫放在地的圓木上，不然就是坐在大石頭上，非常隨心所欲，所以我不曉得其他人現在怎麼樣了。普朗坦商會與灰衣神官們在哪裡呢？

……啊。

平常都是照著身分高低吃飯，再大家一起平分的灰衣神官們，此刻正拿著自己從神殿帶來的盤子，僵在原地動也不動。看得出來他們都無措到了極點，既不知道能否自己拿取食物，就算要拿，也不知道可以拿多少的量。

「你們別客氣啊，儘管吃！」

「是、是……」

儘管當地居民熱情地招呼他們，但往常三餐都是領到平分好的食物，從來不曾自己去拿的神官們，依然只是一臉窘迫。

「莫妮卡，請妳去叫路茲過來。」

「但是，我正在服侍羅潔梅茵大人用餐……」

「現在盤子裡的食物還很多，妳趕快去叫他過來就好了。」

「遵命。」

莫妮卡往前飛奔，去呼喚正站在鐵板前頭，忙著不停把肉和蔬菜塞進嘴裡的路茲。莫妮卡很快帶著表情有些不滿的路茲回來。

「羅潔梅茵大人，聽說您找我……」

「路茲，不好意思，請你教吉魯和灰衣神官他們怎麼吃東西吧。因為在孤兒院都是分配好的，他們從來沒有自己拿取過食物，看起來都不知道該怎麼辦。」

「真的假的?!……啊，失禮了。謹遵您的吩咐。」

在兄弟間激烈的食物戰爭中存活下來的路茲，大概無法理解為何明明眼前就有可以盡情享用的食物，他們卻一動也不動吧。但是，他畢竟知道神殿的情況與一般人不同，所以只是無奈地聳聳肩，走向僵硬的成群灰衣神官。

「喂，吉魯，你們再不吃會被吃完喔。」

路茲一邊說，一邊快手快腳地從鐵板夾了肉和青菜放進吉魯的盤子裡。

「你們可以像這樣子自己夾來吃，所以儘管吃吧。這是羅潔梅茵大人的指示。」

吉魯看著自己的盤子，再看向我，接著又看向四周以後，這才吃了起來。見狀，灰衣神官們也開始吃飯，但是只夾了與吉魯盤裡一樣的菜色和數量。

嗯……灰衣神官們真的能在這裡生活嗎？

我突然間感到非常擔心，他們真的能撐到收穫祭那時候嗎？與此同時，我也注意到了在服侍達穆爾用餐的法藍，和在服侍我用餐的莫妮卡，同樣是一口都還沒吃。在這裡不會按照身分高低用餐。現在若不一起吃，兩人晚餐就要餓肚子了。

「法藍、莫妮卡，你們也去吃飯吧。這裡和神殿不一樣，沒有神的恩惠，得跟大家一起吃才行喔。」

「但是，侍從必須要服侍主人用餐。」

基貝・伊庫那與他的家人並沒有人服侍，都是自己拿著盤子走過去，請在鐵板前頭負責燒烤的居民為自己盛裝食物。

「我也可以自己去拿……」

「萬萬不可。」

法藍與莫妮卡同時厲聲打斷，我垮下肩膀。

「……莫妮卡，那請妳至少去告訴雨果，叫他先盛好你們兩人的晚餐吧。」

「但在我離開的時候，要由誰來服侍羅潔梅茵大人用餐呢？」

莫妮卡一本正經地反問，我為之語塞。看來比起自己的食物，莫妮卡把服侍我用餐看得更重要。侍從這樣職責至上的精神固然可愛，但也教人傷腦筋。

「羅潔梅茵大人，由我去轉達吧。」

坐在我旁邊的布麗姬娣立即起身，拿起空盤子朝燒烤區走去。一路上她與向自己搭話的居民們交談，有人招呼她喝酒就大口一灌，神采飛揚地談天說笑，踩著輕快的步伐走向燒烤區，然後向雨果轉達指示。雨果正和男人們一起在鐵板前烤著肉和青菜，同時也不忘往自己的嘴裡塞。布麗姬娣順便請居民為她盛了不少食物。

「這位真的是布麗姬娣大人嗎？」

法藍一臉茫然，因為和在神殿擔任護衛騎士時的模樣太過不同，好像是受到衝擊。

「因為現在是與自己的家人待在一起嘛。看到布麗姬娣的笑容變多，整個人活力十足，我覺得比平常的她更迷人呢。只不過，她現在的舉動換作在艾倫菲斯特，大家肯定會覺得不像是貴族千金吧。」

我說到這裡停下來，問向和法藍一樣表情吃驚，僵硬不動的達穆爾。

「達穆爾，你一直在艾倫菲斯特的貴族區生活，對於布麗姬娣現在的樣子有什麼感想呢？果然覺得她不像個貴族，感到失望嗎？」

「我還是第一次見到布麗姬娣這副模樣，確實感到驚訝，但是，呃，我覺得很可愛。」

達穆爾搔著臉頰，略略別開視線，說到最後音量變小，語速還變快。

「這樣呀，那我就這樣告訴布麗姬娣吧。」

「請您千萬不要！」

我的好意馬上遭到了拒絕。我並沒有以捉弄達穆爾為樂的興趣，所以爽快地答應了達穆爾的要求。

「知道了，那我幫你保密吧。」

「真是感激不盡。」

看著鬆了一大口氣的達穆爾，對於他完全沒有留意到周遭，我也只能苦笑。

……就算我不說，大概也會從嘻嘻竊笑著的家人口中，傳到布麗姬娣耳裡吧。

隔天，由一位朝氣蓬勃的老爺爺帶我們去山裡散步，伊庫那的居民都稱呼他為智者爺爺。我穿上採集材料用的衣服，帶著小刀魔導具，坐上騎獸，作好了完美的採集準備。布麗姬娣與達穆爾也穿著簡易鎧甲，但都比平常更加輕簡，方便在山裡走動。

「好久沒進山裡走走了，真是期待呢。」

今天仍在休假的布麗姬娣也與我們同行。聽說她在成為見習騎士住進宿舍之前，每天都會去爬爬山。

這天班諾得在別館繼續處理工作，達米安也留下來幫忙。除了他們兩人，路茲和吉魯等灰衣神官都和平常去森林時一樣，揹著籃子拿著小刀，一身採集裝扮。

「哦？你們需要像佛苓那樣質地柔軟，纖維又細又長的樹木嗎……」

「是的，而且最好才剛長出來不久，有沒有樹木符合這些條件呢？」

我坐在一人座的小熊貓巴士裡頭，邊在山路上前進，邊詢問老爺爺。領頭的人是布麗姬娣，達穆爾走在她後面，接著是我和老爺爺，身後是路茲、吉魯與神官們。

「我想苳梵夷和香索拉應該符合……還有雖然是魔樹，但南娑扶和亞樊應該也符合你們的需求……」

「羅潔梅茵大人，爺爺的判斷肯定沒錯，那今天就採集南娑扶和亞樊吧。」

老爺爺為我介紹了不少艾倫菲斯特沒有的樹木。很多樹木的名字我從沒聽說過，而且當中可能適合造紙的軟木與樹齡較短的樹木，他一下子就列出了四種來。路茲和吉魯拚命把樹木名稱與分辨方式抄寫在寫字板上。

「南娑扶與亞樊在這個季節繁殖得最快，今天應該也會遇到好幾次吧。只要知道採集的方法，連當地人都能輕鬆採到。」

布麗姬娣哼著歌走在前頭，還告訴了神官們哪些香菇和果實可以吃，哪些有毒不能吃。我們和平常一樣邊走邊採集食材，老爺爺冷不防停下來，瞇起眼睛指著某個方向。

「小姐妳看，那裡就有南娑扶。」

「有樹在走路?!」

我依著老爺爺指的方向看過去，發現居然有株不到成人膝蓋高度的矮木在走路。它的根活像是人類的雙腳般正在前後擺動，慢吞吞地前進。雖然移動很緩慢，慢到連我也追得上，但樹木會動這件事本身就極不尋常。如果可以靠自己移動，那根本不是植物，算是動物了吧？

「它在尋找可以播種的樹木。南娑扶會用樹根纏住營養豐富的巨木，再把種子散播到樹木內部。等吸收完了宿主的營養，就會穿破乾枯的樹皮，長出新的南娑扶。」

布麗姬娣說著「這是種會讓大樹枯萎的寄生樹」，用力一把抓住南娑扶。她用小刀利落地砍斷正在擺動掙扎的樹根，再把抖動著的樹根一一丟進麻布袋裡。

「這些樹根會吸收其他植物的營養，所以採集南娑扶的時候，一定要記得帶走樹根。」

布麗姬娣提醒道，灰衣神官們點點頭。

「小姐，對面那裡有棵倒下來的枯萎大樹，那麼這附近應該有很多南娑扶。能麻煩妳幫個忙嗎？」

「爺爺你坐下來休息吧，我去解決。」

布麗姬娣露出愉快的笑容，握著小刀衝上前去。

「我也要！南娑扶的速度那麼慢，我一定也應付得來。走吧，來比賽誰砍到的南娑扶最多！」

「羅潔梅茵大人?!」

受到我的鬥志影響，路茲與吉魯也拿著小刀往前衝。我操縱著小熊貓巴士急速奔馳。達穆爾大吃一驚，緊跟上來。

「找到了！」

林木間緩慢移動著的矮木其實相當醒目。我從騎獸裡頭跳下來，「嘿！」的一聲抓起南娑扶。但布麗姬娣是用單手，我得用兩手抓。而且似乎連抓法也有訣竅，因為樹根會胡亂擺動，我根本沒辦法抓牢。

「啊哇哇！」

結果我小刀還沒有拿出來，手中的南娑扶就掉下去了。達穆爾一把抓住我鬆手掉下去的南娑扶。

「達穆爾，這是我找到的！」

我瞪向達穆爾，心情就像是好不容易找到的獵物被人中途搶走。達穆爾長嘆口氣。

「……我替您抓著，請羅潔梅茵大人砍下樹根吧。」
「交給我吧。」
我往小刀魔導具注入魔力，砍下南娑扶的根，再把不停蠕動的根放進袋子裡。
「萬歲！達穆爾，我也採到南娑扶了！」
「那邊還有，我們走吧。啊，移動時請您乘坐騎獸。」
我與達穆爾齊心協力，就在打倒了三株南娑扶的時候，忽然聽見奇妙的歌聲。並不是海妖賽蓮那種足以媚惑水手的動人天籟，反倒非常熱血又充滿靈魂，聽來比較接近搖滾風格，也像是富有節奏感的吆喝。誰在這種地方練習唱歌？
「……這是怎麼回事？」
「我也不清楚，但遇到未知狀況的時候，最好先別靠近，回去問問那位老爺爺比較妥當吧？」
但是，歌聲漸漸地越來越響亮，讓人好在意。好想親眼過去看看。歌聲變大以後，我才發現歌聲不只一道，而是複數的。
「達穆爾，我們要不要稍微過去看看？」
「太可疑了，絕對不行。」
被達穆爾狠狠一瞪，我只好不得已地回到老爺爺的所在位置。布麗姬娣砍來的十株南娑扶在老爺爺腳邊堆成了一座小山。我走向大口喝著水的布麗姬娣，告訴她在山裡面聽到了歌聲，她似乎馬上就知道是什麼，告訴我說：
「那是名為亞樊的魔樹。只是很吵而已，沒什麼危害。」

她說如果只有一株，唱起歌來還算安靜，但萬一在聽得到歌聲的範圍內還有更多亞樊，它們就會比賽起音量，到最後唱得越來越大聲。簡直莫名其妙。

「但如果已經聽到複數的歌聲了，那最好盡快討伐，因為真的很吵。」

我們在原地等著其他神官回來，教導他們要怎麼砍伐亞樊，但不久連這裡也能聽見歌聲。音量變大的速度好快。

「小姐，這下要小心耳朵了。」

眾人一同往歌聲傳來的方向前進。只有我一個人是騎乘騎獸。但至少我不再像以前那樣會被大家甩在後頭，可以一起行動，這點讓我非常開心。

……我的小熊貓巴士真是太棒了！

林木間不只洪亮的歌聲，更傳來了沙沙沙的樹葉摩擦聲，但四周的風明明不大。就在聲音大到了若不是我在駕駛小巴士，否則早就摀住耳朵的時候，我們抵達了源頭。

「……嗚哇，好激動。」

隨著歌聲一同傳來的樹葉摩擦聲並不是風造成的，原來是亞樊一邊唱著歌，一邊還像搖滾歌手在甩頭般啪沙啪沙地搖動樹枝。所有人都呆若木雞地看著不斷瘋狂搖擺，一邊還唱著歌的樹木們。

「噢！噢！噢！噢！噢！……啊啊啊啊啊啊——！」

過大的音量讓我忍不住發出驚叫，摀住耳朵。視野中只見灰衣神官們也急忙摀住雙耳。震耳欲聾的吶喊從類似樹洞的空洞裡頭傳出來。之前因為富有節奏，我還以為是在唱歌，但其實只是聽來像是旋律而已，並沒有歌詞。緊接著馬上有其他亞樊跟進較量，沙沙沙地動起來。

「嗚嗚嗚、嗚嗚嗚嗚、噢噢噢噢噢──！」

這附近顯然長了不少亞樊，四面八方不間斷地傳來「嗚噢、嗚噢、耶咿！」的歌聲，極力主張自己的存在。這簡直是災難，噪音也算是一種公害。誰說亞樊是沒有危害的魔樹了，根本大錯特錯。

「羅潔梅茵大人，您想這個能用來做紙嗎？」

布麗姬娣敏捷地欺向我問道，我仰頭看向長得比布麗姬娣還高的亞樊，搖了搖頭。

「大株的亞樊已經長得太大，我想沒辦法做成紙張了，但對面那些比較小的亞樊應該還可以。」

「那麼，大株的亞樊就以取得魔石為主吧。達穆爾，那邊交給你了，我從這邊開始砍伐。」

兩人迅速拿出思達普，變化成了我在討伐陀龍布時曾看過的武器，也就是外形像結合了斧頭、長槍與長矛的斧槍。但這次和那時候不一樣，並沒有請求黑暗之神給予祝福，所以斧槍沒有變成黑色。

「願火神萊登薛夫特的眷屬，英勇之神安格利夫給予布麗姬娣和達穆爾庇佑。」

我獻上祈禱後，戒指發出藍光。從魔石飛出的藍光灑向兩人身上。達穆爾用力握好斧槍，目光銳利地緊盯亞樊，布麗姬娣那雙紫水晶般的眼睛則是掃視四周。

「神官們，後退！」

一般很少有人能夠親眼看到騎士戰鬥。有部分是因為魔力的衝擊會波及到旁人，所以騎士在戰鬥的時候，不具有魔力的人待在旁邊會非常危險。

「我會變出風盾保護大家，你們兩人不用擔心，儘管使出全力吧。」

「羅潔梅茵大人，那就麻煩您了。」

見兩人點頭，我立刻指示吉魯和路茲，要大家聚集到我旁邊。

「司掌守護的風之女神舒翠莉婭，侍其左右的十二眷屬女神啊。請聆聽吾的祈求，賜予吾聖潔之力，阻絕一切懷有惡意之人，為吾立下風盾！」

「鏘！」的清脆一聲，琥珀色的半圓形屋頂罩住我們。

「這是什麼東西?!」

「……這個就是舒翠莉婭之盾嗎？」

「雖然聽法藍說過，但我還是第一次看到。」

看著自己無法理解的事物，老爺爺嚇得癱坐在地。路茲也驚訝地仰頭看著風盾，吉魯倒是興奮得雙眼發光。我一邊維持著風盾，眼角餘光中還看見幾名灰衣神官伸手把老爺爺扶起來。

「達穆爾，魔石在發出聲音的洞穴裡頭！」

已經習慣討伐亞樊的布麗姬娣率先展開行動。她「呀！」地厲聲大喝，高高揮起斧槍，劈向最大的那株亞樊。

魔力爆發般的轟然爆炸聲接著響起，亞樊中間的空洞也在瞬間消失。碎裂的木片以亞樊為中心向外飛散，猛然捲起飛揚的塵土。雖然塵土沒有飛進風盾裡頭，但大家還是忍不住發出「嗚哇！」「噫！」的尖叫聲，抬起手臂護住臉和頭部。

達穆爾也不落人後，舉起斧槍衝向搖晃著樹幹，仍在發出刺耳吶喊的亞樊。「喝！」他氣勢十足地大喝，揮下斧槍。但大概是魔力量有差距吧。他不像布麗姬娣那樣引發了爆炸，只是在樹幹上劈出了很深的傷口。

「唔！」

達穆爾懊惱地瞪著自己攻擊後的結果，又往亞樊砍了兩、三記。到了第三下的時候，樹幹中的魔石總算顯露出來。達穆爾重新拿好斧槍，用槍尖的部分貫穿並且回收魔石。亞樊製造的龐大音量瞬間減少。

「今天因為要集結樵夫太花時間了，加上達穆爾也在，才會用魔力速戰速決，但平常樵夫只要拿著一般的斧頭，也能砍倒大株的亞樊。」

聽說居民會在耳朵裡塞東西阻隔噪音，然後結成隊伍前來討伐。

「小株的亞樊連你們也能應付，上吧。」

布麗姬娣說完，帶著路茲、吉魯和灰衣神官們前去採集亞樊。至於癱軟地坐著不動的老爺爺和我則是留在原地。達穆爾回到我身邊來，繼續擔任護衛。

「我真是太弱了，明明魔力稍微增加了一點……」

我真沒用……達穆爾喃喃說著，低頭看著打倒亞樊後回收的小魔石。我偏過腦袋問：

「達穆爾想增加攻擊力嗎？」

「那當然啊！」

「我一直以為達穆爾是為了保存魔力，才刻意壓低自己的攻擊力，但原來你不是故

意的啊。」

達穆爾皺起眉頭，似乎不明白我的意思，我便告訴他：

「因為達穆爾在使用魔力的時候，還是抑制在了和以前一樣的用量啊。所以就算你魔力增加了，攻擊力沒上升也是當然的吧？」

「……咦？」

達穆爾眨了眨眼睛，像是感到意外。看來他自己真的沒有發現。我用手托住臉頰，思索了一會兒後，向達穆爾拋出問題：

「那我出個問題吧。假設達穆爾的魔力量有三十，每次都是消耗五點的魔力量進行攻擊，所以可以攻擊六次。最近雖然魔力量增加到了三十五，變成可以攻擊七次，但達穆爾卻為攻擊力沒有上升感到苦惱。試問，你覺得該怎麼做才能提升攻擊力呢？」

聽完我提出的問題，達穆爾像是當頭棒喝，直直注視著我。接著他又來回看著我與自己手上的魔石。

「達穆爾，你是不是已經習慣在戰鬥的時候，都會抑制自己的魔力呢？在我看來，你雖然很擅長依據對象使出一到五點的魔力量，卻不懂得如何一次就施展出二十到三十。如果你想要提升攻擊力，下次可以試著在攻擊的時候釋出更多魔力喔。」

達穆爾因為是下級貴族，魔力不多，戰鬥的時候必定是與魔力量多的人同行。魔力量多的人往往負責打倒強敵，達穆爾則是負責輔佐，消滅四周的小怪，幫忙爭取時間。我想他是為了讓自己可以更長時間戰鬥，才養成了壓低魔力消耗量的習慣。如果能夠訓練自己，刻意釋出較多的魔力，攻擊力應該就會上升。

「非常感謝您貴重的建言。」

達穆爾本來還沒出息地垂著眉尾，此刻臉上的表情充滿鬥志，把魔石收到皮袋裡。真高興他能訂定目標。

「羅潔梅茵大人，我們採了好多回來！」

吉魯大力揮著手走回來會合，神官們揹著的籃子裡滿滿的都是植物。

「這是布麗姬娣大人告訴我們的笛葛刺瓦葉。她說只要把這種葉子浸在水裡頭，水就會變得黏稠，說不定可以用來代替耶蒂露。」

路茲向我展示籃子裡的笛葛刺瓦葉。除了笛葛刺瓦葉外，籃子裡頭還有許多在艾倫菲斯特看不到的植物。

「明天我就要和班諾一起返回艾倫菲斯特了，有了這麼多新材料，想必從明天開始就能研究新紙張了吧。」

「是！」吉魯他們口齒清晰地朗聲應道，我也笑著點頭，一行人開始下山。由領著老爺爺的布麗姬娣帶頭，灰衣神官們在後頭幫忙扶著老爺爺，然後是吉魯和路茲，我與達穆爾殿後。

「路茲，加油喔。」

我坐在騎獸裡頭，用小到足以被四周話聲蓋過的音量對路茲說。他很快瞄我一眼，咧開嘴角。

「妳才小心別再失敗了。妳藥水所需的材料，一年只能採集一次吧？妳這次再失敗，我可不會安慰妳喔。」

「嗚！這次有神官長在，一定沒問題的。希望收穫祭過後來接你們的時候，可以向你報告我全部都採到了的好消息，我會加油。」

「我也會加油……希望妳來接我們的時候，我也能向妳報告新的紙張做好了。」

當晚，我請雨果烹煮餐點，招待了基貝．伊庫那與他的家人，隔天上午就要返回艾倫菲斯特。要回去的成員有我、班諾、法藍、莫妮卡、雨果，以及兩名護衛騎士。除此之外的人，都會留在伊庫那努力造紙。

送行時不少居民都來了。基貝．伊庫那做為代表跪在最前方，我對他說了：

「伊庫那這裡有著許多艾倫菲斯特沒有的樹木。若能利用這裡才有的材料做出新紙張，將能成為伊庫那的特產吧，還請各位多多惠予協助了。」

「遵命。」

我再回頭看向換上了執行護衛任務時的臉孔，不苟言笑地站在我身後的布麗姬娣。

「布麗姬娣，妳也向家人道別吧。畢竟又要離開一段時間了，一定要好好道別。」

「哥哥大人、母親大人……大家，我走了。」

「布麗姬娣，妳自己多保重，要誠心侍奉羅潔梅茵大人。」

眾人在胸前交叉雙手，跪在地上。在大家的目送下，我駕駛著小熊貓巴士出發了。

羅岩貝克之山

從伊庫那回到神殿的隔天，我如同既往在第三鐘響後前往神官長室幫忙，發現似乎已經完成了交接工作的艾克哈特也在。但是，他和我的護衛騎士不一樣，並沒有站在門前負責護衛，反而被拉去幫忙處理公務。從青衣神官和侍從對此都毫無反應這點來看，想必人家已經習以為常。

「神官長，你的護衛騎士只有一個人，還讓艾克哈特哥哥大人處理公務沒關係嗎？」

「現在出入這裡的神官變多了，妳至少需要一名護衛貼身保護妳，但我並不需要……因為我就算遇到突襲，也能設法自保。但妳就算沒人攻擊，也會自己不支倒地。差別就在這裡。」

完全無法反駁。我確實會自己突然就不支倒地，所以需要有人看著我吧。我本來還想在布麗姬娣休息的時候，讓達穆爾繼續做些文官的工作，也遭到了斐迪南否決。

「今天上午尤修塔斯也會來一趟神殿，討論有關材料的事情。所以在那之前，快點處理完公務吧。」

「是！」

我開始處理因為這幾天不在，累積了不少的計算工作。待在生活環境截然有別的伊庫那，似乎讓法藍在精神上感受到了許多壓力，他還無力笑道：「想不到只是生活環境稍有不同，就讓人感到這麼疲倦。」回到神殿以後，他才又恢復了活力。

正如斐迪南的預告，尤修塔斯在第四鐘響前就來到了神殿。他的雙眼愉快發光，一邊東張西望，想要搜尋新奇好玩的事物，一邊走到斐迪南的辦公桌前。

「早安，斐迪南大人。羅潔梅茵大人，也歡迎妳回來。妳覺得伊庫那怎麼樣？有沒有什麼有趣的事情啊？」

尤修塔斯的腳步輕快，開心得幾乎要哼起歌來。他說是因為非常期待午餐，也很期待與我交談，而且還打算去工坊參觀。

「你這樣太突然了，我不方便。因為我今天不會去工坊，而是要去孤兒院。」

「那能讓我參觀孤兒院嗎？我對羅潔梅茵大人特別關愛的孤兒院也非常感興趣。聽說所有孤兒都會讀寫文字吧？」

明知道如果對象是貴族，我一定會嚴正拒絕，尤修塔斯卻一派若無其事地想要加進行程裡頭。我要是繼續以貴族千金的姿態應對，感覺尤修塔斯很可能會說著「去參觀從沒見過的孤兒院也不錯呢」，就硬是跟過來，所以我不再拐彎抹角，直截了當拒絕。

「……請你在神官長可以同行的時候，再去參觀孤兒院與工坊吧。感覺尤修塔斯很可能在孤兒院裡面隨意走動，這會造成我們的困擾。」

「哦？莫非孤兒院裡有不能被我看到的東西嗎？」

尤修塔斯更被挑起了興趣，我沒好氣地瞪著他。要是讓這種任性妄為，又只顧自己興趣的貴族進入孤兒院，葳瑪一定會變得更討厭男性。

「灰衣巫女當中，有人因為以前曾遇過蠻橫無理的青衣神官，所以對男士十分懼怕。女舍又禁止男士進入，但尤修塔斯看來就是不會遵守的樣子，所以我不能答應。」

「嗯，原來如此……」

尤修塔斯裝作了解的樣子，但根本一點也沒聽進去。

「也就是說，只要扮成女裝就能進去了吧？」

他的眼神是認真的。我相信這個人真的不惜扮成女裝也要潛進女舍。我波浪鼓般地猛力搖頭，交叉手臂比出大大的叉。

「從今以後完全禁止尤修塔斯踏進孤兒院！」

「什麼?!這樣也太過分了吧！」

我毫不理會尤修塔斯的咳聲嘆氣，他可是不惜男扮女裝也要潛進女舍的怪人，我絕不能讓他進入孤兒院。誰知道他會對孤兒們造成什麼負面影響，更不能讓孤兒院淪為尤修塔斯好奇心的犧牲品。我在心裡面下定決心，身為孤兒院長，身為神殿長，我一定要保護孤兒們才行。斐迪南十分刻意地大嘆口氣。

「這些無關緊要的事之後再說吧，先來談正事。」

斐迪南揮了揮手打斷我們的對話，然後摒退所有人，指示侍從離開。神官們默默告退，剩下的包括護衛騎士在內，全是要一同前往採集的成員。斐迪南「啪沙」一聲攤開地圖，指著南邊的一座山。

「這次要前往這座名為羅岩貝克的山，五天後正是最適合採集夏季材料的日子。後天便要動身出發。」

斐迪南說如果這時我還沒從伊庫那回來，他就會直接到伊庫那與我會合。

「神官長，這次要採集的材料是什麼呢？」

「是拉茨凡庫之卵。拉茨凡庫是種人稱可以鎮住火神萊登薛夫特之怒的巨鳥。牠的蛋就是這次要採集的材料。」

「咦？要採集可以鎮住神明怒火的巨鳥的蛋嗎？可是，拉茨凡庫是一種聖鳥吧？我們要是偷了蛋，不會遭到可怕的天譴嗎？」

這樣不太好吧……我低聲咕噥說道，但斐迪南搖搖頭。

「妳放心吧。拉茨凡庫並不是聖鳥，而是一種魔物。況且我也想好了可以壓住萊登薛夫特怒火的對策。」

斐迪南說話的同時，納悶地看著我。

「雖然妳以偷來形容，但冬天的時候，我們還殺死了司涅圖姆取得魔石吧？另外還有春天的妥庫羅什、秋天的薩契與戈爾契，為了取得妳需要的材料，我們討伐過的魔物不計其數。如今不過是顆蛋而已，妳的反應未免太過度了。」

「……說得也是呢。」

雖說是魔物，但我們至今已經殺死了不少生物，我突然覺得只是偷顆蛋而已，好像也沒有什麼大不了。

「只不過，這次得盡可能別殺死羅岩貝克的魔物，否則會爆發萊登薛夫特之怒。這是這次採集最困難的地方。」

「如果沒有鎮壓住怒火，會發生什麼事嗎？」

「嗯，萊登薛夫特的怒火若是變得兇猛，山會噴出火來。」

……這就是所謂的火山爆發吧？原來羅岩貝克是座火山嗎？

可是，我不明白火山爆發與盡量不殺魔物之間有什麼關係，不由得偏過頭。

「拉茨凡庫之卵在孵化的時候，會吸收羅岩貝克山的魔力，所以蛋的數量若是減少，就會多出本該由蛋吸收掉的魔力。」

斐迪南說完，尤修塔斯點點頭，更是補充說明。

「殘餘的魔力若是過多，萊登薛夫特便會發怒，使山噴出火來。因為以前我曾有一次拿走了太多顆蛋，差點害得萊登薛夫特之怒爆發，所以這點我能保證。」

「什麼?!」

是我聽錯了嗎？然而看來並不是。只見斐迪南按著太陽穴，重重嘆氣。

「……當時真是千鈞一髮。」

「是啊，我還以為看不到明天的太陽了。」

斐迪南與艾克哈特同時望向遠方。看來尤修塔斯在當時險些釀成大禍。雖然收集情報的能力出類拔萃，但就各方面而言，他也是個危險人物

「別這麼說嘛，最終我的經驗還是派上了用場啊。」

「那種事我可不想再經歷第二次，所以這次我會作好萬全準備。」

斐迪南已經有過不少收拾殘局的經驗，看來只要交給他就不用擔心。

「一切就交給神官長了，還請你多多費心。」

時間來到了兩天後。吃完午餐，我們很快就要騎著騎獸，出發前往羅岩貝克。這次同行的人有斐迪南、艾克哈特、達穆爾與布麗姬娣。雖然尤修塔斯也很想跟我們一起來，只是沒能如願。因為斐迪南冷酷無情地拒絕了他，還教唆城堡裡的文官，盡可能塞給他大量工作。

「我可不希望他看到感興趣的東西後又魯莽地衝上前去，結果惹出麻煩來。尤修塔斯在羅岩貝克已有一次闖下大禍的前科，況且這次的採集講求分秒必爭。」

斐迪南說話時毫不掩飾厭煩的表情。這次因為附近沒有村莊，更重視移動的速度，所以不會帶侍從同行，行動上也是依照騎士們的行軍方式。食物只有攜帶式糧食，也沒辦法洗澡，一切都要用洗淨魔法解決，如果我身體不舒服，也只能服藥強行恢復，完全是強行軍等級。

但我希望至少有一餐是正常的飲食，所以拜託了艾拉與雨果為我做便當。然後我找斐迪南商量，問他有沒有方法能讓便當不會腐壞，他便借給了我小型的冰窖式魔導具。我把自己的便當放進冰窖裡時，不知為何裡頭早就放有斐迪南那一份的便當，我再把小冰窖搬到自己的騎獸上。斐迪南明明說過要盡量減少行李，還要我縮小騎獸的體積，他自己卻增加了我行李的重量。

……其實也沒關係啦。雖然沒關係，但又有些無法釋懷？

「羅潔梅茵大人，還請您萬分小心。我們會準備好藥水，整理好床舖，期盼您及早歸來。」

聽了法藍在送行時說的話，看來他很肯定我回來以後會陷入昏睡。希望這次直到採集結束為止，我都不需要喝太多藥。

在一臉憂心的侍從們目送下，我們出發前往了羅岩貝克。領頭的人是艾克哈特，接著是我。達穆爾與布麗姬娣護在我的左右兩側，斐迪南負責殿後。

這十天來天氣炎熱，可以切身感受到夏天的威力，光是照到太陽，我就覺得自己熱得快融化了。而且騎乘騎獸的時候，又比在地面更接近太陽，感覺更熱得教人吃不消，然而這麼覺得的人只有我而已。因為所有騎士都穿著魔導具鎧甲。雖然因本人的魔力而有所差異，但聽說幾乎不會有冷熱的感覺。

……明明穿著讓人一看就覺得熱的全身鎧甲，害得我的體感溫度上升，他們自己卻一點也不覺得熱，真是太奸詐了！哼哼！

我們操縱著騎獸，一路向南在空中馳騁。越過農田占了大部分面積的直轄地，進入森林與山丘星羅棋布的地帶，漸漸地前方出現了層巒疊嶂的景色。在連綿不絕的山峰之間，有一座山格外高聳。

……就是那裡嗎？

斐迪南說過，在綿延不絕的群山當中，最高的那座山就是羅岩貝克。

山麓是一片鬱鬱蔥蔥的巍然樹林，山腰以上大概是因為火山爆發過，低矮的樹木與草叢十分顯眼。山頂附近則完全沒有植物的蹤影，僅有粗糙不平的岩表。不過，目前並沒有看到冒著白煙之類的爆發徵兆。

艾克哈特像是長了翅膀的狼型騎獸開始往地面下降。我也跟著讓小熊貓巴士往下飛。我們抵達羅岩貝克山腳的時候，夏日的太陽已經快要下山了。

「明天早上開始行動。我希望能在日正當中的時候進行採集。還有，這次所有人都要在羅潔梅茵的騎獸裡頭就寢。等妳和布麗姬娣兩人使用了洗淨魔法，梳洗打理完畢，就要加大騎獸內的空間……我不希望春天那時的情況再度發生。」

說到最後，斐迪南的語氣非常抑鬱不快。看來是春天採集那時候，因為在意男女有別，只讓女性睡在騎獸裡頭，結果騎獸卻被神秘的力量擄走，他還束手無策，讓他覺得受到了奇恥大辱。

就這樣討論著接下來要做哪些事情的時候，我和斐迪南一邊吃著便當，其他三人則是拿出攜帶式糧食當作晚餐。吃完晚餐以後，我和布麗姬娣走進小熊貓巴士，準備用洗淨魔法清潔身體。

「羅潔梅茵大人，那我為您淨身了。」

布麗姬娣取出思達普，喃喃唸了咒語後舉臂揮下。抓不到時機的我還沒能捏住鼻子，巨大的水滴就籠罩住我。

「咕啵嘎噗?!」

……要溺水了?!

其實洗去髒污的時間才短短幾秒鐘而已，不至於讓人喪命。理智雖然明白，但我有那麼一瞬間還以為自己要因為洗淨魔法而溺死了。溺水的那幾秒鐘感覺非常漫長。

「羅潔梅茵大人，您沒事吧?!真是非常抱歉！」

「嗚嗚，我沒事，只是不知道該什麼時候憋住呼吸而已。」

布麗姬娣臉色鐵青地向我道歉，但水滴早已徹底消失，我也不覺得難受。只有鼻子裡頭還殘留著難以形容的詭異感，讓人覺得「剛才那麼痛苦的感覺到底跑哪去了？」全身倒是神清氣爽。

「布麗姬娣，等妳淨身完就要叫男士們進來，所以妳快點動作吧。」

我催促布麗姬娣淨身，藉此強行打斷她的道歉，再把小熊貓巴士變大到可以容納所有人。等布麗姬娣淨身完畢，我才讓出入口變大，三名男士揣著自己的行李走進來。

「哦……這就是羅潔梅茵的騎獸嗎？」

艾克哈特環顧內部，摸了摸座椅，驚訝說道：「真柔軟哪。」

「光是能躺在柔軟的地方上睡覺，我想就比在野外休息更能消除疲勞喔……神官長，怎麼樣呀？我的小熊貓巴士很厲害吧？」

「我還是只有非常人能理解這個感想。」

……居然無法理解小熊貓巴士的美妙，神官長的腦筋真是太死板了！

發現斐迪南眉頭深鎖，用感到發毛的視線來回察看小熊貓巴士內部，我在心裡頭對他大表不滿。明明平常那麼重視效率，為什麼這種時候卻固執己見呢？

「羅潔梅茵，妳不必看著這邊。明天還有得忙，妳要好好休息，才不會拖累大家。」

我看著騎士們討論守夜順序時，斐迪南便喝斥我「快點睡覺」。由於斐迪南比黎希達還要恐怖好幾倍，我立刻閉上眼睛睡覺。

就在天色將明未明的時候，布麗姬娣叫醒了我。我慢吞吞起床，走出小熊貓巴士，看見騎士們正在準備攜帶式糧食。

「吃起來有淡淡的鹹味呢。」

「因為這種乾糧是先把雜糧和青菜搗成粉末，泡過酒與鹽巴後再去除掉水分，最終捏成了圓球狀。」

「如果可以再加點鹽，保存性與味道應該都會變得更好吧？」

騎士團的攜帶式糧食是桌球大小的茶色塊狀物，會加熱水泡開食用。因為只追求防腐功能與營養價值，所以和美味一點也沾不上邊。

「在沒有時間煮沸熱水的情況下，這個乾糧光是配水乾吃，就足以產生飽足感了。鹽若加得比現在更多，只會難以下嚥。這次要怪妳自己熱水加得太多了。」

吃完早餐，立即動身出發。我們騎著騎獸，前往山腰一處像是裂縫的入口。雖說是裂縫，卻也寬得足以讓大人輕鬆進入。

進入洞窟以後，就無法乘坐得張開翅膀才能移動的騎獸，所以騎士們得徒步前進。我則必須盡可能縮小騎獸的體積，緊緊跟上大家。

「嗚嗚，好臭喔……」

自從知道羅岩貝克是座火山，我就作好了心理準備，但現在已經能聞到硫磺臭味了。連達穆爾都皺起了臉龐，可知臭味有多麼刺鼻。而且，味道還是來自於接下來非進去不可的裂縫深處。

「不久就會習慣了，放棄掙扎吧。」

雖然也有藥水能讓人不在意臭味，但喝了以後也會不容易感受到魔獸接近的氣息，所以現在不能服用。斐迪南也厭惡地皺起臉龐，打頭陣迅速進入洞窟。接著依序是布麗姬娣、我、達穆爾和艾克哈特。所有人都扶著凹凸不平的岩壁，慢慢地走下距離不長的斜坡，我便駕駛著小熊貓巴士一溜煙衝下去。

「笨蛋，還不知道底下有什麼東西，妳別自己先跑下去。」

「對不起。」

外頭的陽光只往內照亮了一小段距離。光線很快遭到阻絕，難以看清腳邊，同時我發現空氣好像也不再流通。來到坡道底部後，四周的濕度急遽上升，空氣變得非常潮濕。

「接下來不會有任何照明，用這個吧。」

全員下來到平地以後，斐迪南從掛在腰間的藥包裡拿出一瓶藥水，像在點眼藥水一樣，往自己的眼睛滴下藥水，然後遞給艾克哈特。艾克哈特也一樣往眼睛點了藥水。所有人都點完後，斐迪南再把眼藥水遞給我。「羅潔梅茵，把眼睛張開。」

「我不喜歡點眼藥水。」

「無論妳喜歡與否，在洞窟裡行走都非點不可。艾克哈特，壓住她。」

斐迪南硬是撬開我的眼皮，點下藥水。不知道藥水到底包含了哪些成分，我覺得眼睛好涼又好刺痛。鼻子深處還有一種刺鼻的味道，喉嚨覺得好苦。

「……嗚咦～這個眼藥水好苦喔。請神官長改良一下味道吧。」

「眼藥水哪有什麼味道。別說蠢話了，繼續前進吧。」

……這才不是蠢話！是真的有味道！

我試圖做出生氣的表情，但是我也知道有人點了眼藥水後會感覺到味道，但也有人不會。斐迪南就是不會有感覺的人，所以不可能明白我的心情。

這個眼藥水似乎是種魔導具，讓人在黑暗中也能視物，所以斐迪南說得沒錯，在洞窟裡移動時確實有點眼藥水的必要。只是視野會變成褐色，也可以說是暗橘色，感覺就像是夜裡點了一盞電燈泡，勉強可以看見東西。

前進了一會兒後，途中經過一處泉水。有硫磺味的泉水不就是溫泉嗎？因為正好停下來休息，我靠近泉水，想把手伸進去。

「請問我可以把手伸進泉水裡頭嗎？」

「笨蛋，妳別輕舉妄動。泉水裡頭可能藏有魔物。更何況妳把手伸進去做什麼？如果是手髒了，可以找騎士為妳使用洗淨魔法。」

「……不是的，我不是想洗手，只是在想如果泉水很暖和，真想進去泡個澡呢。」

……一想到這是溫泉，一般人都會想進去泡泡看吧？

然而聽了我提出的意見，斐迪南卻哼一聲否決。

「誰會想泡進這麼臭的泉水裡頭，只會害得自己全身上下滿是異味。再者拉苂凡庫之卵位在最深處的泉水裡頭，遲早妳都得進去，所以再等等吧。」

「咦？蛋是放在溫泉裡面保溫嗎？」

……這不就是所謂的溫泉蛋？

我腦海中對這次任務的認知突然有了改變。不再是要偷走可以鎮住神明之怒的鳥蛋，而是取得溫泉蛋。

「斐迪南大人，該不會拉苂凡庫之卵其實很好吃吧？」

我不禁問起溫泉蛋的滋味，斐迪南卻用難以理解的眼神低頭看我。

「啊？這可是藥水的材料，要注入魔力，讓它變成魔石，不是食物。」

「對、對喔。」

……唔，可惜。我有點想吃吃看呢。

休息了片刻後，我們朝著深處繼續前進。隨著越來越深入，溫度與濕度也不斷攀升。體感溫度與濕度呈現出階段性的變化，從一開始的宛如梅雨季節的房間，變成了浴室的脫衣間，最後像是來到了溫泉的大浴場。

「好熱喔。」

「那當然。」

第二次稍事休息的時候，明明穿著全身鎧甲卻一點也不覺得熱的斐迪南，只是用泰然自若的語氣這麼回答我。枉費我還坐在小熊貓巴士裡頭移動，最疲憊的人卻是我。

「拿出冰窖裡的毛巾，放在脖子上降溫吧。」

「是……」

我拿出昨晚預先冰起來的毛巾，擦了擦臉，披在脖子上。冰涼的觸感讓我好像快要充血的腦袋稍微冷卻下來。

這一帶的泉水完全可以稱作是溫泉，水面都冒著熱氣。溫泉裡頭還有像是爬蟲類的魔物在睡覺，難怪剛才我想把手伸進泉水裡頭的時候會挨罵。

「只要牠們不主動攻擊，置之不理即可，在這裡要盡量別對魔物動手。」

「為什麼呢？」

「因為這裡的魔物都是從羅岩貝克山汲取魔力，所以若是撲滅太多魔物，魔力的消耗量便會減少。如此一來，山會累積過多的魔力，化作萊登薛夫特之怒，噴出火來。」

八成是在尤修塔斯取卵的時候打倒過魔物，否則斐迪南不會這麼清楚。

「拉茨凡庫之卵也和魔物一樣，藉著這裡的魔力與熱意進行孵化。所以這次我準備了一顆與蛋差不多大小的火屬性魔石，另外還有幾顆不同大小的火屬性魔石。每顆魔石都已經清空了魔力。」

斐迪南低頭看向腰間的皮袋。皮袋凹凹凸凸鼓起，看得出來裡頭裝有魔石。

「清空魔力的魔石可以用來做什麼呢？」

「沒有了魔力的魔石，只要放在屬性強烈的地方便會恢復魔力。這回取卵會利用魔石的這個特性。」

「也就是說把蛋搶走以後，也要準備可以吸收等量魔力的東西囉？」

「沒錯。」斐迪南點點頭，開始移動。看來要繼續往前走了。我把變溫的毛巾放回冰窖，拿出一條新的冰毛巾。

後來又走了好一段路，熱氣與濕氣開始讓人感到難以呼吸。現在鼻子已經習慣硫磺的味道了。雖然還是覺得臭，但已經不再那麼在意，只是我還是熱得快要受不了。比起洗澡，現在更像是在洗三溫暖。熱氣甚至在吸氣的時候跑進肺裡頭，呼吸好痛。

「就在那裡頭，必須一直等到親鳥離開為止。」

斐迪南指著深處的幽黑洞穴說道。我必須趁著親鳥飛出去覓食的時候把蛋偷走，所以等於要和時間賽跑。但我不僅對體力和速度毫無自信，如今熱氣又消耗掉了我大半體力，我真的可以成功嗎？

我一邊擔心一邊等待。處在熱氣當中，感覺連等待都在逐漸耗去我的體力，但仍然要保持安靜，以免刺激到周遭的魔物。

等了又等，我也不知道究竟等了多久時間。我覺得很久，但也可能其實不長。啪沙啪沙的振翅聲終於從洞穴裡傳來。聽見振翅聲逐漸遠去，斐迪南倏然起身。

「走吧。」

一行人朝著深處的洞穴才剛拔腿狂奔，旁邊泉水的水面忽然出現晃動，緊接著有什麼東西跳了出來。因為眼藥水的關係，在呈現橘色的視野當中，那隻魔物就像在燃燒一般全身火紅。魔物的體型和斐迪南差不多大，外觀有如大山椒魚與傘蜥蜴的綜合體，擋住了去路想保護自己的蛋。

「我們要偷的不是你的蛋，請讓我們過去吧！」

但對象是魔物，靠語言當然無法溝通。那隻魔物早已進入備戰狀態。比起至今遇到的強大魔獸，斐迪南和艾克哈特想必三兩下就能撂倒牠。但是他們又說過，在這裡要盡量不開殺戒。

「艾克哈特，你還記得怎麼採集吧？達穆爾，你負責警戒拉茨凡庫。」

斐迪南與蜥蜴互相對峙，單手迅速地解下腰間的皮袋，丟給艾克哈特。

「我會設法生擒這隻魔物，你們快去採集拉茨凡庫之卵。」

「是！」

艾克哈特接住斐迪南丟來的皮袋後，立即綁在自己的腰帶上。過程中魔石發出了有些刺耳的碰撞聲。

「羅潔梅茵、達穆爾，等斐迪南大人抓住了埃第朗托，馬上開始行動。」

艾克哈特低聲下令，所有人用力點頭。我緊握住小熊貓巴士的方向盤，只見前方與埃第朗托對峙的斐迪南取出了思達普。在他拿出武器的瞬間，埃第朗托赫然張大嘴巴，吐出火焰。

「呀啊?!」

埃第朗托吐出的火焰就好比街頭藝人在表演的噴火，其實火球不大，射程也很短，但仍然足以起到威嚇的效果。為了躲避火焰，我不由自主抬起手臂遮住臉部，緊緊閉上眼睛。

「哥替特。」

「鏘」的清脆聲響，緊接著是魔物「咕嘎！」一聲，發出了類似慘叫的低吼。我放下手臂張開眼睛時，埃第朗托已經被往後彈飛了數公尺遠，正急忙重新站穩。

我猜魔物本是想用火焰嚇阻敵人，再用身體進行衝撞，但斐迪南做出風盾的速度比牠快了一步。斐迪南將舒翠莉婭之盾顛倒過來，罩住了想再次衝來的埃第朗托，就和我去年在舒翠莉婭之夜用來困住戈爾契的方式一樣。只不過斐迪南比我更擅長操縱魔力，看來一派駕輕就熟，逐漸地縮小舒翠莉婭之盾。

「快走！」

我們一行人往前衝，經過了維持著舒翠莉婭之盾的斐迪南，也經過被困在風盾中死命掙扎的埃第朗托，往深處的泉水前進。

「神官長，有第二隻！」

我在後照鏡中看見了另一隻埃第朗托，立即轉頭喊道，斐迪南只是可靠地簡短回應：「沒問題。」

穿過狹窄的通道，我們進入了一處比較開闊的空間。呈現在眼前的景象與至今經過的洞窟完全不同。

由於眼藥水的關係，視野盡是一片黯淡橘色，卻只有那處泉水散發出了淡淡的藍白光芒。鮮豔的藍色水面升起了裊裊的白色熱氣，熱氣又使得視野氤氳泛白，更讓眼前的景色帶有一種魔幻色彩。

泉水傳來了「咕啵咕啵、咕啵咕啵」的細微聲響，可知底下正湧出溫泉。大概是湧出溫泉的縫隙不只一處，不斷泛開的漣漪形成了錯綜複雜的波紋。我探頭往波光蕩漾的水面一看，隱隱約約地看到底部有蛋的輪廓。大約有十顆蛋密集地放在一起。

「那個就是拉茨凡庫之卵。」

艾克哈特指著泉水說道，我也看著拉茨凡庫之卵點點頭。

「羅潔梅茵，因為不能混雜到其他人的魔力，所以妳必須自己動手採集，就和其他材料一樣。知道了嗎？」

「……是。可是，要進入泉水裡面嗎？感覺水溫很高呢。」

這裡沒有溫度計，沒辦法準確地測量水溫有幾度，但是光靠四周的熱氣，想也知道肯定比平常泡的熱水澡還要燙。

「當然不可能直接進去。」

艾克哈特微微苦笑說道，脫下鎧甲手套丟給達穆爾，再戴上可以阻絕魔力的皮革手套。然後艾克哈特拿起斐迪南剛才交給他的皮袋，取出了造型像是束口袋的網子，網中裝有許多魔石。那些就是斐迪南說過的，已經清空了魔力的魔石嗎？乍看下真像是裝在網子裡要成袋販售的橘子。

艾克哈特把束口網的繩子纏在自己手腕上，又從皮袋裡頭拿出了一顆比拳頭稍大的魔石，朝著蛋的所在位置丟下去。悶悶的「噗通」聲音響起後，艾克哈特繼續讓裝有魔石的網子纏在自己手腕上，穿著鎧甲就這麼走進泉水裡。

「艾克哈特哥哥大人？」

「魔石會吸收熱意，現在應該可以進去了。羅潔梅茵，走吧。」

我依言輕輕把指尖伸進泉水裡頭。現在的溫度變成了像是有點燙的洗澡水。

……哇噢！魔石太厲害了。

「但只有魔石還在吸取魔力的時候，泉水的溫度才會下降。一旦盈滿魔力，溫度又會重新上升。」

我對於要穿著衣服就走進溫泉感到遲疑，於是艾克哈特一把將我抱起來，往溫泉中心移動。眨眼間水位就來到了我無法踩到底部的高度，我趕緊摟住艾克哈特的手臂。

……哇噢，好舒服喔～

現在的溫度適中怡人，但隨著泉水飄來搖去的衣服太礙事了，讓我無法打從心底滿足嘆氣。真想乾脆脫光衣服，泡起溫泉，但我現在的身分當然不能做這種事，況且魔石一旦蓄滿了魔力，溫度又會重新上升，根本沒心情悠悠哉哉地泡溫泉。真是太可惜了。

終於來到了蛋的所在位置時，泉水也已經淹到了艾克哈特的肩膀。

「羅潔梅茵，我會以坐下的姿勢和妳一起潛進水裡，一定要馬上伸手去拿。」

「是。」

「深呼吸……」

我大力吸一口氣，配合著艾克哈特蹲下的動作，身體在下一秒「噗通」地沉進水中。我緊接著彎腰鑽到艾克哈特腳邊。偏白的泉水有些混濁，擺盪的水流又使得視野更是不佳，但我還是朝著最近的蛋伸出了手。沒想到蛋的大小感覺與鴕鳥蛋有得比，我得用雙手才拿得起來。而且顏色還是奇怪的繽紛大理石色，讓人瞬間懷疑這顆蛋能不能吃。但其實這也不是食物，所以倒是不必擔心。

……好！採集完畢。

我轉過臉龐對艾克哈特點點頭，他立即在支撐著我腋下的雙手上使力，把我往上舉起來。要浮上水面的時候，我看見有什麼東西從泉水裡頭往我靠近。好像是跟著我一起浮上水面的。

我「噗哈！」一聲，頭部浮出水面，只見有隻小猴子也「噗呼」地探出頭來，一雙大眼睛滴溜溜旋轉，感覺很親人，輕快地劃開水面朝我游來。

……小猴子？

還滿可愛的嘛——但腦海中才剛浮現這樣的想法，那隻小猴子的雙眼就驟然發出精光，朝著拉茨凡庫之卵火速伸出前腳。

「羅潔梅茵！」

好在艾克哈特及時把我往他拉過去，猴子的前腳才沒有得逞，蛋平安無事。

「羅潔梅茵，那是名為巴托安非的魔獸，妳要小心絕不能被搶走！」

巴托安非雖然不難應付，但在這裡不能隨便殺了牠們——艾克哈特一邊說一邊把我夾抱在左手臂上，右手臂劃開泉水，朝著岸邊開始大步前進。

「巴托安非是成群結隊的魔獸。所以只要看到一隻，附近肯定還有三十隻！」

聽起來與麗乃那時候我的天敵之一，也就是黑色惡魔一模一樣，艾克哈特的說明讓我更討厭巴托安非了。與此同時，我也想起了之前我好不容易才讓瑠耶露果實染上自己的魔力，結果最後卻被魔獸搶走。

……這一次我絕對不會被搶走，這可是我的溫泉蛋！

我緊緊抱住了蛋，兇狠地瞪向巴托安非。因為沒能成功搶到蛋，巴托安非的臉龐醜陋地皺成一團，齜牙咧嘴地劃開水面，緊追在我和艾克哈特身後。牠還對我擺出威嚇的表情，剛才可愛的模樣已經完全不見蹤影。

「呼吱——！唔吱——！」

多半是想示威，巴托安非和剛才不一樣，這次邊游邊「啪啪！」地拍打水面，意圖搶走我的蛋。看到敵人這麼窮追不捨，我的心情也越來越火大。

「這是我的！」

巴托安非「唔吱——！」地發出威嚇叫聲，再一次朝我伸來前腳。但這次牠的目標不是蛋，而是要攻擊我。我把蛋護在胸前，「姆吱——！」地怒吼回去，一氣之下釋出了十足的魔力給予威懾。不知道是沒料到我會反擊，還是吃驚於我用魔力攻擊了牠，巴托安非的雙眼瞪得老大。看見牠僵硬不動，我很確定是我贏了。

……呵呵呵，嚇到了吧？我要是拿出真本事也是很厲害的。

我得意洋洋地看著巴托安非，結果牠突然間口吐白沫，「噗通」一聲沉進溫泉裡。

……糟糕，我下手太重了嗎?!

我驚慌失措地環顧四周，發現泉水對岸有個洞穴，有好多巴托安非正面目猙獰地從那裡跳進泉水裡頭。再仔細定睛一瞧，我發現溫泉裡面早已經有無數黑影，朝著我們游過來。

「艾克哈特哥哥大人！有好多巴托安非過來了！」

「預料之中。」

「艾克哈特大人！拉茨凡庫回來了！」

負責警戒拉茨凡庫的達穆爾指著上方大喊。一隻外形如同猛禽，體積相當龐大的巨鳥正從遙遠上方的洞口急速往下俯衝。相較於身體的體積，牠的雙腳格外粗大壯碩，還有著勾玉般彎曲的銳利爪子與鳥喙，以及一雙能夠洞察獵物的銳利雙眼。

比起斐迪南正在捕捉的埃第朗托和朝著我們大量襲來的巴托安非，此刻飛躍而下的拉茨凡庫顯然最難應付。而且，牠已經把抱著蛋的我視為是敵人了。這點從拉茨凡庫筆直地朝著我們飛來的速度就能知道，我忍不住倒抽口氣。

「唔！」

艾克哈特伸出空著的右手，一把抓住倏地浮出水面的巴托安非，朝著拉茨凡庫用力丟去。

「嘎噗呸！」

然而，被艾克哈特抱在左臂上的我卻在反作用力下沉進了溫泉裡面。但看到拉茨凡庫躲開以後，又重新飛上去觀察情況，我還是別計較了吧。不需要抗議。

……雖然鼻子裡面痛得不得了，但就原諒哥哥大人吧。

重新飛上去的拉茨凡庫開始在空中盤旋，好像在觀察爬上岸邊的我們，以及聚集到了蛋上方的水面，一邊吱吱叫著一邊掙扎著開始撤退的巴托安非。最後，牠鎖定了現在正想偷蛋的巴托安非，急速向下俯衝。

「呃咳、咳咳……」

一上岸，艾克哈特就把咳個不停，鼻孔還流出溫泉的我丟進騎獸裡頭，再接著把裝有魔石的網子和皮革手套都丟進來。他重新戴上請達穆爾幫忙保管的鎧甲手套，揚聲怒吼：「快跑！」自己也拔腿狂奔。

雖然鼻子裡面痛到不行，但現在也沒時間擤鼻子了，我把蛋放進自己的皮袋裡頭，急急忙忙握住方向盤。事態緊急，安全帶也只能之後再繫。布麗姬娣似乎負責守在狹窄的

通道口，艾克哈特要我緊跟上她。

穿過狹窄的通道，回到斐迪南的所在位置後，只見他一次發動了好幾個舒翠莉婭之盾，抓到了五隻埃第朗托。被關在同個風盾裡頭的埃第朗托還判定彼此是敵人，正在互相攻擊。我抓到戈爾契的時候，光是不讓牠逃跑就已經竭盡全力，斐迪南卻能分別困住五隻埃第朗托，還一派游刃有餘的樣子。

「如何？」

發現我們回來，斐迪南問道，跑在最前頭的布麗姬娣即答：「採集已順利完成。」從後方跑來的艾克哈特更仔細地報告了現場狀況。

「裡頭的拉茨凡庫回來了。確認牠朝著要偷蛋的巴托安非展開攻擊後，我們才往這邊撤退，但牠已經發現羅潔梅茵偷了一顆蛋，有可能會追過來。」

聽完洞窟內現在的情況，斐迪南用力擰眉，看向通道。

「我在這裡變出了風盾，牠很可能被魔力吸引過來，最好以最快速度撤退。我負責拖住埃第朗托到最後一刻，你們先走吧！」

「是！」

艾克哈特對斐迪南的指示點點頭，緊接著帶頭開始往出口狂奔，用風盾困住埃第朗托的斐迪南最後一個才走。剛才進來的時候，我們一路上邊走邊休息了好幾次，現在卻是絲毫沒有休息地往出口直奔。我因為只要坐在騎獸裡面就好，所以還不算太累，但不得不用雙腳跑步的大家都十分吃力。但通道這麼狹窄，我也沒辦法變大騎獸讓大家坐進來。

「布麗姬娣，妳沒事吧？真希望我可以讓妳坐進來……」

「還請您不必掛懷。」

「別閒聊了，只會無謂浪費體力。」

斐迪南的喝斥從後頭飛來。我與布麗姬娣對看一眼後，閉上嘴巴，專心疾奔。

一直快到出口的時候，斐迪南才判斷魔物應該不會追過來了，暫時停下腳步。在我忙著擦臉擤鼻子的時候，大家似乎決定了既然要休息，乾脆等離開洞窟再順便吃午餐。全員先用洗淨魔法洗去眼藥水，重新朝著出口移動。畢竟跑到這裡來的一路上完全沒有休息，騎士們都有些上氣不接下氣。

一走出洞口，世界突然恢復了色彩。一望無際的綠意明亮又炫目，空氣也非常清新。雖然夏天還是很熱，但空氣乾爽，也沒有硫磺的臭味。光是這樣，我就覺得這個世界真是美好。

由於已經出了洞窟，大家也變出騎獸，移動到野營過的地方。眾人為遲來的午餐忙著煮沸熱水、準備攜帶式糧食的時候，我自己一個人坐在騎獸裡頭癱軟不動。因為離開溫泉的時候只顧著逃跑，沒有時間擦乾身體和換衣服，所以我好像一下子就感冒了。頭好暈。雖然關心我的布麗姬娣施展了洗淨魔法，幫我烘乾了身體和衣服，但我還是止不住惡寒。後頸不停打著冷顫，全身也開始直冒雞皮疙瘩。

「羅潔梅茵，快吃吧，吃了才能喝藥。」

斐迪南朝我遞來和早上一樣的攜帶式糧食。雖然沒有食欲，並不想吃，但得喝藥才能恢復體力。我無可奈何地吃了一口，不知為何卻覺得比早上的好吃。是因為吃起來像粥，現在身體又不舒服，才覺得比較好吃嗎？

「……這個糧食比早上的還好吃呢，真神奇。」

「我說過了，早上是妳自己加了太多熱水。明明吃的量不到我們的一半，妳卻加了和我們同樣分量的熱水，那當然沒什麼味道。」

「原來是這個意思啊。我還心想我明明加了一樣份量的熱水，不懂神官長在說什麼呢。這次是知道該加多少熱水的神官長泡給我吃，才會這麼好吃吧，謝謝神官長。」

我嘿嘿笑著道謝，斐迪南疲憊地長嘆一聲後，吃起自己的糧食。

「……哈……哈、哈啾！」

「放心吧，早在我的預料之中。」

斐迪南說完，拿出苦得要人命的藥水逼我喝下。我已經連回「就算早在意料之中，這樣還是不對吧」的力氣都沒有了，好累。

如今的我任誰看了都知道正在發燒，所以我把騎獸變大，好讓大家可以休息，自己也躺在往後傾倒的駕駛座上。「羅潔梅茵大人，這樣會舒服一點嗎？」一臉憂心忡忡的布麗姬娣拿出冰窖裡的毛巾，放在我額頭上。布麗姬娣的貼心真是太感人了，每當我身體不舒服的時候，斐迪南只會逼我喝藥，讓我強行恢復；艾克哈特則是據說只要感冒，波尼法狄斯就會訓斥他們「身子太虛弱了！」，追在身後逼他們鍛鍊身體。所以對於這兩人絕不會想到的貼心之舉，我感動得幾乎要流出淚來。

「艾克哈特，皮袋呢？」

「非常抱歉，斐迪南大人，在這裡。」

斐迪南收起被丟在騎獸裡頭、裝有魔石的網子，再撿起皮革手套丟給艾克哈特。

「收起來吧。」接著他注意到了我放在副駕駛座上的皮帶，從皮帶取下採集袋遞給我。

「反正在藥水發揮作用前我們也無法移動，妳不如抱著拉茨凡庫之卵睡覺吧。騎獸裡頭充滿了妳的魔力，應該花不了多少時間就能完成。」

居然面對病人還是這麼講求效率，我嘆著氣從斐迪南手中接過採集袋，拿出拉茨凡庫之卵，抱在胸前。

「神官長，現在只剩下秋天的瑠耶露果實了吧，這次一定要成功。」

想起去年的失敗，我鬱悶地板起臉孔，斐迪南也不高興地皺臉瞪我。

「那當然，我也不打算再失敗第二次。這次一定要採到，妳現在先乖乖睡覺吧。得等妳回復了，我們才能離開這裡。」

「是，晚安。」

我抱著拉茨凡庫之卵，一邊注入魔力一邊睡覺。退燒的時候，蛋已經變成藍色的魔石了。

手壓式幫浦

夏季材料的採集平安結束，回到神殿後，我又昏睡了一段時間，最後總算退燒。這天吃完早餐，我和法藍討論著今天的行程，他說因為我與斐迪南同時外出了好幾天，我回來後又昏睡了一陣子，所以現在工作堆積如山。

「居然只是幾天不在就積了一堆工作，這還真教人傷腦筋。真希望坎菲爾或是法瑞塔克可以早日代替神官長呢……」

我嘆了口氣，負責護衛的達穆爾苦笑著搖頭。

「羅潔梅茵大人，這恐怕只是奢望……即便是其他貴族，也沒有人能夠輕易取代斐迪南大人。」

「……說得也是呢。如果有人要我代替神官長，我也會很困擾。」

要只由一個人取代斐迪南的位置顯然是不可能，但我希望至少多訓練幾個人，讓他們可以一起分擔工作，神殿才能勉強維持運作。因為斐迪南已經還俗了，離開神殿的次數會比以往還要頻繁。

今天普朗坦商會的班諾與馬克將前來會面，所以我一吃完午餐，馬上帶著法藍、莫妮卡和妮可拉一起前往孤兒院長室。我往房門舉起手，想要請人整理秘密房間，讓普朗坦商會的人等一下可以進來，但就在要注入魔力的時候，我忽然驚覺一件事情。

……怎麼辦?!吉魯不在！

知道我和班諾他們在平民時期的關係，又能接受我們用輕鬆語氣說話的侍從，就只有吉魯和法藍而已。可是，法藍似乎對秘密房間有過非常不好的回憶，每當靠近秘密房間，表情總會變得僵硬。如果我堅持要求法藍跟我一起進去，他大概會露出像是作好赴死覺悟的表情，答應我的要求吧。但是，我不想這樣強迫他。

「羅潔梅茵大人，應該要整理秘密房間了吧？」

見我走過來後卻停下腳步，法藍納悶問我。我瞬間語塞，嘿嘿笑著搪塞帶過。

「我想……今天就在外面討論好了。」

「……由於吉魯現在不在，今天由我陪您進去吧。」

「法藍，你的心意我很高興，但你不需要勉強自己。」

我搖了搖頭，但法藍用強裝平靜，看得出來還是有些逞強的表情說了：

「羅潔梅茵大人，雖然會給您增添麻煩，但還請您協助我克服自己的弱點。羅潔梅茵大人為了符合領主養女的身分，自始至終努力不懈，身為首席侍從的我，也不該總是止步不前。我也想克服自己的弱點，踏進自己感到害怕的地方。」

如果法藍只是意氣用事，不論我說什麼都要跟著進去，那我就能當場拒絕，要他不必這麼做。可是，他卻是拜託我「協助他克服弱點」，這樣我就無法拒絕了。

「好吧，我會協助法藍。但你只要覺得不舒服，馬上就要跟我說唷？因為在這裡討論也不是不行，法藍完全不需要逞強。」

「遵命。」法藍帶著苦笑點頭。在他身後，妮可拉吃吃笑道：「這樣子剛好和平常相反呢。」

二樓的桌子上已經準備好了文書資料與茶水，這樣我才不會影響到大家打掃秘密房間。侍從們打掃的時候，我還有工作得做。

但是，我喝了口茶後，忍不住稍微轉動頭部，偷看秘密房間的情況。莫妮卡最先將秘密房間的房門完全打開，走進裡頭開始打掃。隨後妮可拉也走了進去。緊接在兩人之後，法藍也走到門口，但臉色還是相當蒼白。我心神不寧地觀察著法藍的樣子，大概是察覺到了視線，法藍回過頭來。目光對上後，他對我淡淡微笑。

「羅潔梅茵大人，我想我沒問題的。」

剛踏進秘密房間的時候，法藍的表情還很蒼白又僵硬，但他接著出來的時候，已經變回了平常的表情。他一派若無其事地打掃，準備茶水。但是法藍其實很擅長隱藏情緒，會不會是極力在隱藏自己的難受呢？我坐在椅子上往外傾身，在法藍打掃和端送點心的時候，仔細觀察他的表情。

目光再次對上後，這次法藍露出了忍俊不禁的表情。

「我真的沒事，請別擔心。」

……唔，會不會其實是在逞強呢？

我用懷疑的眼神看著法藍，不久在大門待命的弗利茲帶著班諾和馬克進來了。說完了貴族特有的冗長寒暄後，走進秘密房間。但我還是擔心法藍，才稍微轉過頭想察看他的表情，法藍立即輕輕按住我的肩膀說：「請別東張西望。」是法藍平常的反應。

嗯……好像真的沒事了？

進來秘密房間以後，法藍的表情還是一點也沒變，為班諾兩人端送茶水。我也喝了口法藍泡的茶，感覺不出絲毫的慌亂與緊張，還是平常的味道。

「薩克要我傳話給妳，他說水井用的幫浦已經做好試做品了。我雖然完全聽不懂，但應該是妳又訂做了什麼奇怪的東西吧。」

「咦？試做品嗎？不是設計圖？」

我眨了眨眼睛。班諾用手支著下巴，慢慢轉動視線，應該是在回想薩克說過的話。

「他說他照著妳說的原理進行組裝，但因為不曉得是否真的可以汲水，所以才做了試做品。而且已經安裝在費爾德工坊的水井上，還改良了好幾次。」

「如果試做品都已經做好了，那馬上可以進行推廣吧？我想把手壓式幫浦的設計圖交給鍛造協會保管，然後只要是鍛造工匠，誰都可以製作。因為手壓式幫浦的獲利太過龐大，不能只由一間工坊獨占，而且大家都覺得汲水很辛苦啊。我想盡快在平民區推廣開來。」

因為我已經拜託過薩克，請他盡量把手壓式幫浦設計得簡單一點。雖然當中會用到的部分精密零件只有約翰才做得出來，但必須要設計成多數工匠都能在短時間內做得出來，否則很難普及。

「妳這傢伙……我明明說過也要考慮利益吧！」

「我已經考慮過了喔。雖然設計圖會交給鍛造協會保管，但我並不是要免費推廣手壓式幫浦。我打算正式簽訂魔法契約，每製作一個手壓式幫浦，都必須支付費用給提出這個構思的我，還有畫出了設計圖的薩克；此外鍛造協會如果擅自使用設計圖，也得支付相同的費用做為賠償金。」

「哼……原來如此，妳想讓鍛造協會負責監管城裡所有的幫浦吧。」

告訴班諾我並不是要免費推廣後，他才表示接受。其實我還打算藉由收取設計圖的使用費，讓大家更容易接受我往後想要普及的著作權這種概念。

……這就是我沒說出口的另一個野心了，唔呵呵。

「事情就是這樣。班諾先生，那與鍛造協會的魔法契約可以麻煩你嗎？啊，當然簽約所需的費用會由我支付。」

我把最重要的魔法契約委由班諾處理，他卻露出了難以理解的表情。緊接著，他感到頭痛似的朝我舉起手。

「慢著。這麼大規模的魔法契約，交給毫不相干的我來簽訂太奇怪了吧。」

「可是我認識的人裡面，只有班諾先生懂得怎麼簽訂魔法契約啊。」

至今我簽訂的所有魔法契約，也全是交由班諾處理。既然是做生意上需要簽訂魔法契約，我能仰賴的只有班諾。

「……這件事別找我，去拜託妳的養父大人吧。」

「咦？養父大人嗎？」

「等到簽完契約魔法，早晚也得向領主大人報告。況且有任何新東西，都應該由上往下推動比較妥當。要是事後才發現這東西是妳做的，卻是從平民這邊開始流傳開來，恐怕不太妙吧？」

「……確實是有點危險呢。」

我的腦海中頓時清楚浮現出了未來的想像畫面。像是挨艾薇拉一頓罵，齊爾維斯特也戳著我的臉頰說：「這麼有趣的東西，妳想藏起來嗎？」

「既然是由妳主導，比起僅限這座城市的商人用契約，我認為更該簽訂貴族用的魔法契約，才能夠推廣到領地各處。對鍛造協會也更有遏阻效果。還有，最好也進獻一個手壓式幫浦給領主大人，不只能讓薩克與鍛造協會留下好印象，溝通起來也會更順利。」

班諾說他植物紙做好的時候，除了報告簽了何種魔法契約，也會獻上新商品。

「那麼我最好也依循商人的做法吧。請班諾先生轉告薩克，要做一個可以獻給領主的手壓式幫浦。還有之後若能謁見領主，鍛造協會的會長也得一起前往城堡簽約，所以還請班諾先生事先幫我通知一聲。我會拜託神官長，請他向養父大人請求會面。」

「要做手壓式幫浦獻給領主大人?!」聽了班諾轉告的內容後，薩克與約翰欲哭無淚地急急忙忙製作幫浦。與此同時，我也向斐迪南報告手壓式幫浦已經做好了一事，他馬上在秘密房間裡把我罵到臭頭。「這件事我可從來沒聽說！」

「我本來想在畫好設計圖的時候就向神官長報告，結果現在連試做品都已經做好了。這樣東西能讓汲水變得更輕鬆，雖然與貴族沒有直接關係，但我想平民都會很高興。」

我辯解說道，順便也報告了對班諾說明過的利益分配方式，還有預計簽訂魔法契約，所以想請斐迪南幫忙預約時間，與齊爾維斯特會面。

「班諾說了，如果想快點推廣開來，最好是簽訂貴族用的魔法契約，才能夠推廣到領內各地，所以想請神官長幫忙約個時間，面見養父大人。要過去的人預計有我、擔任監護人的神官長、負責設計的薩克，還有負責保管設計圖的鍛造協會會長共四人。」

「光聽妳這些說明，感覺規模確實不小。但是，在向領主報告之前，我必須先確認那是什麼東西。告訴鍛造協會，我要先親眼過目。」

「是。」

透過班諾轉達了斐迪南的要求後，他們決定把本來要裝在約翰所屬工坊的第二個試做品，運送到神殿來。然後一邊安裝，一邊由薩克與約翰負責說明。

「那麼，請各位安裝在這個水井上吧。」

我說完，一同前來的幾名鍛造工匠似乎是完全不敢吭聲，沉默地開始在神殿的水井上裝設手壓式幫浦。約翰正想悄悄混進那群工匠裡的時候，我抓住他的手臂，再握住薩克的手。薩克手上拿著設計圖，緊張得全身僵硬。

「神官長，這兩位鍛造工匠都是我的古騰堡夥伴，專門負責設計與製造印刷方面的工具。」

我挺起胸膛，自豪地介紹兩人。只見兩人微微瞠大眼睛，表情明顯慌張又混亂，斐迪南用萬分同情的眼神低頭看向他們。

「……在羅潔梅茵的荼毒下，今後恐怕也不輕鬆，但你們加油吧。」

「是、是！」

「我聽說有設計圖吧？讓我看看。」

緊張得瑟瑟發抖的薩克攤開設計圖，向斐迪南說明手壓式幫浦的原理。因為他太努力想要用恭敬有禮的方式說話，結果很多用詞都變得很奇怪，還會咬到舌頭。不善言詞的約翰側眼看著他，躡手躡腳地混進工匠之間，默默地開始協助組裝作業。

「哦……只要操作這裡，這裡就會移動，閥門會打開嗎？為何會變成這樣？」

骨子裡富有研究精神的斐迪南，面對從未見過的幫浦與頭一次聽說的原理，整個人好像特別神采奕奕。他絲毫沒有留意到薩克奇怪的說話方式，不斷提出問題，但不得不回答問題的薩克，已經一臉快要到達極限的表情。

「呃……因為需要做出『真空』的狀態？……聽完羅潔梅茵大人的說明，所以我才……她還要求我盡量做得簡單一點！……為了不要留有空隙，只有這部分的零件需要約翰的技術……至於原理，還請羅潔梅茵大人幫忙說明吧。」

末了薩克終於決定把說明工作全部丟給我。但是我所具備的知識，也沒有多到承受得了斐迪南的提問攻擊。

「羅潔梅茵大人，組裝已經完成了。」

「那請排除空氣，試著實際操作看看吧。」

約翰往幫浦裡面倒水，排除空氣以後，嘰叩嘰叩地按下把手。往下壓了幾次以後，井水從出水口嘟噗嘟噗地流進桶子裡。

「哦……」

「和以前比起來，這樣子更能輕鬆汲水喔……難得都過來了，也請女孩子挑戰看看吧。莫妮卡，請妳試著操作幫浦吧。」

「是、是。遵命。」

被指名的莫妮卡在大家的注視之下，神色緊張地站到幫浦前面，伸手握住把手。她「嗯！」地用力將把手往下壓，水馬上就出來了。似乎是對大量湧出的井水感到吃驚，莫妮卡放開把手，瞪大眼睛，來回看著桶裡的水、幫浦和自己的手。緊接著，她朝負責安裝幫浦的工匠們投去欽佩的眼光。

「水居然一下子就出來了……好厲害。這樣一來汲水變得好輕鬆。」

斐迪南注視著莫妮卡的行動，「嗯」地點了個頭。

「原來如此，真是傑出的發明。這樣東西確實得向領主報告。我會替你們求見。記得要完成足以進獻給領主的成品。」

比起讚美，斐迪南帶來壓力的這番話好像更占據了整顆腦袋，薩克和約翰面色鐵青，點頭如搗蒜，然後離開了神殿。

「謁見日期已經決定了。請班諾先生轉告他們，當天第二鐘響後，要在工坊開門後來到神殿。由於我和神官長也會同行，他們可能會很緊張，但也就不會遇到蠻橫無理的文官了。請他們放心吧。」

班諾想必如實轉達了我的傳言，謁見日當天，薩克與擔任鍛造協會會長的中年男子都身穿正裝，神色緊張地來到神殿。要安裝手壓式幫浦的工匠們也都一臉僵硬。

「幫浦太大了，不方便用馬車載吧。那用我的騎獸吧？」

「……騎獸本不是用以載物的工具，但不論我說什麼，我看妳都聽不進去吧。算了，也罷，畢竟這是要獻給奧伯．艾倫菲斯特的禮物。」

會趁機把自己行李放進我騎獸裡頭的斐迪南才沒資格這麼說。總之得到了許可後，我變出小熊貓巴士，命人把手壓式幫浦搬進去，也讓所有工匠都坐上小巴士。所有人上車的時候，都用感到毛骨悚然的眼神來回打量小熊貓巴士，一臉戒慎恐懼。

……要和貴族共乘一車想必很害怕，但請忍耐一下吧。

法藍教了工匠們要怎麼繫上安全帶，然後走出小熊貓巴士。

「羅潔梅茵大人、神官長，請一路小心慢走。期盼兩位及早歸來。」

由達穆爾騎著騎獸飛在前頭，我們出發前往領主的城堡。由於這次不是要返回居所，而是公事上的謁見，所以我們在馬車通行的道路上低空飛行，抵達正門玄關。

「我們要謁見奧伯．艾倫菲斯特，此乃進獻給奧伯的禮物，要把它設置在離辦公室最近的水井上。」

斐迪南走進設在玄關旁邊的房間，對文官這麼說道。有領主的異母弟弟斐迪南為我們辦好手續，所以我們很快就被帶到等候室。工匠們隨後在文官的帶領下，帶著幫浦前往水井。

「謁見期間，薩克你們不用說話，請安靜跪著吧。我和斐迪南大人會負責應答。」

「遵命。」

薩克和鍛造協會長撫著胸口，明顯鬆一口氣。畢竟工匠並不是什麼富商，一般很少面見領主。雖然知道兩名鍛造工匠都緊張得渾身僵硬，但為了要簽訂魔法契約，這也沒有辦法。因為不能夠請領主移步去平民區。

……請再忍耐一下吧。

等沒多久，便有人帶著我們走進領主的辦公室。齊爾維斯特擺出了領主該有的嚴肅表情，迎接我們的到來，但喜歡新事物的他，那雙深綠色眼睛正興致勃勃地閃爍著充滿好奇的光芒。絕對不是我的錯覺。

「聽說你們進獻了禮物？」

「是的，羅潔梅茵與她的專屬古騰堡們想將手壓式幫浦進獻給您。幫浦是種可以輕鬆汲取井水的工具，此刻正裝設在城堡裡的水井上。」

斐迪南也不苟言笑，畢恭畢敬說明。由於事前早已提出申請，現在的對話只是形式上的確認。

「我希望能讓幫浦在艾倫菲斯特推廣開來，所以這次才沒有簽訂商人用的魔法契約，而是希望能與奧伯・艾倫菲斯特簽訂魔法契約。」

「……就算這是你們的請求，我還是得親眼看看實際成品，才能夠下定論。」

不能因為是親人就偏袒你們——齊爾維斯特擺出有些冷峻的表情，說得一副高高在上，但眼神很明顯在說「快點讓我看看吧」。

……我是沒關係，但周遭的人會怎麼想呢。

要求領主前往井邊其實是件非常無禮的事情。底樓是平民下人出入的場所，貴族不應該踏進去。雖然齊爾維斯特都去過平民區的森林了，對他來說應該無所謂，但是領主該維持的威嚴與原則也很重要，不能夠輕易拋開。

我朝斐迪南瞥去一眼。他的表情寫著「早在意料之中」，略略頷首，開口說了。

「您若願意親自過目，想必更能明白為何需要簽訂魔法契約。雖知此舉對奧伯・艾倫菲斯特委實無禮至極，但還請您移駕前往井邊。」

「嗯，既然你都這麼說了，我就自己親眼去判斷吧。帶路。」

齊爾維斯特故作百般不願，腳步卻很輕快。帶著護衛騎士與文官形成的長長隊伍，一行人往城堡的水井移動。

「就是這裡。」

來到城堡水井的所在位置後，工匠們似乎已經裝設完畢，只見城堡裡的下人們都在使用幫浦，接二連三發出驚呼。一見到我們，下人們頃刻間如鳥獸散般跑得不見人影，工匠們則是稍微後退，跪了下來。

齊爾維斯特站到跪地的工匠們跟前，端詳幫浦。

「……就是這個嗎？」

「是的。薩克，請你示範用法吧。」

薩克示範的時候，齊爾維斯特看得聚精會神。我猜他一定很想自己動手試試看。但是，周遭的人不可能讓領主動手汲水。為了親眼確認商品的便利性與價值，光是走到這裡來，就已經是最大的讓步了。齊爾維斯特也明白這一點，所以雖然從表情看得出來他既不滿又躍躍欲試，但是並沒有開口說「我也想試試看」。

「……你們說得沒錯，若要推廣這樣東西，確實需要簽訂魔法契約。你們要竭盡所能，把幫浦推廣到領內各地。」

齊爾維斯特不滿的表情看來既嚴肅又像在沉思，所以乍看下儼然是位深謀遠慮的領主。薩克與鍛造協會長注視著這樣的齊爾維斯特，不自覺間露出了尊敬的表情，但我想他們完全被他騙了。

就在薩克他們渾然不覺自己受騙上當的時候，我們也簽好了魔法契約。我和齊爾維斯特只要用魔導具筆簽下名字即可，但薩克與鍛造協會長和簽訂商人用的魔法契約時一樣，不只要用墨水簽名，還得蓋血印。

薩克蓋好血印後，契約書便化作一團金色火球平空消失。薩克瞪大眼睛，發出「嗚哇?!」的大叫，急忙摀住自己嘴巴。

「這下子魔法契約就完成了。希望手壓式幫浦可以流傳開來，大家都能輕鬆汲水呢。」

我們在契約書上明確地留下了設計者的名字，並且規定製作時都要收取設計費用。往後每做好一個幫浦，設計者欄上都會刻有我和薩克的名字。

喬琪娜來訪

第三鐘響後，結束了飛蘇平琴的練習，我和往常一樣去幫忙斐迪南處理公務。一走進神官長室，斐迪南拉長了臉呼喚我的名字。

「羅潔梅茵。」

「是，有什麼吩咐嗎？」

我側過臉龐，斐迪南只是努努下巴，示意我進入說教房間。我不記得自己做了什麼會惹他生氣的事，但透過斐迪南的視線，和他不語地揚起下巴的動作，我只感受到了寒冰一般的怒火。讓人想無條件道歉說：「小的知錯了！」但更想要落荒而逃。我用彷彿能聽到「嘰嘰」一聲的僵硬動作抬頭看向法藍，用眼神向他求助，他卻緩慢地搖頭拒絕。

不────！誰來救救我！

眼看所有人都默默別開視線，我只好欲哭無淚地走進說教房間。

在說教房間裡一與斐迪南面對面坐下，他那雙金色眼眸立刻兇神惡煞地瞪過來。心情顯然是極度惡劣。我「噫」地倒抽口氣，端正坐姿。

「羅潔梅茵，聽說齊爾維斯特在亞倫斯伯罕的姊姊將在夏季尾聲來訪，這件事我怎麼完全沒聽說？」

「……咦？我沒有向神官長報告嗎？」

「完全沒有，這件事很重要吧？」

「嗚嗚，真是對不起。」

於是我把領主夫婦剛回來那時，在齊爾維斯特的辦公室有過的對話告訴斐迪南。像是我不小心在神殿回信給了齊爾維斯特的姊姊，告訴她前任神殿長已經過世；齊爾維斯特因此在領主會議上被姊姊百般刁難；而且那位姊姊還打算造訪艾倫菲斯特，祭拜前任神殿長。我越是轉述，斐迪南原本就很臭的臉色變得更是難看。

「慢著，為何她會出現在領主會議？」

「為什麼嗎……那位姊姊嫁給了亞倫斯伯罕的領主吧？芙蘿洛翠亞大人會代表艾倫菲斯特出席領主會議，那當然養父大人的姊姊也會代表亞倫斯伯罕出席吧？」

我不明白斐迪南為什麼這麼問，納悶地歪頭。斐迪南慢慢搖頭否定。

「她是嫁過去當第三夫人。領主會議是第一夫人才會出席，她能同行不合常理。事實上她去年就沒有參加，所以領主會議期間發生的各種與前任神殿長有關的事情，才能夠瞞著不讓她知道。」

規定上只有第一夫人能夠輔佐領主，參與政事。第二夫人以下的妻子如果與第一夫人交情很好，或許可以輔佐第一夫人，但基本上還是不能干政。聽說是為了避免掌有權力的人太多，反而猶如多頭馬車。

「哦，原來如此……」

「妳根本不明白吧？」

「才沒有，我也明白了一些事情喔。」

由此可知，嫁過去成為第三夫人的姊姊，以往她的身分都不能夠參與亞倫斯伯罕的政事。這樣的她卻出席了今年的領主會議，代表她成為了第一夫人。

「但我就算想通了這些事情，還是不知道情勢會產生什麼樣的變化。」

「所以我才說妳完全不明白。第一夫人能夠參與政事，無論好壞都很容易對老家造成影響。齊爾維斯特的另一個姊姊自從嫁到西邊領地，也就是第一夫人芙蘿洛翠亞的老家法雷培爾塔克後，近年來對艾倫菲斯特的影響力就變大了。這點妳也知道吧？」

「他們還把小聖杯丟給我們呢。」

我聽說過因為對方是哥哥和姊姊，所以艾倫菲斯特的領主夫婦一對上法雷培爾塔克的領主夫婦，氣勢總是矮一截。

「但是，法雷培爾塔克還算好的了。」

斐迪南說法雷培爾塔克因為被捲入政變，領地內的局勢十分危險，我們這邊才能藉由略施援手，在往來上比較占有優勢。

「但亞倫斯伯罕不同。那邊是靠著政變，順利跟上了時勢演變的大領地。倘若齊爾維斯特的長姊成了第一夫人，將來來自亞倫斯伯罕的干涉會變多吧。屆時那種拒絕不了的壓力，絕非法雷培爾塔克可以比擬。」

斐迪南低聲說道，眼神像是已經預見了未來會遇到的種種麻煩。我雖然大概知道周邊領地間的勢力關係，但我還是不清楚，艾倫菲斯特自身會因此面臨什麼樣的轉變。

「養父大人的那位姊姊究竟是什麼樣子的人呢？我連名字也不知道。」

「她的名字叫喬琪娜。聽說在齊爾維斯特出生之前，被視為是艾倫菲斯特的下任領主。」

「這我知道。在前任神殿長保管著的信件裡頭，有寫到這方面的事情。」

「……這件事我好像也沒聽妳報告過吧？」

斐迪南按著抽動的太陽穴，目光不善地瞪著我。我支支吾吾地辯解說：「因為我以為那是情書，才想替前任神殿長保密。」

「妳這笨蛋！對方可是罪犯，任何東西都不能私自藏匿！妳想被當成共犯嗎?!」

「對不起！」

斐迪南大發雷霆。他說如果是情書，更不能夠藏起來。接著就是滔滔不絕的訓話，告訴我隱匿罪證後，被當作共犯的後果有多嚴重。我沮喪地垮下肩膀。

「唉，妳真是……我聽說齊爾維斯特母親那邊的祖母從前是亞倫斯伯罕領主的女兒，所以基於這層關係，喬琪娜才會嫁往亞倫斯伯罕……但老實說，我對喬琪娜的了解也不多。因為我進入城堡的時候，她已經嫁人了。」

根據我從齊爾維斯特那裡聽來的描述，她好像是位很愛舊事重提，講話也老是帶刺又愛挖苦人的女性。我雖然知道了她會讓人打從心底想要避免手足相爭，但是我不曉得她是只針對繼承了領主之位的齊爾維斯特，還是對所有人都是這樣。

「我只見過她一次。記得她出席了父親大人……不，是前任領主的喪禮。但我只是遠遠看到一眼，甚至沒有打招呼。」

「咦？為什麼？應該至少會打聲招呼吧……」

我不能理解地眨眨眼睛。對方是以他領領主的妻子，又是已故前任領主女兒的身分前來參加喪禮。這次連身為領主養女的我都得和她打聲招呼了，斐迪南是她的異母弟弟，當時也應該要寒暄致意吧。

「因為我遭到齊爾維斯特的母親排斥，在前任領主去世不久前就進入了神殿，所以是以神官的身分出席喪禮，並不是以親人的身分。想當然耳，區區一名青衣神官怎可能上前向她問候。原因就這麼簡單。」

斐迪南漠然說道，我不禁在腦海中想像了他當時參加喪禮的模樣。明明是喪禮，斐迪南卻不能和親人站在一起，只能以神官的身分遠遠送父親最後一程。我突然覺得好難過，放在大腿上的雙手緊緊握成拳頭。

「所以意思是神官長……明明是父親的喪禮，卻沒能以親人的身分出席嗎？」

「就是這樣。」

「什麼就是這樣……這樣子不對吧！」

斐迪南一副這沒什麼大不了地挑眉，我再也按捺不住怒吼。

「神官長和家人的感情那麼淡薄，卻稱呼那位為父親大人，代表前任領主在神官長心目中是很重要的家人吧？居然不能以家人的身分出席喪禮，你應該要生氣難過才對，為什麼可以這麼一臉若無其事?!」

「……我是有權利生氣沒錯，但現在為何是妳在生氣？跟妳沒有關係吧？」

斐迪南按著太陽穴，嘀咕著說「真是無法理解」。

「因為、這種事情、太讓人難過了嘛，也會覺得很寂寞……一想到將來有天我也會遇到一樣的事情，就覺得我也該有生氣難過的權利……」

對現在的我而言，平民區的家人既是家人，卻也不是家人，所以當然不可能找我參加喪禮。說不定就連家人過世了，也不會有人通知我。我很有可能在一無所知的情況下，甚至無法為自己的家人祈福默哀。

「羅潔梅茵，妳冷靜一點……拜託妳現在別哭了，被人看到會誤會。」

「現在是在意別人眼光的時候嗎?!神官長應該要安慰我，不然就是讓我盡情大哭一場，偶爾也該展現一下體貼吧！」

我猛然站起來，要求斐迪南展現體貼。「唉，妳真是麻煩至極。」斐迪南說著牽起我的手，再把我抱起來，讓我坐在他的大腿上，輕輕摟了我一下後，用力哼口氣。

「這樣就好了吧？」

真是不懂他為何說得這麼一臉得意，半點也沒有被安慰到的感覺。

「一點也不好，還是完全感覺不到神官長的溫柔體貼。」

「我看妳眼淚也停了，應該可以了。下去吧。」

斐迪南不只四兩撥千斤地略過我的怒聲抗議，還馬上把我抱下大腿。我不禁大嘆口氣，同時也感到全身虛脫無力。再怎麼生氣，斐迪南也不會明白我的心情。內心油然升起了難以形容的乏力感，我重新坐回長椅上。

不過，氣勢完全沒了的人好像不只有我。斐迪南在走進說教房間時展現出的怒火也已經消失無蹤。他還用指尖輕敲太陽穴，似乎在回想剛才說到哪裡。

「我們離題了。總之，齊爾維斯特說過她的個性相當難纏，所以妳千萬要小心。」

「那該怎麼小心才好呢？」

「絕對不要一個人落單，隨時都要帶著侍從與護衛。只出席我們要妳出席的宴會，而且盡量不要離開神殿。畢竟我也不了解她，無法提供給妳具體的建議。」

明明在我抱怨和家人有關的事情時，完全不理睬我，與貴族有關的注意事項卻很仔細。看著雖然過度保護，卻缺乏溫柔體貼的斐迪南，我再一次嘆氣。

……我好像明白了為什麼神官長都與戀人交往不了多久呢。

在夏天快要邁入尾聲的某一天，貴族門大為敞開，好幾輛馬車接連地從神殿前方經過，駛進了貴族區。這幕光景在冬季社交界將至的秋季尾聲經常能見到，但在夏季尾聲卻很難得。隔著神殿長室的窗戶看見了馬車隊伍，我知道是喬琪娜到了。一如往常前往神官長室幫忙的時候，我向斐迪南報告了這件事情。

「喬琪娜大人好像到了呢。」

「嗯，我知道。剛才齊爾維斯特已經捎來了奧多南茲。他還說兩天後要舉辦迎賓宴，要我們前往城堡。妳也作好準備吧。」

斐迪南一臉厭煩地說道，同時交代侍從們，他不在的時候該完成哪些工作。我也向法藍他們下達指示，作起前往城堡的準備。

「大小姐，快點過來吧。您要選擇哪件衣服呢？」

一抵達城堡，馬上要為迎賓宴進行準備。黎希達雖然這樣問我，但心裡似乎已經作好了決定，視線固定在某件衣服上。

「黎希達幫我選好了吧？我是第一次參加迎接他領賓客的迎賓宴，所以不曉得該穿什麼服裝，請黎希達幫我選吧。」

「遵命，請交給我吧。」

由於已屆夏季尾聲，所以黎希達挑選了夏季貴色的服裝，搭配秋季貴色的飾品。這次我沒有佩戴平常會戴的華麗髮飾，而是在編成了複雜造型的頭髮上，蓋上綴有精美刺繡的薄紗。

「亞倫斯伯罕的女性在出席公開場合的時候，一定會戴面紗。當年齊爾維斯特大人的祖母從亞倫斯伯罕嫁過來的時候，便把戴面紗的習慣帶進了艾倫菲斯特。那個時候大家都爭相模仿，所以戴面紗才在艾倫菲斯特流行開來。」

黎希達以懷念的語氣說著，用髮夾將面紗固定在複雜綁起的頭髮上。

「黎希達，喬琪娜大人是位怎樣的女性呢？」

黎希達固定著髮夾的雙手頓了一瞬。她轉動目光，像是在思索要怎麼回答，然後輕嘆一聲。

「……她是一位非常奮發向上的人。」

黎希達略顯猶豫地回答，聲音聽來有些沉重，是我的錯覺嗎？

迎賓宴開始了。宴會上準備了喬琪娜懷念的家鄉飯菜，以及她十分熟悉的亞倫斯伯罕料理，因此我構思的那些餐點絲毫沒有出場的餘地。但因為姊弟間的感情不好，我也覺得齊爾維斯特只是想把新的餐點藏起來。

會場內聚集了許多貴族，正如黎希達所說，大多數人都穿著看似是亞倫斯伯罕風格的服裝。大半女性都戴著面紗，男性則是襯衫與長褲外，不像往常一樣罩著披風，而是裹著一塊面積相當大的輕薄布匹。

包含我和斐迪南在內的領主一族都入場以後，輪到本日的主角喬琪娜走進來。她的走路姿態優雅萬千，雍容嫻雅，一看就知道是身分非常高貴的貴婦人。薄紗底下的髮色和瞳孔顏色都與齊爾維斯特十分相似，但容貌截然不同。喬琪娜的五官深邃，眉眼立體，是十足十的大美人。

不知道是因為齊爾維斯特說過她的個性很愛記仇，還是因為黎希達剛才回答得模稜兩可，又或者是因為我很害怕她會針對前任神殿長的事情對我說些什麼，隨著喬琪娜一步又一步靠近，我的胃也緊張得越來越痛。

「韋菲利特、羅潔梅茵，向亞倫斯伯罕的第一夫人問安吧。」

齊爾維斯特催促道，我和韋菲利特兩人跨步走到喬琪娜面前。喬琪娜是前任領主的女兒，又是地位比艾倫菲斯特更高的亞倫斯伯罕第一夫人，所以得由我們先向她問候。

「您好，我是韋菲利特，奧伯．艾倫菲斯特之子。」

「您好，我是羅潔梅茵，奧伯．艾倫菲斯特的養女。」

「在這火神萊登薛夫特威光輝耀的吉日，得以在諸神的引導下與您會面，願能為您獻上祝福。」

我們兩人並肩站立，各自報上名字後，異口同聲地向喬琪娜寒暄致意。至今都只要接受他人問候的韋菲利特，說他費了好一番工夫才背好這句話。「准許你們。」喬琪娜的紅唇勾出笑意說道。我們往戒指注入些許魔力，給予完祝福後站起來，喬琪娜的目光駐留在韋菲利特身上。她的綠色眼眸緩緩地由上到下移動，像在從頭到腳仔細端詳。

「哎呀，你真的和小時候的齊爾維斯特像是同個模子印出來的呢。」

「我和父親大人長得很像嗎？」

看著一臉高興的韋菲利特，喬琪娜笑著點頭。

「是啊，真的非常、非常相像呢。」

喬琪娜笑容可掬，語氣也和藹溫柔，但我卻沒來由地寒毛直豎，忍不住輕搓手腕。難道只有我有這股不對勁的感覺嗎？我環顧四周，發現表情看來不太好看的，就只有難得完全沒表露出情緒，一張臉就像戴了能樂面具的齊爾維斯特。其他人都和顏悅色地注視著喬琪娜與韋菲利特，甚至連斐迪南也是。

「姑母大人也與祖母大人長得十分相似，非常美麗迷人喔。」

韋菲利特似乎毫無所覺，帶著天真無邪的笑容繼續這麼說道。但有那麼一瞬間，我覺得喬琪娜的眉毛好像動了一下。

「哎呀，是嗎？母親大人想必非常疼愛你吧？」

「是的！」

韋菲利特笑容滿面地朗聲回道，下一秒，芙蘿洛翠亞帶著和煦的微笑走到喬琪娜跟前，將韋菲利特藏到自己身後。

「喬琪娜大人，也請容我向您問安吧。」

說完，芙蘿洛翠亞跪了下來。微微垂眼的齊爾維斯特也站到芙蘿洛翠亞旁邊，擺手示意我和韋菲利特退下。我們兩人稍微後退，騰出空間。

儘管齊爾維斯特與喬琪娜都面帶著優雅的貴族笑容，但兩人之間的空氣卻充滿了緊張感。即使隔了一段距離，仍能感受到緊繃氣氛的我忍不住嚥了嚥口水。

齊爾維斯特先是與喬琪娜互相對視，然後慢慢跪地。喬琪娜薄紗底下的綠色雙眼綻放出了銳利光彩，凝視著在自己身前跪下的齊爾維斯特。齊爾維斯特在胸前交叉雙手，擺出了對上位者應有的態度後，喬琪娜的雙唇彎出了非常滿意的微笑。

「在時之女神德蕾梵庫亞的命運絲線交織下，得以與您重逢，真是無限歡喜。」

領主夫婦對重逢表示歡喜，也表示喬琪娜回到久違的故鄉後，希望她能好好放鬆休息。問候一結束，喬琪娜便朝我招手說：「妳就是回信給我的那個神殿長嗎？」我的心臟陡地漏了一拍，心驚膽跳地走上前。

「是的，就是我。」

「先前真是感謝妳的通知。」

喬琪娜說完露出嫣然微笑，看起來無比雍容華貴，美麗的程度讓人不禁由衷讚嘆，她和我們不在同一個次元。

「齊爾維斯特打從以前就是個懶散的孩子。若不是妳告訴我，我恐怕永遠也不會知情。聽說他收了妳為養女，但有這樣的養父，想必很讓妳勞心傷神吧？居然讓還這麼年幼的孩子擔任神殿長。就算只是一種象徵，他也不明白當神殿長有多麼辛苦吧。真教人傷腦筋呢。」

是因為周遭只有親人，才可以這樣說話嗎？喬琪娜面帶著優雅高貴的笑容，卻一字

一句都在貶低齊爾維斯特。雖然有幾個地方讓人有些想點頭同意，但成為養女以後，既然得到了他的庇護，我想我應該為齊爾維斯特說話才對。

「神殿長這個位置確實不輕鬆，但養父大人考慮到我的狀況，也請了斐迪南大人擔任我的監護人喔。他十分為我著想。」

「哎呀！明明成為了養父，卻是交給其他人照料自己的養女嗎？身為他的姊姊，我真是無地自容。看來他從小到大還是一點也沒變，依然是自己什麼也不做，卻把所有事情都推給身邊的人呢。」

……養父大人，對不起。我的幫腔好像完全沒有幫助。

「他指派給妳的監護人是否足夠優秀呢？還是說……」

是把無能之輩推給了妳呢——喬琪娜雖然沒有說出這句話，卻對我投以同情的眼光。在她的腦海中，好像認定了我是因為豐富的魔力被齊爾維斯特看上，他才強行收我為養女，還指派了無能的監護人負責照顧我，更命令我成為神殿長，把我利用到了極致。從她的眼神與言談間透露出的訊息，在在都能看出她有這樣的想法。

「喬琪娜大人，我的監護人斐迪南大人是位能力非常優秀的人喔。」

「……斐迪南？我好像在哪裡聽過這個名字……」

喬琪娜說著，轉頭看向齊爾維斯特。我彷彿聽見了她在說「怎麼沒有介紹給我認識呢」。齊爾維斯特頂著能樂面具般沒有情緒波動的表情，朝斐迪南瞥去一眼，態度恭敬地介紹斐迪南。

「姊姊大人，這位便是斐迪南，是我們的異母弟弟。他是在姊姊大人嫁往亞倫斯伯罕後才進入城堡，所以我想您應該沒見過他。」
齊爾維斯特介紹完後，斐迪南踏著流暢優雅的步伐，走到喬琪娜面前。他一度與喬琪娜視線相接，然後露出微笑。
……這是怎麼回事?!
斐迪南笑容的燦爛程度非比尋常。他露出了我從未見過的爽朗笑容，在喬琪娜跟前跪下，向她問候致意。
「在這火神萊登薛夫特威光輝耀的吉日，得以在諸神的引導下與您會面，願能為您獻上祝福。」
得到許可獻上祝福以後，斐迪南站起來，對於喬琪娜提出的幾個關於擔任我監護人的問題，一律面帶著燦爛到逼近刺眼程度的笑容回答。怎麼說呢……看起來比平常的客套笑容還要溫柔了三倍以上，而且非常陽光。老實說，跟平常的撲克臉相比簡直判若兩人。和葳瑪畫的畫像如出一轍。
……可是，真奇怪。明明是那麼爽朗的笑容，我卻覺得他看起來其實非常厭惡。
與領主一族打完招呼，喬琪娜接著在會場內走動，接受其他貴族的問候。因為是在艾倫菲斯特出生長大，好像認識不少人。
「喬琪娜大人，別來無恙了。」
「哎呀，葛洛麗亞，真是好久不見了呢。妳看來還是這麼有精神。」
「喬琪娜大人拜訪艾倫菲斯特的這段期間，我預計舉辦茶會，還請您務必賞光。」
「好，一定。真是教人期待。」

本以為圍繞在喬琪娜身邊的只有女性，但連男性也會找她攀談。三十歲以上的貴族們似乎都與喬琪娜認識很久了，臉上全是懷念之情。

「喬琪娜大人，您的美麗依舊一如往昔……」

「哎呀，你的嘴巴還是一樣這麼甜呢。呵呵呵……」

在眾多貴族的簇擁下，喬琪娜笑靨如花，八面玲瓏地與人應對，談笑自如。社交手腕之高明，讓我不禁佩服她不愧是大領主的妻子。

戴爾克的魔力與主從契約

喬琪娜的歡迎會結束以後，我與斐迪南很快撤退，從城堡返回神殿。韋菲利特也因為不能隨便與其他貴族接觸，所以聽說基本上都得待在北邊別館。與其只能待在北邊別館，連圖書室也不能去，我還寧願回到神殿，繼續處理平常的工作。

……而且神殿也有圖書室啊。

喬琪娜來訪後，出入貴族區的貴族變多了。由於貴族間會互相交流情報，為免不必要的資訊讓他們得到證實，這段時間我被禁止前往哈塞察看情況，也不能傳喚普朗坦商會和奇爾博塔商會的人來到神殿。儘管有這些限制，但能在神殿過著和平常一樣的生活，我倒是覺得相當輕鬆。

回到神殿以後，如同既往的日子一天天過去，我甚至完全忘了喬琪娜正停留在艾倫菲斯特。每天都是練琴到第三鐘響為止，然後一直到第四鐘響前要幫忙斐迪南。

這天第四鐘響後，我回到神殿長室準備用午餐，卻發現表情有些凝重的弗利茲正在等我。弗利茲大多時候都待在工坊，白天期間也很少出現在神殿長室，往常總是沉穩的神情此刻卻蒙上陰影。看來是相當緊急的要事。

「弗利茲，發生什麼事了嗎？」

「我一直在等候您的歸來。關於戴爾克，有急事想向您稟報。」

聽見弗利茲帶有焦急的話聲，我才猛然想起。這麼說來，這一年來我對戴爾克的魔力都沒有做過任何處置。去年雖然用塔烏果實偷偷吸取過戴爾克的魔力，但是同樣的情況往後勢必還會持續發生。關於要怎麼處置戴爾克，也得和斐迪南商量才行。但因為戴爾克曾和賓德瓦德伯爵簽下主從契約，所以這件事不方便公然討論。而且即便我是為了幫助戴爾克，但如果又擅自行動，鐵定會挨罵。

「法藍，麻煩你向神官長請求會面。」

「遵命。」

法藍表示是緊急情況以後，斐迪南竟然安排在明天的第五鐘會面。一般明明大約都要三天後，這次居然指定明天……嗯～說不定因為得監視我，神官長也無法離開神殿，所以閒得很？

隔天第五鐘響後，我帶著法藍、弗利茲與達穆爾走出神殿長室。在走廊上移動時，我看見艾克哈特從神官長室走出來，快步朝著正門玄關走去。從他的動作來看，應該是斐迪南交代了什麼緊急任務給他。

……回想起來，最近都沒在神官長室看見艾克哈特哥哥大人呢。可能是指派了其他工作給他吧？有這麼愛使喚人的主人還真辛苦。

我邊走邊想著這些事情，抵達了神官長室門口。進房後，斐迪南的目光完全沒從資料上抬起來，開口便問：「聽說有緊急狀況，什麼事？」

「神官長，還請你摒退其他人。護衛騎士請留下達穆爾，侍從則是法藍和弗利茲，其他人能請他們離開嗎？」

斐迪南先看向我點到名的人，小聲嘀咕說著「又有什麼麻煩了嗎」，然後揮了揮手。斐迪南的侍從見了，一致開始動作。正在準備茶水的侍從將後續交接給法藍，整理著文件的侍從則是停下雙手，安靜離開。確認所有人都出去後，弗利茲緊緊掩上房門。

「羅潔梅茵，說吧。有什麼事？」

斐迪南喝了口法藍泡的茶後問道，我看向弗利茲。弗利茲先點一點頭，開口說了：

「葳瑪請我轉告，戴爾克的魔力近來有急遽增加的跡象，懇請兩位想想辦法。」

「戴爾克？」斐迪南蹙眉咕噥，我立刻接著說明。

「就是被迫與賓德瓦德伯爵簽下主從契約的那個身蝕嬰兒……」

「嗯，快到魔力要超過極限的時期了吧。」

雖然不記得戴爾克，但聽到身蝕嬰兒這四個字，斐迪南似乎馬上明白了我們的來意。我大力點頭。

「是的。請問該怎麼辦呢？要讓他奉獻魔力嗎？因為魔力若增加過多，有可能會喪命，所以我想盡快處理這件事情。」

「嗯，目前的狀況魔力是越多越好。」

斐迪南迅速起身，戴上能夠阻隔魔力的皮革手套，從櫃子裡拿出一顆黑色魔石，放進皮袋後交給我。

「受洗前的孩子不能離開孤兒院，所以無法讓他直接對著神具進行奉獻，用這顆魔石吸收他的魔力吧。但妳要小心別摸到魔石，否則魔石會吸走妳的魔力，交由妳的侍從保管吧。只要貼在嬰兒的肌膚上，魔石就會自行吸走魔力。」

「謝謝神官長。法藍，交給你了。」

我從斐迪南手中接過裝有魔石的皮袋，立即遞給法藍。與其由我保管，還是交給法藍比較實在。

「……然後，接下來才是我想談的正事。請問關於解除戴爾克的主從契約這件事，現在怎麼樣了呢？」

我把皮袋交給法藍後，詢問斐迪南對戴爾克的處置。賓德瓦德伯爵被捕後，至今已經快一年半了。現在應該已經沒有那麼忙碌，會完全無暇顧及這件事。

斐迪南輕輕「嗯」了一聲後，表情變得嚴肅。他用指尖敲著太陽穴，沉浸在自己的思緒裡。

「目前為止雖然沒做任何處置，然而現今的情勢……就算先前可以置之不理，但考慮到以後，還是把主人變更成妳比較妥當吧。但是，這又等於增加了妳的弱點……」

「呃，神官長？我是想問是否已經解除了契約……」

斐迪南自顧自念有詞，陷入沉思。我出聲叫他後，他依然一臉難色，皺著眉頭看向我說：

「直到不久前為止，對契約置之不理是最好的辦法。」

「為什麼呢？」

「因為他已經簽了契約，不必擔心又被迫與其他貴族簽約。只要能夠維持現狀，就無須再另外費心。」

雖然是與他領罪犯簽了契約的嬰兒，但先前既不必擔心他被其他貴族帶走，也有人能照顧他的生活起居，繼續寄養在孤兒院是最輕鬆的做法——斐迪南用過去式說道。

「……那現在的情況不一樣了嗎？」

我詢問後，斐迪南不語地拿出防止竊聽用的魔導具。確認我握好了魔導具，斐迪南才開口說了。

「是因為喬琪娜。」

雖然目前人在艾倫菲斯特，但這和喬琪娜究竟有什麼關係呢？我完全看不出戴爾克與喬琪娜之間的關聯，不由得歪過頭。

「如今她成為了亞倫斯伯罕的第一夫人，這是我們不樂見，也不在意料之中的發展。接下第一夫人的位子後，她好一陣子想必會忙得不可開交，但等到她稍微有時間了，只要對艾倫菲斯特展開調查，馬上就會發現賓德瓦德伯爵這件事。」

「賓德瓦德伯爵是亞倫斯伯罕的貴族嗎？」

這麼說來，記得他是在艾倫菲斯特南邊具有影響力的人呢。我回想起了祈福儀式時遇襲的情況。

「嗯，沒錯。喬琪娜先前還是第三夫人，甚至不曉得前任神殿長過世的消息，所以事發當時，多半也沒有人告訴過她詳細情況吧。更何況是自己領內的貴族在他領胡作非為，我想亞倫斯伯罕的領主也不可能讓太多人知道這等醜聞，讓艾倫菲斯特占有優勢。但是，第一夫人能夠參與政事，只要展開調查，很多事情便能一清二楚。如今以她的身分，已經有能力知道這些事。」

我故作聽懂的表情點了點頭，但坦白說還是一頭霧水。就算喬琪娜知道了賓德瓦德伯爵與戴爾克的事情，又會帶來什麼變化嗎？

「唉……眾所皆知妳是神殿長，也是孤兒院長。她說不定會以賓德瓦德伯爵的契約做為藉口，要求妳交出戴爾克，或是對孤兒院進行調查。」

「對象只是身蝕孤兒，一個大領地的領主夫人會做這種事嗎？」

聽了我的看法，斐迪南瞪著我說：「妳還真是毫無收集情報的能力。」明明是你們規定我不能隨便與貴族往來，怎麼能怪我沒有收集情報的能力呢。

「喬琪娜最厭惡最痛恨的，就是害她被廢除繼承權，坐上了奧伯之位的齊爾維斯特。既然妳看過前任神殿長留下來的那些信，別說妳不知道。」

……對不起。先不說當時，我沒想到現在都快經過二十年了，她還對齊爾維斯特這麼深惡痛絕。

我在心裡頭道歉，盡可能裝出正經的表情，聆聽斐迪南說話。

「妳可是齊爾維斯特主動收養的養女，光這樣便足以成為她攻擊的對象。再加上前任神殿長對她來說，是重要到婚後仍暗中保有往來的家人，而妳也算是把他逼上死路的原因之一。這回來訪，喬琪娜已經知道這件事了。」

「咦?!為什麼神官長會知道這種事情？」

名義上斐迪南要負責監督我，以免我輕舉妄動，所以和我一樣一直待在神殿裡頭，他怎麼會知道喬琪娜停留期間的行動？我張口結舌，斐迪南哼了一聲。

「因為艾克哈特與尤修塔斯會向我報告他們搜集到的情報。我之所以一直待在神殿，除了要負責監督妳，也是為了不讓兩人分心侍奉我。」

艾克哈特負責回到老家，透過母親大人掌握女性茶會的情況，尤修塔斯則是到處出沒，直接地搜集到了不少資訊。斐迪南說他半夜還會被齊爾維斯特叫過去，聽他大發牢騷，接著更告訴了我一些詳細的內幕。

「常與亞倫斯伯罕往來的派系成員，自從齊爾維斯特的母親失勢以後，聲勢就大不如前。但是，如今藉由喬琪娜能沾上大領地的光，他們似乎正試圖重振自己派系的聲勢，所以積極地想與喬琪娜接觸。在基於這種野心所舉辦的茶會上，聽說達道夫子爵夫人向喬琪娜提供了不少消息。」

我在不太了解貴族間勢力關係的情況下聽著說明，這時出現了沒聽過的名字。

「神官長，達道夫子爵夫人是哪位呢？」

「就是那個沒能完成護衛任務，還害妳受傷，導致陀龍布增加的愚蠢騎士的母親。」

……咦？所以就是斯基科薩的母親囉?!噫──！雖然為了保護自己這是重要資訊，但我還是不想知道這麼可怕的消息！

那時候的我還是青衣見習巫女，回想起了斯基科薩當時輕蔑我是平民的冷酷眼神，還有他說著要挖出我的眼睛，舉到我眼前來的刀尖，我打了個冷顫。

「斯基科薩遭到處決以後，表面上她確實遵守領主的規定，與妳沒有任何接觸。但是聽聞她以抱怨的方式，在茶會上傾訴自己知道的內幕。因為只在自己人的茶會上說那些話，所以艾薇拉她們也很難掌握到確切證據，無法問罪，可以說相當棘手。」

達道夫子爵夫人甚至曾懇求過前任神殿長與領主的母親，希望能減輕斯基科薩的刑責，所以很明顯與母親大人及養母大人屬於不同的派系。聽說這樣的她對喬琪娜的來訪十分欣喜，還舉辦了茶會，並告訴喬琪娜前任神殿長會過世都是因為我。

「……真可怕呢。」

「個性這般迷糊天真的妳也能多少感覺到危險，那我就放心了。萬一喬琪娜今後取代了領主失勢的母親，以大領地第一夫人的身分帶來影響，那麼她的發言在艾倫菲斯特將越來越具有影響力。到那時候，如果她主張與賓德瓦德伯爵簽了主從契約的身蝕是亞倫斯伯罕的人，我們也無從反駁。」

斐迪南說只要有心，很多人都可以輕易搶走戴爾克。比如來自亞倫斯伯罕的施壓、簽了契約的賓德瓦德伯爵親人提出要求、喬琪娜教唆的艾倫菲斯特貴族等等。

「他們搶走孤兒以後，只要針對孤兒院捏造對妳不利的傳聞，我們建構至今的聖女傳說便可能毀於一旦。至少如果我擁有對方那樣的身分，要做到這些事情絕非難事。現階段，我們完全無法預測究竟會有誰、採取什麼行動。」

「既然如此，就解除戴爾克與賓德瓦德伯爵的主從契約，再讓他與我簽約吧。如果是領主的養女與他重新簽約，其他貴族就沒有辦法搶走吧？神官長最一開始也說過，他大可以與我簽約。」

這樣一來，起碼表面上便不好對戴爾克出手。比起這種不知道有誰會從哪裡展開行動的情況，要保護戴爾克也比較容易。我不想讓戴爾克暴露在危險當中。

「要重新簽約是沒問題，這麼做也更利於保護他。但是，如果有人想接近妳，或是對妳心懷怨恨，戴爾克的存在便會成為妳的弱點。」

「戴爾克早已經是自己人，所以從很久以前開始就是我的弱點了。請以一定要保護他為前提思考吧。」

我曾想過要幫助戴爾克，所以當時祝福的光芒也飛向了他。我早就把他當成自己人了。聞言，斐迪南緊緊閉上雙眼，語帶忿恨地低聲嘀咕：「妳這笨蛋，到底還要增加多少自己人？」

「要簽訂契約保護他是不難，但妳身處的環境也和當初大不相同了。一旦與妳簽約，妳就會變成那個嬰兒的監護人。有監護人的孩子不能留在孤兒院，必須在妳身邊撫養長大，那妳打算在哪裡撫養他？」

戴爾克與賓德瓦德伯爵簽了契約以後，本來預計離開孤兒院，然後送到神殿長室撫養長大。但如今本要收養他的前任神殿長已經死亡，與他簽約的賓德瓦德伯爵也遭到逮捕無力照顧，所以在無人能夠撫養的情況下，才會由孤兒院收容。理所當然地，如果我與他契約，我就得收養戴爾克。

但是，尚未受洗的幼童既不能進入城堡做打雜的工作，儘管名義上是我老家，我也無法開口拜託毫無關係的艾薇拉，請她幫忙照顧戴爾克。所以最有可能的辦法，就是把戴爾克帶到神殿長室照顧他，但是斐迪南提醒我，這樣只會增加侍從的負擔。

「難不成妳想招納專門負責照顧他的侍從嗎？」

「唔……想到這裡，我還是希望能讓戴爾克待到不得不離開為止呢。」

因為一旦由我收養，不被允許離開孤兒院的戴莉雅就必須與戴爾克分開。戴莉雅把戴爾克視為是重要的弟弟，所以我希望直到最後不得不為止，都能避免把兩人拆散。至少，在必須分別住在男舍與女舍的洗禮儀式之前。

「嗯……有沒有辦法能讓戴爾克與我重新簽訂契約，但生活環境又維持不變呢？」

「哪有這麼兩全其美的辦法……不，慢著。說不定有。」

「真的嗎?!神官長果然厲害！」

我高興得雙手一拍，斐迪南非常不高興地板起臉孔。

「雖然得學齊爾維斯特讓人不太愉快，但只要讓他帶著已經寫好內容的契約書，在面臨危險、情況緊急的時候蓋下血印，契約就算成立。這樣一來，他就能夠留在孤兒院繼續撫養長大，也能在緊要關頭前防止遭人利用。」

「……唔，原來如此。」

回想起來，齊爾維斯特的簽約用魔導具也是在最後關頭救了我一命。雖然才一年半前左右，卻覺得已經是很遙遠的過去了。

「我會解除他與伯爵的契約，妳先在主從契約書上簽名，然後交給戴爾克身邊值得信任的人吧。」

「謝謝神官長。」

斐迪南幫忙寫好契約書後，我在上頭簽名，折起來收好。因為不會為了普通的主從契約製作平日可以戴在身上的魔導具，所以斐迪南交給我的契約書就只是一張紙。我已經先幫戴爾克寫好名字，只要再讓戴爾克蓋上血印，契約就算生效。

「感謝神官長幫忙。那麼關於戴爾克的魔力，我今後也會找神官長商量，偶爾用魔石吸取他的魔力。」

談完事情後，我走出神官長室，立即趕往孤兒院。從弗利茲找我商量時的表情來看，我想情況應該相當嚴重。

「葳瑪。」

一抵達孤兒院，發現到我的葳瑪立刻小跑步跑來。

「羅潔梅茵大人，非常感謝您專程前來。最近戴爾克一哭，臉上就會冒出水泡，所以……」

「葳瑪，我剛才已經找神官長商量過了。妳不用擔心，把戴爾克帶過來吧。」

我制止了慌慌張張說明的葳瑪，稍微回頭看向法藍。法藍拿著裝有黑色魔石的皮袋，往前一步。

「遵命。戴莉雅、戴莉雅！快點帶戴爾克過來。」

葳瑪呼喚後，裡頭傳來了戴莉雅「是」的回應聲。緊接著，我看見戴莉雅與戴爾克手牽著手走出來。一段時間不見，戴爾克長大了不少。雖然他的腳步不穩得好像隨時會跌倒，但纏著尿布看來很沉重的小屁股還是不停擺動，邁開小腳跑來。

……加米爾現在也差不多這麼大了嗎？

雖然只在春天的成年禮上遠遠看過一眼，但因為多莉從後面抱著他，不讓他亂跑，所以我還沒看過加米爾走路的樣子。

「……戴爾克長大了好多喔。」

「是呀，每天都會為他的成長感到吃驚呢。真的無時無刻不帶來驚喜……」

葳瑪輕笑起來，看向戴爾克後，雙眼又擔心得黯淡下來。

「葳瑪，妳不必擔心。我和神官長商量以後，借來了可以吸取魔力的魔石。只要吸收戴爾克的魔力，就能緩解他的症狀了。」

葳瑪如釋重負，笑著說道：「感激不盡。」這時戴爾克搖搖晃晃地跑過來，伸手抱住葳瑪。一雙圓滾滾大眼睛仰望著葳瑪，像在叫她稱讚他。

「嗚～啊～」

我彷彿看見了加米爾，情不自禁露出微笑。我在原地稍微蹲下來，低頭看向戴爾克。眼神才剛對上，戴爾克立即怕生地轉而抱住戴莉雅，還討厭地不停搖頭，對我避之唯恐不及。想到每次我一抱，加米爾也都會號啕大哭，我有些受到打擊。

「羅潔梅茵大人，好久不見了。戴爾克就拜託您了。」

戴莉雅摟著緊抱住她的戴爾克，在我面前跪下。

我點點頭，看向法藍。法藍旋即取出魔石，在戴爾克面前蹲下。戴爾克像是對法藍感到害怕，馬上躲到戴莉雅背後，抽抽答答地開始嗚咽。

「討厭啦，戴爾克，你別哭。你臉上又要冒水泡……」

戴莉雅安撫著戴爾克，但一看到法藍手上的黑色魔石，臉色馬上丕變，同時將戴爾克緊緊抱在懷裡保護他。大概是想起了前任神殿長曾用黑色魔石強行吸走戴爾克的魔力吧。戴莉雅的反應比起姊姊，更像個小母親。

「戴莉雅，妳放心吧。只要別像前任神殿長那樣，想要奪走戴爾克所有的魔力，就不會有生命危險。再說了，戴爾克現在魔力快要到達極限的狀態反而更危險。既然戴爾克會害怕法藍，這件事就交給戴莉雅吧。我想戴莉雅一定能夠一邊觀察戴爾克的臉色，一邊為他吸收魔力。」

戴莉雅猶豫了一瞬，瞪著法藍遞出的黑色魔石，然後才輕輕拿起，一臉戰戰兢兢地用魔石觸碰戴爾克的手。

大概是魔力流向了魔石吧。戴爾克發出「啊～」的叫喊聲，訝異地眨著眼睛注視戴莉雅。我很清楚那種滿溢魔力往外釋放時的感覺。會覺得身體突然變得很輕盈，感覺非常舒暢。戴爾克應該也覺得很舒服，開心地朝戴莉雅伸出了手。

「……應該差不多了吧？」

戴爾克開始有些不高興地別過小臉。戴莉雅於是拿開黑色魔石，還給法藍。

「羅潔梅茵大人，真是非常感謝您。這下子我就安心了。」

戴莉雅笑得十分開心。我對她輕輕點頭後，略微正色。

「戴莉雅，關於戴爾克的主從契約，我剛才和神官長討論過了。對此我也有話想告訴妳和葳瑪，方便聽我說嗎？」

戴莉雅張大眼睛，挺直背脊站好；葳瑪的眼神也變得嚴肅，點一點頭。

「我們已經決定解除賓德瓦德伯爵與戴爾克的主從契約。從今以後，戴爾克就只是一名有身蝕的孩子，將繼續留在孤兒院。」

「戴爾克，太好了。」

「但是，與賓德瓦德伯爵有關的人還是有可能突然跑來，艾倫菲斯特的貴族也可能會為了魔力，而想帶走戴爾克。」

戴莉雅與葳瑪注視著我，兩人的表情都變得僵硬。戴莉雅的手還保護性地環住戴爾克的肩膀。她的動作像極了以前也曾伸手想要保護我的家人。懷念與想念讓我的胸口隱隱作痛，我拿出與戴爾克的主從契約書，舉到兩人面前。

「這是我與戴爾克的主從契約書。一旦簽約，戴爾克就不能再待在孤兒院，但也多少能夠保護他吧。這張契約書我決定交給戴莉雅保管。」

「……羅潔梅茵大人，保管是什麼意思呢？」

不是簽約，而是保管，葳瑪不明白地眨眨眼睛。

「在我眼裡，戴莉雅就是戴爾克的姊姊。所以，萬一情況真的危急到了戴爾克必須離開孤兒院才能保護他，我希望是由戴莉雅來作判斷，再由妳在戴爾克的名字這邊蓋上他的血印，這樣子契約才算完成。契約完成後，我保證會代替戴莉雅，以主人的身分保護戴爾克。」

戴莉雅一臉驚訝，直勾勾地凝視著我。然後她再看向契約書，又看向我和戴爾克，最後慢慢點頭，嘴角泛起了懷念的笑意。

「……我很清楚羅潔梅茵大人是守信的人。我再也不會懷疑您，也不會相信他人的花言巧語了。」

戴莉雅的水藍色眼眸盈滿了從前沒有過的信賴，直視我的雙眼。要是戴莉雅在當侍從的時候也能夠這麼信任我，她就不需要一輩子被綁在孤兒院了——我有些惋惜地這麼心想。但是與此同時，我也有種預感，從今而後將能與戴莉雅建立起新的關係吧。

喬琪娜大人的送行

這天斐迪南收到了齊爾維斯特捎來的奧多南茲，看向我說：「聽說明天要為客人送行。」正在幫忙處理公務的我忍不住輕喃：「終於嗎？」因為與艾薇拉她們不同派系的貴族們好像都在暗中蠢蠢欲動，所以雖然對客人很失禮，但我只希望喬琪娜早點回去。而且，不能傳喚奇爾博塔商會和普朗坦商會的人來神殿，也不能去哈塞視察，想不到這種情況會讓我覺得時間過得特別緩慢。

「大家，明天因為要為客人送行，所以吃完早餐，我馬上要前往城堡。」

回到神殿長室，我告訴侍從與護衛騎士們明天的行程有變，這時一隻奧多南茲朝著布麗姬娣飛了進來。這個時間應該是來自伊庫那的聯絡吧。不出我所料，基貝．伊庫那的嗓音重複說了三次一樣的話。

「新的紙張已經完成了，但聽說目前還不知道印上墨水後會有什麼效果。我打算把做好的紙張轉送去城堡，近日內方便收取包裹嗎？工坊的人說要依據墨水的附著程度，考慮是否量產。」

我在胸前交叉十指，不由得發出讚嘆。沒想到才剛過一個月而已，就成功開發出了新紙張的比例。看來路茲和吉魯都非常賣力。

「羅潔梅茵大人，您看該怎麼回覆呢？」

布麗姬娣變出了回覆用的奧多南茲，我對著奧多南茲開始說話：

「新的紙張已經做好了嗎？真不愧是我的古騰堡們。明天我有事情得前往城堡，馬上就能領取包裹喔。」

隔天早在第三鐘響之前，我就回到了城堡。一到城堡，已經在等著我的黎希達便換下我身上的衣服，重新編好頭髮，為我戴上面紗。換上了適合為客人送行的服裝後，一直到送行為止，都得在等候室待命。

到了等候室一看，我發現剛才先回貴族區宅邸的斐迪南已經換好衣服回來了，桌上還擺著工作用具。

「斐迪南大人，您連這種時候也在工作嗎？」

「距離送行還有很長一段時間。與其在這裡乾等，不如有效運用時間。」

斐迪南一邊說，一邊把艾克哈特當作助手使喚。

「既然如此，那我也做點工作吧。斐迪南大人，我想去領取寄給我的包裹，請告訴我要去哪裡領取吧。伊庫那那邊已經做好了新的紙張，確認新紙張可是我的重要工作。」

「伊庫那這件事妳沒向我報告過吧？」

被斐迪南一瞪，我用力點頭。

「就是因為我心想得向斐迪南大人報告，我才沒有拜託首席侍從黎希達，而是拜託您喔。這可是用新材料做的新紙張，是不是很想第一個看呢？我非常想喔。而且我之前也用小熊貓巴士幫忙載了斐迪南大人的行李，請斐迪南大人也協助我完成工作吧。」

我表現出誠意，更正確地說是極力展現出絕對不會退讓的意志，再三懇求後，斐迪南露出不情願的表情，站起來說：「妳以後都得幫我載運行李。」反正斐迪南至今都只說一句「這個也順便吧」，就強迫我幫忙他載行李，所以是小事一樁。

「謝謝斐迪南大人。」

本館除了放置徵收物品的倉庫外，另外還有一個房間專門接收領內各地貴族寄來的木板文件等包裹。聽說是文官們負責管理的部門之一。藉由轉移陣送來的包裹排排放在一起，堆疊起來，由文官們確認過內容後加以分類。這幕情景讓我聯想到了麗乃那時候的郵局與貨運業者。

「斐迪南大人，您竟然親自前來，有什麼要事嗎？」

一名文官發現到我們，驚訝地走過來。看來領主一族平常都是請自己的文官前來領取包裹，不會自己來到這裡。

「伊庫那寄給羅潔梅茵的包裹到了嗎？」

「信匣已經送到了，請確認。」

斐迪南動作熟練地接過信匣，檢查綁在信匣上寫有收件人姓名的名牌，然後打開信匣，拿出裡頭的信、做好的新紙張與一塊金屬製的小牌子。

「羅潔梅茵，在這塊牌子上簽名，表示妳收到了。」

我接過斐迪南遞來的魔導具筆，在他指著的金屬牌上簽了自己的名字。斐迪南很快瞥了眼金屬牌後，放進信匣裡還給文官。

「那回去吧。」

「是，謝謝神官長。」

我抱著信和新紙張，坐進一人座的小熊貓巴士。雖然只摸到了一小截，但新做好的紙張相當堅硬，而且觸感光滑。如果可以順利印上墨水，我想非常適合用來做撲克牌。

……得請班諾先生聯絡海蒂才行。看到新的紙張，她一定也會很高興。

我「唔呵呵、呵呵呵」地哼著歌，回到等候室後馬上看信。寫信的是路茲與吉魯，正如同奧多南茲先前的傳話，上頭寫著「請把新紙張交給海蒂，研究出適合的墨水」。他們說灰衣神官也過得很好，在那裡勤奮做著紙張。

我決定試著把新紙張裁作小片。以前要測試墨水效果的時候，都會先在紙上摺出摺痕，再裁切成小片。不知道這種偏硬的紙張好不好摺。要是不容易對摺，或是會形成歪七扭八的縐褶，就只能先做記號，再用筆刀裁剪了。

一開始我先試著對折。紙張雖然偏硬，但並沒有破掉，也沒有出現難看的不平摺痕，很順利就摺成功了。接著我重複往外和往內，摺成了彈簧摺。

「啊，好像『紙扇』喔。」

硬度也剛剛好。我抓住邊邊，「啪啪」地試著拍打自己的掌心。感覺聲音應該會很響亮。

「羅潔梅茵，那是什麼？做什麼用的？」

再度拿出了工作用具，指使艾克哈特幫忙的斐迪南看見我揮著紙扇，滿臉狐疑。

「嗯呵呵～『紙扇』要這麼用喔。嘿！」

我朝著表情納悶的斐迪南舉高紙扇。但明明是攻其不備，斐迪南卻抬起左手肘擋下攻擊，右手還很快抽走我手裡的紙扇，順勢往我的腦袋瓜用力一敲。

「呀！」

「嗯，原來如此。用途是這樣啊。」

斐迪南拿著紙扇，「啪啪」地拍向掌心，咧開嘴角賊笑，似乎很得意反擊成功。他的笑容愉快得教人火大。

「唔唔……請還給我。」

「等回神殿再還妳。」斐迪南沒收了紙扇，還說：「別做這種無聊小事，快點幫忙。」於是一直到送行之前，我都專心幫忙計算。

為免弄髒長長的袖子，我還請黎希達拿來繩子，把袖子往上束起來。正幫忙計算的時候，韋菲利特也走進了等候室。

「羅潔梅茵，妳在做什麼？」

「和在神殿一樣，幫斐迪南大人的忙喔。韋菲利特哥哥大人要一起幫忙嗎？」

「不了，我得練習要對姑母大人說的道別問候。很遺憾，我沒辦法幫你們。」

韋菲利特在奧斯華德的指導下，練習起貴族的道別問候。他在練習的問候語是「直至時之女神德蕾梵庫亞所交織的命運絲線再度交會，願諸神的庇佑與您同在，一切平安康泰」，簡單來說，意思就是「希望日後有緣再會」。這是一種社交辭令，用在不想馬上與對方相約再見的時候。

不久過後，諾伯特前來請我們為客人送行，我們往正門玄關開始移動。因為不希望被喬琪娜看到我的騎獸後引來關切，所以我在斐迪南的指示下，由艾克哈特抱著我一路移動到玄關附近。

抵達玄關的時候，斐迪南也已經從臭臉換上了社交用的爽朗笑容，更維持著虛假的笑容向喬琪娜致意。

「直至時之女神德蕾梵庫亞所交織的命運絲線再度交會，願諸神的庇佑與您同在，一切平安康泰。」

我也順利地結束了問候。所有人都說完了問候時，不知道是想到了什麼，韋菲利特突然間跑向喬琪娜。

「姑母大人，這次幾乎沒有與您說到話，希望下次能有機會好好談天。」

明明大家都正努力營造出「日後有緣再見吧」的氛圍，卻被韋菲利特這一句話徹底破壞殆盡。芙蘿洛翠亞的藍色眼眸驚愕睜大，低頭看向韋菲利特。韋菲利特的近侍們也摀著嘴巴。而斐迪南臉上雖然仍然帶著爽朗笑容，整個人卻好像散發出了森冷氣息。站在他旁邊的我覺得這氣氛非常恐怖。

喬琪娜分明看見了周遭人們的反應，她卻佯裝不知，露出開心的微笑，轉身面向韋菲利特。她稍微彎下身子，低頭與他對視。

「這樣呀，韋菲利特想再與我多說說話嗎？那麼……明年的這個時候，我再過來這裡拜訪吧？」

「真的嗎？太好了！」

韋菲利特非常天真無邪地感到開心。喬琪娜微微瞇起了深綠色眼眸，嫣然微笑後，轉頭看向芙蘿洛翠亞，優雅地側了側頭。

「我若接受韋菲利特的邀請，會給各位造成困擾嗎？」

難道妳都沒聽到剛才的問候嗎？——雖然很想這麼說，但在這種公開場合下當然不可能把真心話說出來。沒有預料到韋菲利特的脫序，芙蘿洛翠亞只能這麼回答：

「哪裡，我們當然竭誠歡迎。」

就這樣，明年喬琪娜也確定會造訪艾倫菲斯特了。

等到馬車完全從視野裡消失，斐迪南立即撤下臉上爽朗的假笑，眉間重新出現了深深的皺紋。他的金色雙眸泛著憤怒冷光，低頭看向韋菲利特。在場就只有韋菲利特一個人笑容滿面地目送著馬車離開。

「羅潔梅茵，交給妳了。」

斐迪南說著，把剛才沒收的紙扇遞來給我。

……怎麼會把紙扇帶到這裡來？

雖然感到驚訝，但我也害怕問出口。我大力點點頭後，接過紙扇。居然害得自己的護衛騎士和侍從抱頭苦惱，讓領主夫婦大吃一驚，還惹斐迪南生氣，我得毫不留情地給韋菲利特一次教訓才行。

我把紙扇高舉過頭，朝著韋菲利特的腦袋瓜用力揮下。

「韋菲利特哥哥大人這個大笨蛋！有些話可以說，但有些話不可以說！您應該看一下狀況吧！」

在我怒吼的同時，紙扇也傳來了「啪！」的清脆巨響，韋菲利特瞪圓眼睛。

「妳做什麼?!」

「這才是我想說的話。居然要喬琪娜大人明年再過來，您到底在想什麼？怎麼可以做出這麼不經大腦的事情?!」

我在眼角餘光中看見領主夫婦都在點頭。

「什……我只說了想與姑母大人說說話而已啊！」

「就是這句話說錯了！剛才教您的問候語是什麼？會用在什麼時候？領主夫婦既然選擇了這個問候語，您想過兩位的用意嗎？」

韋菲利特不解地歪著腦袋，但明明奧斯華德剛才在等候室裡對他說明過了。

「羅潔梅茵，進去再說吧。還有，妳太激動了。小心又會暈倒。」

是誰把紙扇交給我的？我強忍下想這麼吐槽的衝動，跟上邁開腳步的斐迪南。

齊爾維斯特走在最前頭，進入了本館離正門玄關最近的小型會議室。所有人陸續進來，逐一坐下後，現場彌漫著靜默與嘆息。在大家安靜卻又冰冷的目光注視下，韋菲利特不知所措地垂著眉尾，小心翼翼開口說了。

「……我已經想過了，但還是不明白。意思是我想與姑母大人說話，但父親大人和母親大人並不想嗎？」

聞言，不光領主夫婦，韋菲利特的侍從也深深嘆氣。

「沒錯。只要是外地的領主或第一夫人，即便是姊弟，也極少讓對方進入城堡。正因為是親人，更難掌握對方會在哪裡取得哪些消息，又會如何加以利用。」

「今天應該教過你要如何道別吧。在上位者面前，絕不能擅作主張採取其他行動。因為在不曉得對方會如何利用的情況下，不能讓對方有可乘之機……看來韋菲利特還得再多加學習，才能安心送往貴族院呢。」

面積比艾倫菲斯特更大、順位比艾倫菲斯特更高的領地的孩子，以及支配中央的王族子弟也都會就讀貴族院。雖然韋菲利特在艾倫菲斯特對父母以外的人都無須低頭，但屆時也得向那些人下跪行禮。然而，即便聽到擔心自己未來的母親這樣提醒，韋菲利特對於有人的地位比自己更高這件事，好像還是不太明白。

「地位比韋菲利特還高的人嗎……我只能想到波尼法狄斯。」

齊爾維斯特交抱著手臂說。但是領主會議期間，韋菲利特早已經對負責照顧我們的波尼法狄斯表現出了恭敬的態度。這樣一來毫無意義。

「對於同樣是領主一族，又比自己年長的斐迪南大人，韋菲利特哥哥大人向來都是直呼他的名諱吧？我從很久以前就覺得，這不是面對長輩該有的態度。」

既然韋菲利特稱呼喬琪娜為姑母大人，想要盡到禮儀，那麼他也可以稱呼斐迪南大人為叔父大人，學習向他下跪行禮——我這麼提議後，韋菲利特卻是瞠大雙眼，一臉不敢置信。

「羅潔梅茵，祖母大人對我說過，斐迪南才不算是我的長輩！」

「現在斐迪南大人已經還俗了，同樣是領主一族，地位是一樣的，他又比您年長，當然算是長輩啊。」

「可是，祖母大人她……」

「韋菲利特哥哥大人，您的祖母大人因為犯罪，被幽禁至今已經一年半了，您怎麼還這麼聽她的話呢？」

韋菲利特震驚得張大了眼，奧斯華德慌忙切進我與韋菲利特之間。

「羅潔梅茵大人，這件事等到韋菲利特大人再長大一點，才會向他稟明……」

「奧斯華德，去年秋天你們不是已經有過慘痛的經驗，所有事情都得讓韋菲利特哥哥大人認清現實嗎？」

奧斯華德在說什麼啊？我一時間無法理解，環顧四周，只見齊爾維斯特緊緊閉著眼睛，彷彿在說：「還是說溜嘴了嗎？」

我從奧斯華德身上移開視線，看向齊爾維斯特與芙蘿洛翠亞。正當斐迪南在教導我要怎麼與貴族往來的時候，繼承人卻是這副模樣，他們究竟在想什麼？我感覺到自己全身上下都在急遽發冷。

「上一次都要首次亮相了，才十萬火急地教導哥哥大人必備知識，但同樣的方法未必每一次都行得通。如果在進入貴族院就讀之前，教育還是不夠充分，導致同樣的情況再度發生……養父大人和養母大人應該不會這般不知記取教訓吧？」

我的語氣不由得變得尖銳，但這也不能怪我。因為我會不得不與家人分開，都是因為韋菲利特的祖母提供了偽造文件，讓賓德瓦德伯爵進入城裡。斐迪南之所以進入神殿，也是因為她千方百計地迫害他，甚至讓他覺得有生命危險。說實話，我很討厭都還沒有見過面的韋菲利特的祖母。

「韋菲利特哥哥大人敬仰自己的祖母，這當然沒有問題，但是，我認為他不應該只因為祖母大人說過的話，就輕蔑我的監護人。斐迪南大人也是領主一族，應該謹守分際的人是韋菲利特哥哥大人才對。」

我說完，齊爾維斯特緩緩點頭。

「羅潔梅茵說得沒錯。至今斐迪南雖是我的異母弟弟，但也因為是神官，身分明顯較低。然而，現在他已經還俗了。韋菲利特，今後你該尊稱斐迪南為叔父大人，並且對他下跪行禮。」

「父親大人，您是認真的嗎?!」

齊爾維斯特毫不理會揚聲抗議的韋菲利特，看向奧斯華德。

「奧斯華德，你得從頭教導韋菲利特該怎麼行禮了。羅潔梅茵，那妳認為該如何教育韋菲利特比較妥當？」

「這種事情應該由雙親與韋菲利特哥哥大人的近侍們來想才對吧？先前我也說過，我還有很多事情要做，沒有時間再次參與韋菲利特哥哥大人的教育計畫。喬琪娜大人來訪的這段時間，很多事情我都不能做，現在得去處理才行。」

之前我是同情韋菲利特因為教育環境不佳就要遭到廢嫡，也想讓他回到芙蘿洛翠亞身邊，才會提供協助。但是，如今首次亮相都已經順利結束，教養權也回到了父母親手中，我不認為還有必要再把我的時間分給韋菲利特。

……我得聯絡普朗坦商會，把做好的新紙張交給海蒂，還要找來奇爾博塔商會，收取多莉做的髮飾，還有……

我逐一回想喬琪娜來訪的這段期間，有哪些不能做的事情。

「斐迪南大人，我現在可以前往哈塞了吧？」

「別管他們，我們快回神殿吧」的想法似乎正確傳達了出去。斐迪南說著「可以」，站了起來。

「那麼，妳去哈塞打算做什麼？」

斐迪南一回到神殿便問我。我邊走向神官長室邊說明緣由。

「哈塞不久前寄來了會面邀請函，說是有事相求。邀請函上寫著，希望我能在哈塞準備過冬的時候前去買下孤兒。因為今年沒有舉行祈福儀式，收穫量比去年要少，我猜是想趕在真正開始準備過冬前籌到現金吧。」

我報告了喬琪娜來訪期間暫且擱置的事情後，斐迪南點點頭。

「這種情況我得與妳同行，會面日期就指定後天下午吧。」

「是。還有，冬季期間我可以派遣灰衣神官前往哈塞嗎？」

「這是為何？」

「呃……其實是因為這次送來的會面邀請函，內容實在太慘不忍睹，換作是其他貴族收到，一定會罵他們太無禮了。」

並不是字跡太過潦草，也不是他們不會使用貴族用語。內文反而點綴了許多優美詞彙，寫著：「吾等將為諸神的使者獻上甘露與當季最美的花朵，準備布匹，焚香以示信仰之虔誠。」然而，這些話的意思就是「我們將準備好美酒、女人與金銀珠寶，還請聆聽我們的請求」，所以不應該對明知是小女孩的我寫這種信。

「我想可能是因為前任神殿長在位太久了，他們以為寫信給貴族的時候，最後一定要加上這樣的結語。哈塞的居民應該不知道這些話是什麼意思，所以最好找人告訴他們實話。很可能沒有半個鎮民知道這些話真正的意思。」

「……原來如此。居然這般堂而皇之地表示要行賄，請對方答應他們的請求，初次收到信的人恐怕會瞠目結舌。」

斐迪南似乎也對這樣的情況感到頭痛，指尖輕敲著太陽穴。

「所以我打算派遣兩到三名灰衣神官前往哈塞的冬之館，表面上告訴大家這是為了監視，神官長認為這樣可行嗎？我想想……就說是為了確認大家是否還有反抗的意圖，以及有沒有真的在反省好了。」

「這個藉口在今年冬天應該還行得通吧。」

「然後我希望能趁著冬季期間，包括成為鎮長的利希特在內，教導那些會代筆寫信的人要怎麼撰寫文件，還有貴族特有的措詞。」

「這主意不錯，畢竟我也不想收到這種信。」

斐迪南露出無奈眼神的同時，也下達了許可。我用力握拳。

……太好了。那要馬上回信給哈塞，指定會面的日期。

回到神殿長室，我立即寫了回信給哈塞的利希特，指定會面日期，也寫了信給哈塞小神殿的人，告訴他們會有新的孤兒加入，請準備好房間。

「莫妮卡，麻煩妳幫我轉告葳瑪，請她在後天的下午之前，準備好五組孤兒院閒置不用的生活用品。雖然哈塞的小神殿那裡應該有多的，但要是不夠用就傷腦筋了。」

「遵命，我現在馬上去孤兒院。」

「法藍，我想請人代替吉魯去聯絡普朗坦商會，可以麻煩弗利茲嗎？」

法藍思考了幾秒後，回答：「我想應該沒問題。」

「那麻煩他告訴普朗坦商會的人，請在明天下午過來一趟。我想把伊庫那寄來的新紙張交給他們。」

喬琪娜回去以後，我的日常生活也不再有任何限制。如釋重負之後，我開始一一下達指示，處理這陣子來擱置不管的事情。大概是因為來訪期間幾乎沒有接觸過吧。喬琪娜的存在早已從我的腦海中逐漸淡去。

終章

近來太陽西下的速度日復一日越來越快。秋天得舉行收穫祭，迎接徵稅官的到來，對於必須掌管土地的基貝而言是最忙碌的季節。為了見遠從亞倫斯伯罕而來的喬琪娜一面，基貝們紛紛集結回到貴族區，但此刻都趕著返回自己的土地。這點達道夫子爵自然也不例外。倘若距離不遠，大可以乘坐馬車，與行李一同踏上歸途，但若是趕時間，騎乘騎獸先走一步會快得多。

「葛洛麗亞，抱歉，有很多事情得基貝回去處理。我騎乘騎獸先回去，能麻煩妳乘坐馬車，與行李一同返回達道夫嗎？」

「知道了，就遵照你的吩咐吧。」

對於丈夫的請求，達道夫子爵夫人葛洛麗亞微微一笑。其實她也想騎著騎獸早些回家，但也明白行李的運送有多麼重要。

「太好了，總不能這麼長時間都交給耶雷米斯留守。那就拜託妳了。」

聽見耶雷米斯的名字，葛洛麗亞微微垂下眼瞼。前第一夫人的兒子耶雷米斯一直視葛洛麗亞為眼中釘，葛洛麗亞也曾想過要拉下他，讓自己的孩子斯基科薩成為繼承人。然而，她的心願卻因為斯基科薩遭到處刑而破滅了。她的內心霎時升起像被人挖開胸口的不快，失去兒子的憤恨與絕望也再次襲來，但葛洛麗亞強壓下來擠出微笑。

「是，請交給我吧。」

親眼看著丈夫與幾名近侍騎著騎獸起飛後，葛洛麗亞吩咐負責打理冬之館的侍從與僕人們打包行囊。

坐進載有許多行囊的馬車，葛洛麗亞踏上返回達道夫的路途。在搖晃顛簸的馬車內無事可做，她只能出神地望著窗外，回憶至今發生的種種。這個世界實在太過不如人意，令她滿心厭煩。

我唯一的期望就只是為斯基科薩報仇雪恨而已，卻連這點也做不到……

◆

葛洛麗亞嫁予達道夫子爵成為第二夫人後，生下的兒子斯基科薩卻不具有能夠稱作中級貴族的魔力。當時丈夫給了她三個選擇，一是留在宅邸成為僕役，二是送到下級貴族家當養子，三是進入神殿。葛洛麗亞選擇了讓斯基科薩進入神殿。因為當時的神殿長是拜瑟馮斯，葛洛麗亞盤算著只要讓兒子與他打好關係，便有機會接觸到領主的母親薇羅妮卡。關鍵在於要建立起一定的友好關係，才能夠拜託拜瑟馮斯優先為達道夫通融魔力。葛洛麗亞與薇羅妮卡走近以後，她也指示兒子要請拜瑟馮斯多多幫忙通融。為了讓斯基科薩當個對達道夫有用的人，葛洛麗亞煞費苦心。

……那時雖然竭盡心力，但辛苦終有回報。

葛洛麗亞的努力有了成果，鞏固了與薇羅妮卡的關係以後，達道夫變得比以往還要富裕，耶雷米斯的母親去世之後，她更成為了第一夫人。幾乎同一時間，在政變的影響下，斯基科薩還破例獲准進入貴族院就讀。這簡直是千載難逢的好運。斯基科薩本來還是青衣神官，如今貴族們卻認可他是達道夫子爵第一夫人的兒子。

只剩下廢除耶雷米斯的繼承權，讓斯基科薩成為繼承人。就只差這麼一步而已……

葛洛麗亞才剛得到薇羅妮卡的親口保證，會讓斯基科薩成為繼承人，他就因為那個平民見習巫女而遭到了處刑。葛洛麗亞的未來也彷彿遭到混沌女神吞沒，再也看不見前方的道路。

為何不是那個平民遭到處刑？她的孩子是貴族，為何要保護平民那種骯髒的存在？然而，無論她如何向他人泣訴，斯基科薩的判決終究沒有被推翻。當時以不會接近平民見習巫女半步為條件，表面上對外宣稱殉職，保住了一族與斯基科薩的名譽，但是時至今日，葛洛麗亞還是完全無法接受。她恨透了平民見習巫女，也恨透了指派這種無恥任務，要斯基科薩保護平民的斐迪南，還有下達處分判決的齊爾維斯特，而且恨意至今有增無減。

但是，丈夫卻命令她永遠也不能接近平民見習巫女，奪走了她報仇的機會。她也曾在冬季的社交界上，尋找過願意加害於平民見習巫女的同伴，但見習巫女處在斐迪南的庇護下，沒有人願意積極採取行動。只有一個人除外，便是痛恨斐迪南的薇羅妮卡。

即便薇羅妮卡不過是想藉機讓斐迪南感到痛苦，但葛洛麗亞只要能夠傷害見習巫女，她就心滿意足了。然而，她的願望卻沒有實現。邀請賓德瓦德伯爵進城的薇羅妮卡反而失勢垮臺，原先還是平民見習巫女的孩子，不知為何卻以騎士團長女兒的身分受洗，還成為了領主的養女。

……為何那個平民見習巫女會以騎士團長女兒的身分受洗?!為何還成為奧伯的養女名列領主一族，地位比我還高?!

葛洛麗亞簡直無法饒恕。這是對貴族的褻瀆。葛洛麗亞甚至真心認為，騎士團長和奧伯先前一定是聯手起來要處決自己的孩子。

……說不定奧伯也是被斐迪南大人操控了。因為薇羅妮卡大人總是開口閉口就說那個男人很危險。

在斐迪南進入神殿以後，只有薇羅妮卡依舊視他為危險人物，但葛洛麗亞知道她的看法是正確的。

……居然讓平民見習巫女成為領主一族，倘若奧伯．艾倫菲斯特不是齊爾維斯特大人，而是喬琪娜大人，絕對不會做出這般愚蠢的行為吧。

對於前任領主選擇了齊爾維斯特成為繼承人，葛洛麗亞至今仍然憤恨不已。

……明明是喬琪娜大人更適合成為奧伯。

美貌與才智兼具的她若能成為奧伯，肯定早就把萊瑟岡古踩到腳底下了。

這一次喬琪娜回來，想必許多貴族都擁有一樣的想法。儘管她離開艾倫菲斯特已經超過十年，她的信徒依然不在少數。畢竟齊爾維斯特在逮捕了自己的母親薇羅妮卡後，就捨棄了自己的基本支持者，所以就葛洛麗亞所知，支持喬琪娜的貴族，遠比支持齊爾維斯特的貴族要多得多。

◆

葛洛麗亞坐在馬車內，感到心浮氣躁，這時一隻白鳥凌空飛入馬車。體型比奧多南茲要小的鳥兒化作一封信，落到葛洛麗亞手中。這種魔導具多用在內容不想被人聽見的時候，葛洛麗亞接下後看起內容。

寄信人是格拉罕子爵夫人勞埃雅。信中寫道她收到了一封來自喬琪娜的信，內容非常重要，足以左右艾倫菲斯特的未來。她表示想與葛洛麗亞一起討論信上的內容，邀請葛洛麗亞前往格拉罕。

瞬間，葛洛麗亞浮動不安的心平靜了下來。先前她在茶會上感嘆艾倫菲斯特的現狀時，喬琪娜還露出落寞的微笑說：「但我是亞倫斯伯罕的第一夫人，再怎麼想協助妳，也不能過度干涉艾倫菲斯特的事情呢。」究竟情況出現了什麼變化呢？說不定喬琪娜當時只是顧及貴族區裡可能藏有奧伯的人，才回答得那般避重就輕。畢竟喬琪娜是心思細膩的人，這樣一想，葛洛麗亞便豁然開朗。

在葛洛麗亞心目中，喬琪娜是她認定的唯一主人。既然喬琪娜帶來了什麼重要的消息，那麼她無論如何也要走一趟格拉罕，知曉信上的內容。一旦回到達道夫，很難再造訪格拉罕吧。正好現在只有她一人搭乘馬車分開行動，真是天賜良機。

「我身體似乎有些不舒服，可能是坐馬車覺得頭暈吧？今晚投宿的時候準備一下，我要先休息兩、三天。」

葛洛麗亞對侍從這麼下令，心中已經盤算好要騎著騎獸偷偷前往格拉罕。

騎著騎獸抵達格拉罕的夏之館後，葛洛麗亞在侍從的帶領下走進會客室。屋內已有十名左右的貴族正在愜意談笑。所有人都是視喬琪娜為主人的同伴。葛洛麗亞走向邀請人格拉罕子爵夫婦，為再次相會致上問候。

「戈雷札姆大人、勞埃雅大人，幸得時之女神德蕾梵庫亞的命運絲線交織，才能與兩位再次會面。真沒想到命運的絲線這麼快就交會了呢。」

「是呀，葛洛麗亞大人。雖然先前已經交談過數次，但我也沒想到喬琪娜大人這麼快就捎了音信過來。」

勞埃雅開心地綻開甜美笑靨，請葛洛麗亞落座。想必喬琪娜是在通過必須接受檢驗的境界門之前，先寄出了這一封信吧。

「難得回到了艾倫菲斯特，真希望喬琪娜大人能順路造訪格拉罕，當面與她說說話呢……」

在這裡與在貴族區不一樣，不需要在意旁人眼光，也不必擔心有沒有領主他們的人，可以盡情自在地談天呢——勞埃雅惋惜嘆氣。戈雷札姆輕拍妻子的肩膀，笑了一聲。

「妳別咳聲嘆氣了，畢竟這件事不能讓亞倫斯伯罕的人知道。喬琪娜大人打從以前便非常小心謹慎。」

從兩人的樣子來看，必定是值得慶祝的好消息。看著夫妻同心的格拉罕子爵夫婦，葛洛麗亞不禁感到羨慕，也問起了喬琪娜究竟在信上寫了什麼事情。

「戈雷札姆大人、勞埃雅大人，請兩位別自己獨享喬琪娜大人帶來的消息，也和我們一起分享喜悅吧。」

「請別著急，我現在就唸。」

勞埃雅說完，唸起喬琪娜寄來的信。在場眾人閉上嘴巴，安靜且專心地聆聽勞埃雅唸出的內容。撇除掉點綴性的詞藻，意思大概是：「我似乎發現了能夠通往艾倫菲斯特基礎的方法，各位覺得該怎麼辦呢？」

「什麼該怎麼辦……這哪裡需要思考呢，答案當然只有一個。喬琪娜大人應該要得到艾倫菲斯特的基礎才對呀！」

葛洛麗亞環視眾人說道，每個人都神情堅定地點頭回應。勞埃雅見了，高興得將信抱在胸前，露出微笑。

「是呀，在場各位的心情，想必與我以及葛洛麗亞大人都是一樣的吧。但是，喬琪娜大人出嫁以後，至今已經快要二十年了。她離開的時間太久了。無論我們如何引頸盼望，也得不到其他貴族的支持，原本喬琪娜大人甚至無法再次回到艾倫菲斯特。」

勞埃雅說完，戈雷札姆點點頭站起來，強而有力地握拳說道：「但是，現在不同了。」他的眼神熾熱，綻放著充滿希望的強烈光彩，看著眾人抬高音量。

「前任奧伯登往高處後，齊爾維斯特大人也建構了堅不可摧的統治體制，然而現在，艾倫菲斯特的局勢卻是動盪不安。這是為何？因為去年春天薇羅妮卡大人遭到了逮捕。而今齊爾維斯特大人所建構的體制再也稱不上穩固。就在這個當口，喬琪娜大人發現了能夠找到艾倫菲斯特基礎的方法。這必定是諸神的指引！」

聽著戈雷札姆激動的演說，葛洛麗亞感到熱血沸騰。倘若寵愛齊爾維斯特的薇羅妮卡還在掌控大局，喬琪娜確實不可能回來吧。但是，如今薇羅妮卡被捕，齊爾維斯特的根基也開始動搖，正是她們奪取勝利的好機會。喬琪娜更在這時候發現了找到基礎的方法，這一連串的偶然實在妙不可言。眾人心中都產生了確信，「連諸神也期望喬琪娜大人成為奧伯・艾倫菲斯特」。

「喬琪娜大人的個性非常謹慎，若非勝券在握，她絕不輕易採取行動。正因如此，我們更該親手為喬琪娜大人開闢道路，讓她知道回到艾倫菲斯特是有可能的。如果想讓艾倫菲斯特的局勢更加動盪，現在正是最佳時機。值得慶幸的是，信上還寫道因為韋菲利特大人的邀請，喬琪娜大人明年夏天也將來訪。」

勞埃雅說完，眾人無不往前傾身，一同商討究竟要怎麼動搖艾倫菲斯特的局勢，才能讓喬琪娜下定決心。

「首先最重要的，是要測試齊爾維斯特大人所治理的艾倫菲斯特是否足夠穩固，以及是否有可乘之機。若能讓其他貴族看清齊爾維斯特大人的根基有多麼脆弱，將有利於我們說服中立派貴族。喬琪娜大人想必也會十分歡喜。」

「那麼，就來測試看看現今領主一族的資質、近侍的能力，與齊爾維斯特大人有無能力平息事態吧。之後再向喬琪娜大人報告結果，也許明年夏天便能得到她的回應。」

喬琪娜究竟會為了得到艾倫菲斯特的基礎而展開行動，還是早早就決定放棄，現階段還難下定論。只不過，喬琪娜若想回到艾倫菲斯特成為奧伯，並不是件容易的事。首先要擺脫亞倫斯伯罕第一夫人的身分，也要拉攏更多艾倫菲斯特的貴族支持喬琪娜。

「如果想要增加支持者，拉攏薇羅妮卡派的貴族是最簡單的方式吧……要不要考慮利用韋菲利特大人呢？只要讓他留下污點，再對他伸出援手施以恩惠，往後他將對我們言聽計從。未來再讓他與喬琪娜大人的孫女成婚，既能壓制住領內的貴族，倘若沒有用處了，要處分掉也很容易。」

只要能籠絡深受薇羅妮卡寵愛的韋菲利特，也許能夠輕易地拉攏到貴族們。

「聽起來韋菲利特大人還有利用價值，但是羅潔梅茵……那個平民女孩要如何處置呢？我想喬琪娜大人會覺得她毫無用處吧。」

比起韋菲利特，葛洛麗亞更關心屆時要如何處置領主的養女羅潔梅茵。若能把她交給自己，她就能夠盡情折磨羅潔梅茵，直到她稱心如意為止——葛洛麗亞感到迫切地心想道。多半是感受到了葛洛麗亞的焦急，戈雷札姆輕輕擺手，要她冷靜下來。

「為了壓下萊瑟岡古貴族的反抗，並讓世人知道他們有多麼愚蠢，竟然想擁立平民為一族的希望，我們必須證明前任神殿長拜瑟馮斯的主張沒有錯，恢復他的名譽，再向世人公布羅潔梅茵其實是平民。在那之後，她不過是欺騙了貴族的平民，自然該受到應有的處置。」

「您所謂應有的處置是？」

葛洛麗亞問，戈雷札姆慢條斯理地摸著下巴，灰色眼眸發出利光。

「可以把她關在某個地方，慢慢地奪取她足以成為領主養女的豐沛魔力，不然就是關在神殿裡頭，當作是產下高魔力子嗣的工具；也可以賣給亞倫斯伯罕的貴族、訓練成為身蝕士兵……她的用處還不少。況且就算沒有了用處，也大可讓她變作一顆魔石。」

戈雷札姆毫無所謂地說道，勞埃雅像是想到了什麼，拍向掌心。

「喬琪娜大人曾說過，亞倫斯伯罕因為受到政變影響，魔力不足，對此感到相當吃力。是否要把羅潔梅茵獻給亞倫斯伯罕呢？既然喬琪娜大人要回來，可以由她填補喬琪娜大人的魔力……」

喬琪娜這樣優秀的領主一族將回到艾倫菲斯特，多少也該補償亞倫斯伯罕吧。聽了妻子的提議，戈雷札姆點頭說道：「雖然也得問過喬琪娜大人的意見，但這個主意不錯。」

「但是，那個孩子一直躲在神殿裡頭。還有薇蘿妮卡大人長年來嚴加提防，成績最優秀的斐迪南大人保護著她。聽說即便是成了親人的萊瑟岡古貴族，也很難靠近她。」

「目前關於她身體虛弱的這項消息，還不知道有多少可信度。也有可能是假裝虛弱，限制貴族與她接觸，以便保守秘密。現階段與她有關的情報還是太少了。」

聽著貴族們陸續提出的看法，戈雷札姆盤起手臂。他露出了沉思時的表情，指尖輕輕擺動，灰色雙眸充滿生氣。是因為能夠為喬琪娜展開行動吧。

「依據齊爾維斯特大人的近侍提供的消息，接連在貴族院取得了最優秀表彰的斐迪南大人，能力非常出眾。我由於極少與他近距離接觸，所以目前還無法推測他的優秀究竟到何種地步，但是倘若被他發現，他極有可能阻撓我們的計畫。」

若要迎接喬琪娜回到艾倫菲斯特，便得廢黜齊爾維斯特。長年來都在輔佐齊爾維斯特的斐迪南很可能與他們為敵。

「若不想讓斐迪南大人妨礙我們，最好挑在兩人都無法離開神殿，或是出外舉行儀式的時候展開行動吧？」

戈雷札姆說完，勞埃雅緩緩側過臉龐。

「再過不久就是收穫祭了。如今青衣神官的人數不多，羅潔梅茵大人與斐迪南大人肯定會在收穫祭的時候離開神殿吧？」

「慢著，那個時候我們也無法離開格拉罕吧？」

戈雷札姆表情不太高興地看向勞埃雅，顯然很想親自為喬琪娜採取行動。看見戈雷札姆還是老樣子，眾人微微苦笑。

「戈雷札姆大人，我不是基貝，所以收穫祭那段期間仍能行動自如。倘若這次的目的只是想看看奧伯身邊人們的反應，應該不需要勞師動眾吧？既然如此，我想這次由貴族區的貴族出馬就夠了。我希望能避免被看出與喬琪娜大人之間的關聯。」

目前都還不確定喬琪娜的想法，要是讓齊爾維斯特他們太過警戒，對往後有弊無利。必須盡可能佯裝是偶然，別讓他們聯想到喬琪娜。聞言，戈雷札姆也點頭說「嗯，的確」。

「現在最重要的，是降低奧伯的威望、動搖派系的信任，證明確實有可乘之機，讓喬琪娜大人能夠下定回來的決心，不需要讓對方感受到生命危險。首要之務是設下一些雖然簡單，卻也無法輕易脫身的圈套。」

戈雷札姆愉快地勾起嘴角。肯定正在腦海中構思各式各樣的陷阱了吧。葛洛麗亞好久沒看見戈雷札姆這般容光煥發的樣子了。

「那麼，這次的目標是韋菲利特大人吧？畢竟比起養女，若能利用親生兒子引發騷動，對齊爾維斯特大人更能造成打擊……」

勞埃雅高雅地側過臉龐說，戈雷札姆嗤笑一聲。

「那位大人從小便是這樣。比起自己，更無法忍受自己重要的人受到攻擊。」

眾人你一言我一語地提供意見，計畫逐漸成形。能對處死了斯基科薩的齊爾維斯特設下圈套，葛洛麗亞多麼想親自參與，但她身為基貝的第一夫人，很難找到藉口離開達道夫。

……看來還要再等一段時間，才能夠狠狠教訓那個平民了。

雖然遺憾，但相較於先前完全不能與她接觸，也無法對她採取行動的情況，如今已是往前跨了一大步。若能拉下齊爾維斯特，將無人再能保護那個平民見習巫女。

……啊啊，真希望我如願以償的那天能早日到來。

茶會

「夏綠蒂、麥西歐爾，我要去處理今天的公務了，你們兩人要乖乖聽奶娘的話。」

「是，母親大人。請您小心慢走。」

每天早晨我都會對孩子們這麼說道，依序擁抱兩人，然後才站起來，按捺著不捨的心情離開房間。每當看見兩個孩子可愛的笑容，我總會想到自己卻無法對韋菲利特做到同樣的事情，遺憾之情湧上心頭。

……這都是因為婆婆大人。

韋菲利特出生之後，才剛過必須哺餵母乳的兩個季節，便被帶到了婆婆大人身邊撫養長大。自那之後，我至多只能在晚餐過後給他一個擁抱，一直到他迎來洗禮儀式。

「但是，光是教養權能夠再度回到自己手中，就該感到慶幸了呢……」

這一切全要歸功於羅潔梅茵。打從我嫁來艾倫菲斯特，婆婆大人在各方面上都對我非常嚴厲，經常說著：「早知道該讓齊爾維斯特迎娶亞倫斯伯罕的女性為妻。」但是，多虧了羅潔梅茵，才讓婆婆大人垮臺，之後她更接連創造出了使人們為之瘋狂的流行，成功地在婆婆大人失勢之後，重組了貴族女性的勢力版圖。最重要的是，她拯救了身為領主一族卻完全沒有受到應有教育，險些遭到廢嫡的韋菲利特。羅潔梅茵不只是艾倫菲斯特，更是我的聖女。

齊爾維斯特連對自己孩子的教育也稱不上用心，因此當初聽到他要收養卡斯泰德的女兒為養女時，我十分懷疑自己的耳朵。但是，與羅潔梅茵接觸以後，馬上便能明白她有多麼與眾不同。

不單是秀麗的五官、強大的魔力、令人生畏的敏捷思緒，她還有著足以創造出新流行的想像力與立即付諸實行的行動力，更有善良的心地。同時，也有著一不留意便會喪命的虛弱身體。會想到將她收為領地所用，並納入自己的保護之下，我認為是齊爾維斯特難得作出的英明決斷。

這一天，要與來自亞倫斯伯罕的貴客喬琪娜大人一同喝茶。齊爾維斯特再三拜託，希望我能與他一同出席。但是說實話，我內心並不太願意。

光是與婆婆大人長得相像，就讓我感到緊張，更何況……

「看見喬琪娜大人在迎賓宴上對韋菲利特露出的笑容，我實在無法不在意，內心總是惶惶不安。」

「芙蘿洛翠亞，我想妳的感覺沒有出錯。我也認為韋菲利特最好別再與姊姊大人見面，最後要離開的時候為她送行就夠了……當然，羅潔梅茵也是。」

齊爾維斯特向來對親人很容易心軟，先前也是完全不管前任神殿長與婆婆大人，任由他們為所欲為，此刻他卻對喬琪娜大人表現出了強烈的警戒，不禁教我好奇。

「齊爾維斯特，你為何對喬琪娜大人這般警戒呢？」

「因為我不想讓自己的孩子也經歷一樣的事情。」

齊爾維斯特說，他從小就被視為是繼承人養育長大，龐大的壓力讓他喘不過氣來的時候，年長多歲的喬琪娜大人又因為他搶走了繼承人的位置，對他百般欺負。

「事到如今，我多少可以明白姊姊大人當年的心情，畢竟她在那之前的生活徹底遭到了否定。但是，打從我受洗完，搬到只有孩子居住的北邊別館以後，一直到姊姊大人嫁去亞倫斯伯罕為止，她一直不肯對我善罷甘休。」

雖然齊爾維斯特說話時強裝平靜，但當年的那些欺凌想必在他心中留下了巨大創傷，時至今日，年幼時期的傷痕也還沒有完全撫平吧。

這個人真是……

明明在婆婆大人偏頗的愛情下長大，卻在真正需要她的時候不敢伸手求救，真是個長不大的孩子。

「把這個搬過去吧。」

齊爾維斯特吩咐侍從把一個木盒搬到茶會室，隨即站起來。我也跟著起身。

「還得向姊姊大人說明舅舅大人與母親大人的事情嗎……真是提不起勁。」

「但這件事是你的工作喔。畢竟我只了解片面而已，若由我插嘴說明家人間的事情，只會讓事態更加混亂。我也會一同出席，抬頭挺胸吧。」

我親吻齊爾維斯特的臉頰，希望能讓他打起精神，然後緊挨著他，前往茶會室。

我與齊爾維斯特並肩落座，對面是喬琪娜大人，茶會正式開始。由於齊爾維斯特下了指示，不能讓亞倫斯伯罕的人知道艾倫菲斯特現在的美食，因此這天茶會端出了以往常見的點心，是添加了科黛的蜂蜜派。這款點心把浸過蜂蜜的科黛夾在派皮之間，切開的時候派皮容易崩塌，不甚美觀。於是要如何切得漂亮，便是侍從展現本領的時候，享用時仍能保持優雅也是淑女的必備能力。羅潔梅茵指示廚師燒烤這款點心的時候，總是吩咐他們預先切成可以一口食用的大小，但今天的蜂蜜派保留了以往的外形。

我把注意力集中在指尖上，操縱著刀叉切開蜂蜜派，為喬琪娜大人示範性地吃了一口。近來經常都是端出羅潔梅茵構思的點心，因此我不由得感到有些懷念。

「齊爾維斯特，我回來是為了祭拜舅舅大人，你究竟什麼時候才要為我帶路呢？」

喬琪娜大人喝著茶擰起眉心，凌厲的目光直視齊爾維斯特。有那麼一瞬間，齊爾維斯特先是往我投來了求助的視線，但他馬上握緊拳頭，重新面向喬琪娜大人。

「舅舅大人因為犯下重罪，遭到了處刑。他的老家葛雷修伯爵家也以早在幾十年前便進入神殿的人與他們毫無干係為由，拒絕料理後事，所以沒有墓碑可供祭拜。」

「遭到處刑嗎……」

看來喬琪娜大人收到神殿的回信後，雖然知道了前任神殿長已經死亡，但並不知道詳情。畢竟是領主會議途中，親族趁著領主不在之際犯下惡行，總不可能把這種事情告訴他人，所以我們也一直沒有對外說明詳情。喬琪娜大人緊緊交握雙手，目光銳利地瞪向齊爾維斯特，要求他說明。齊爾維斯特的臉龐僵硬了一瞬，接著他咬緊牙關，做了個深呼吸後，擺出領主嚴肅的面孔，開口說了。

「舅舅大人偽造了公文。他違背領主的命令，更教唆領主的母親偽造公文，讓他領貴族進入城裡，惹出了風波。」

我看見齊爾維斯特大腿上的拳頭微微顫抖著，於是輕輕疊上自己的手掌，他倏地轉過拳頭，與我十指相扣，用力握緊。

……齊爾維斯特，沒事的。

我用指尖撫過他的手背，時而輕拍，感覺到了齊爾維斯特稍稍放鬆。

「他們趁著領主參加領主會議，不在城堡的期間，擅自使用了領主的印章。姊姊大人身為亞倫斯伯罕的第一夫人，不可能不明白這樣的罪行有多重大……我相信您應該能理解吧。」

喬琪娜大人垂下眼簾，輕吐口氣後，緩緩抬起頭來。

「再怎麼哀慟，我也明白處刑是必要之舉……齊爾維斯特，舅舅大人有沒有留下什麼遺物呢？」

「有些遺物正由我保管，妳喜歡就帶回去吧。」

「好，那我便不客氣了。」

原來齊爾維斯特命令侍從搬來的木盒裡，裝的便是前任神殿長的遺物。

「聽說這個木盒裡全是姊姊大人寫的信，舅舅大人十分慎重地保管在神殿。斐迪南不久前才送過來。」

「哎呀，你們看過內容了嗎？……真教人難為情。」

喬琪娜大人輕笑起來，動作輕柔地從木盒裡拿出裝有信件的盒子與造型華奢的墨水壺。

「……舅舅大人一直用到了最後呢。」

從她的小聲輕喃，我猜這些東西應該是她在出嫁前送給前任神殿長的吧。喬琪娜大人懷念地瞇起雙眼，注視著墨水壺撫摸信件，那副模樣看來情深意重。她臉上的笑容無比溫柔，讓人難以相信與齊爾維斯特口中的她是同一個人，先前對韋菲利特露出的笑容也好像只是錯覺。

一直以來我只在儀式的時候才會與前任神殿長見到面，而他明明是神殿的人，不是貴族，卻會和婆婆大人一起長篇大論地訓誡我為人妻子應該怎麼做，因此我不怎麼喜歡他。在他遭到處決之後，老家的人也表示與他們毫無瓜葛，不願為他舉辦喪禮，所以此刻看見還有人如此緬懷他，我也就稍微安心了。

「舅舅大人唆使了母親大人犯下罪行吧？那麼，母親大人現在在何處呢？迎賓宴上沒有看見她，我還感到奇怪，但也不方便當場質問你。」

「母親大人與舅舅大人同罪，只是遭到幽禁。現在關在森林的白塔中……」

「我想見見母親大人。」

聽了喬琪娜大人的要求，齊爾維斯特臉色丕變地搖頭。為防犯人逃跑與遭到殺害，犯下了反叛罪行的囚犯不得與人會面。

「……如今母親大人是犯下了反叛重罪的罪人，不能與人會面。」

「我並不是想與母親大人說說話，只是想知道她現在過得如何，只要看一眼就足夠了。這種為人子女至少要看她一眼才能安心的心情，你不會不明白吧？換作是你，也會提出一樣的要求吧。」

喬琪娜大人的深綠色眼眸瞪著齊爾維斯特。

「我好歹也是亞倫斯伯罕的第一夫人，即便是自己的母親，我也不可能放走犯下重罪的罪犯，也不會為她求情。」

「……如果妳願意戴上封住思達普的手銬，我可以允許妳只見一面……」

犯了罪的貴族在被捕之後，都得戴上能夠封印思達普的手銬，使之完全無法施展魔法。除非願意戴上犯人戴的手銬，否則不能會面——對於齊爾維斯特迂迴的拒絕，喬琪娜大人露出嫣然微笑，立即伸出線條優美的手腕。

「嗯，那當然沒問題。」

齊爾維斯特表情苦澀，為喬琪娜大人戴上魔導具手銬。也許是想起了為婆婆大人戴上手銬時的情景吧。

於是，我們帶著喬琪娜大人前往森林深處的白塔。白塔聳立於貴族森林中，專門用以關押犯下了反叛重罪的貴族。

走進白塔，打開盡頭的門扉。倘若沒有外層的欄杆，看起來就只是尋常貴族的房間。和現在的喬琪娜大人一樣，房內的婆婆大人也戴著封印住思達普的手銬。

婆婆大人聽見開門聲後揚起頭，隨即站起來，衝到欄杆前喊道：「喬琪娜！」縱然遭到幽禁，但她畢竟是領主的母親，依然受到禮遇，頭髮與衣服都相當整潔。

「妳快勸勸齊爾維斯特，叫他放我出去。齊爾維斯特是被斐迪南操控了。喬琪娜，妳快幫幫我！」

聽著婆婆大人的殷切懇求，喬琪娜大人確實就如同她答應過的，只是靜靜望著婆婆大人，沒有與她交談半句，旋即轉過身子。

「……齊爾維斯特，這樣就夠了。」

齊爾維斯特點一點頭，邁開腳步，喬琪娜大人與我隨後跟上。

「喬琪娜！喬琪娜！」

聽見婆婆大人一而再的呼喚，喬琪娜大人一度停下腳步，轉過身去。中途目光與我對上的時候，喬琪娜大人悠然微笑。

「至少能見到母親大人一面，我也就放心了。抱歉這樣強人所難，芙蘿洛翠亞。」

「哪裡，我也能明白您擔心母親的心情。」

然後，喬琪娜大人緩慢地轉頭看向婆婆大人，露出了非常、非常愉快的笑容。面對拚命呼喊著自己名字的婆婆大人，喬琪娜大人臉上的微笑怎麼看都無法以安心來形容，我感到有些不寒而慄。

「艾薇拉，感謝妳專程過來。」

今天是與表面上成了羅潔梅茵母親的艾薇拉一同喝茶。打從我嫁過來，艾薇拉就對我照顧有加。我剛從相鄰領地嫁來艾倫菲斯特時，一切人生地不熟，是艾薇拉細心為我提供指引，還拉攏我加入她的派系，更不著痕跡地保護了我。

……其實比起齊爾維斯特，我更加依賴艾薇拉，但這件事絕對不能告訴齊爾維斯特。因為他肯定會鬧彆扭。

等侍從準備好了茶水與點心，我便吩咐他們退下，小心為上地將防止竊聽用的魔導具交給艾薇拉。我不作聲地喝了茶，捏起一塊點心遞給艾薇拉後，她也啜一口茶。

「是關於喬琪娜大人的事吧？」

艾薇拉輕輕放下杯子，露出淺笑。

「是的。因為艾薇拉總是可以提供許多我無從得知的消息。真是抱歉，每次都這樣麻煩妳。」

「沒關係，我的派系也是為此而存在……不過，喬琪娜大人還真是一刻不得閒呢。聽說她昨天也去參加了舊薇羅妮卡派的茶會。」

艾薇拉感覺既無奈又佩服地嘆口氣後，輕聲這麼說道。薇羅妮卡是婆婆大人的名字。自從婆婆大人失勢以後，這個派系便氣焰全消，但這次喬琪娜大人回來，他們立刻開始重振旗鼓。

「那邊的派系裡頭，有不少貴族都與亞倫斯伯罕素有往來吧？聽說他們正竭盡所能與喬琪娜大人打好關係呢。喬琪娜大人若想加強在艾倫菲斯特的影響力，也必須與以往的友人們見面敘舊吧……」

自從婆婆大人垮臺，我們與亞倫斯伯罕的往來也就變得淡薄。如今喬琪娜大人成為了第一夫人，也許會渴望著與老家建立起深厚的關係，讓自己能夠擁有後盾。

「昨天的茶會上，聽說達道夫子爵夫人對喬琪娜大人傾訴了不少事情……我真是擔心羅潔梅茵。」

「達道夫子爵夫人？……我記得她是兩年前因為違反騎士團的命令，最終遭到處刑的那名騎士的母親吧？」

「是的。儘管斐迪南大人下令，要保護當時還是青衣見習巫女的羅潔梅茵，但那名無恥騎士竟仍用思達普傷害了羅潔梅茵，使得討伐魔物的現場更加混亂。她正是當時那名騎士的母親。」

那位女士好像針對羅潔梅茵散布了不少充滿惡意的謠言。先前經由下級貴族間的人脈，曾有人如此提醒艾薇拉。

「達道夫子爵夫人與以往到處聲稱青衣見習巫女是平民的前任神殿長，記得往來也十分密切吧？」

「達道夫子爵夫人屬於薇羅妮卡大人的派系，從前為了進入神殿的兒子，聽說懇請過前任神殿長對他多加關照。因為前任神殿長是薇羅妮卡大人唯一的同胞弟弟。」

艾薇拉面帶難色地垂下眉梢，又說：「單就這件事來看，明顯是違反了命令的騎士有錯，我也不需要這麼擔心……」然後垂下眼簾。

「可是，不光是達道夫子爵夫人的兒子，羅潔梅茵也與前任神殿長的死因脫不了關係吧？儘管奧伯・艾倫菲斯特鄭重否認了她是平民的傳聞，但是前任神殿長遭到處死的原由根本無法隱瞞。喬琪娜大人對此究竟會有什麼感想、又會作出什麼樣的判斷，我完全沒有頭緒。」

聽見艾薇拉這麼說，我想起了喬琪娜大人注視著前任神殿長遺物時的神情，不禁嘆一口氣。我有種強烈的預感，她那些無從宣洩的情感，很可能會宣洩在羅潔梅茵身上。

「艾薇拉，我雖然曾有一段時間與喬琪娜大人同在貴族院，但是關於艾倫菲斯特，我只對康絲丹翠兄嫂大人有印象而已。在妳眼中，喬琪娜大人是位怎麼樣的人呢？」

由於貴族院會集結領主候補生舉辦活動，所以應該曾經見過幾次面吧。但是，當時她是高年級生，而我是低年級生，年紀相差了好幾歲，再加上我進入貴族院的時候，就與哥哥大人是對戀人的康絲丹翠大人十分疼愛我。大概是因為這些原因，所以我對喬琪娜大人絲毫沒有留下印象。

「她是位自尊心甚高，努力不懈的人。但是，也許是薇羅妮卡大人的血緣吧。對於抱有敵意與惡意的人，喬琪娜大人一樣是絕不留情，為了擠下年幼的齊爾維斯特大人，她一直偏執地欺凌刁難。」

雖說為了爭奪領主的位置，兄弟間互相排擠鬥爭並不稀奇——艾薇拉聳聳肩。

「只因為性別這個緣故，便被年幼的齊爾維斯特大人搶走下任領主的位置，還因此取消了原本的婚約，嫁往亞倫斯伯罕成為第三夫人，這些事情對喬琪娜大人來說肯定是種屈辱吧。我也能明白她的心情。但是，面對一個才剛受洗完的孩子，她所表現出的憎惡實在太可怕了。卡斯泰德大人當時也不知要如何應對呢。」

「畢竟一般還是希望男性成為領主呢。」

若要給予孩子豐富的魔力，母親的魔力量至關重要。懷孕期間，為了多灌注魔力給孩子，母親會盡量減少使用魔力。因此男性成為領主時，只要魔力量足以匹配，也能迎娶並非是領主候補生的女性為妻；但倘若女性成為了領主，丈夫就必須是領主候補生。

「世人眼中的成規與道理，也左右不了喬琪娜大人的情感吧。不光是與齊爾維斯特大人長得十分相像的韋菲利特大人，還有當時雖是為了保護自己，卻也因此陷害了前任神殿長的羅潔梅茵，對他們兩人一定要特別當心。」

因為那位大人一旦發現弱點，會立刻朝著弱點展開猛烈攻擊，艾薇拉接著說道。聞言，我不由自主聯想到了婆婆大人。兩人的性格恐怕極其相似吧。

「……成為了亞倫斯伯罕第一夫人的喬琪娜大人將手握大權，以後得對她小心提防才行呢。」

「是呀，最好提高警覺。因為從前她還是第三夫人時，一次也沒有回來過家鄉，然而才一擁有可以打壓艾倫菲斯特的權力，馬上就回來了。」

縱然亞倫斯伯罕是大領地，但第三夫人不能參與政事，所以地位上仍然是領主更高。如今是因為成了第一夫人，地位比齊爾維斯特還要高，她才會回來吧——艾薇拉說。我的腦海中閃過了與喬琪娜大人面對面時，僅是與她說話，拳頭都會顫抖的齊爾維斯特。

「我也要變得堅強才行呢……」

停留了大約一週的時間，終於來到了喬琪娜大人要返回亞倫斯伯罕的日子。羅潔梅茵與韋菲利特也在送行的行列裡，一行人說著冗長的道別問候。

「給你們添麻煩了呢。」

「希望這次來訪能讓喬琪娜大人稍感安慰。」

由於這陣子來一直提防戒備，老實說我有些如釋重負。就在我放鬆下來的那一瞬間，韋菲利特突然笑容滿面地跑向喬琪娜大人，完全教人猝不及防。

「姑母大人，這次幾乎沒有與您說到話，希望下次能有機會好好談天。」

韋菲利特從死角衝出來，速度也快得我無暇阻止。聽見韋菲利特這麼說，喬琪娜大人的嘴角往上揚起。

「這樣呀，韋菲利特想再與我多說說話嗎？那麼……明年的這個時候，我再過來這裡拜訪吧？」

「真的嗎？太好了！」

……啊啊，不可以自作主張說這些話。

雖然我極想捏起韋菲利特的臉頰，但這種場合下無法這麼做。我用力交疊雙手，勉強維持住笑容，喬琪娜大人看著我優雅側頭。

「我若接受韋菲利特的邀請，會給各位造成困擾嗎？」

是的，非常困擾——但我自然不能在公開的社交場合上說出真心話。所以，我能給予的答覆只有一個。

「哪裡，我們當然竭誠歡迎。」

……這個笨兒子！

直到再也看不見喬琪娜大人乘坐的馬車，我迅速轉過身，只見斐迪南方才臉上的爽朗笑容已經徹底消失，他緊緊皺起眉頭，低頭看著韋菲利特。然後，他把一個像是用白紙做的扇子拿給羅潔梅茵。

「羅潔梅茵，交給妳了。」

斐迪南的嗓音冰冷至極，羅潔梅茵點了點頭，朝著韋菲利特用力揮下白色紙扇。

「韋菲利特哥哥大人這個大笨蛋！有些話可以說，但有些話不可以說！您應該看一下狀況吧！」

「啪！」的一聲清脆巨響，我看著發出怒吼的羅潔梅茵，不由得在心裡拍手。她完完全全地說出了我想說的話。

……為了艾倫菲斯特的將來，看來是該認真考慮，是否要讓羅潔梅茵與韋菲利特成婚了呢。

達穆爾的請求

星結儀式順利結束，羅潔梅茵大人身為神殿長給予了華麗的祝福以後，踩著不疾不徐的步伐離開大禮堂。門扉一關上，現場的氣氛登時改變，接下來是只屬於成年人的夜晚。已經決定了對象的貴族，開始為彼此介紹自己的雙親，並與親族會面；尚未決定對象的貴族，不是一旁陪同的監護人們會幫忙介紹，不然就是和認識的朋友聚在一起，互相為彼此做介紹。會由監護人們幫忙介紹的大多是家族繼承人，除此之外的貴族，多是與友人一起度過這段時光。

今年因為要展示羅潔梅茵大人為我設計的新衣，所以是由艾薇拉大人在旁陪同，沒辦法再輕鬆自在地與友人嬉鬧。友人們看著我身上的新衣，嘰嘰喳喳了一陣後，我便祝福她們今年能夠結下良緣，目送她們離開。

「願結緣女神的祝福與妳們同在。」

「也願結緣女神的祝福與布麗姬娣同在。」

「肅靜！本日有重要通知。」

與大家分開後，奧伯．艾倫菲斯特的嗓音響遍大禮堂。仰頭看向臺上，奧伯身邊還站著斐迪南大人。正如羅潔梅茵大人先前告訴我們的，奧伯向眾人宣布，斐迪南大人已經決定還俗。

貴族們一陣譁然。因為當初是奧伯的母親薇羅妮卡大人執意將他趕走，斐迪南大人才不得已進入神殿，如今他卻還俗了。這代表著奧伯不再重視薇羅妮卡大人的意願。從前遭到薇羅妮卡大人冷落的貴族們皆欣然高舉起思達普，對此表示贊同，但曾經待在薇羅妮卡大人身邊的貴族們雖然舉起了思達普，卻緊抿著嘴唇，往下垂首。

親眼目睹了派系勢力出現大幅變化的這一瞬間，我屏住呼吸，艾薇拉大人旋即往後退了一步。她跟在我的半步後方，用接近耳語的極小音量提醒我：

「布麗姬娣，記得挺胸微笑。如今宣布斐迪南大人還俗了，而且會擔任羅潔梅茵的監護人，代表薇羅妮卡派的貴族不再擁有權力。眾人勢必會重新尋找往後可以提攜自己的上位者。現在的妳明顯擁有羅潔梅茵的庇護，想得到權力的薇羅妮卡派貴族一定會接近妳。妳要保持鎮定，千萬別被對方的氣勢壓過去了。」

我聽著艾薇拉大人的提醒，再度環顧四周，在開心談笑的戀人之間感受到了視線。父母輩的貴族們原先都對新衣投以讚賞的眼光，此刻眼神卻變得冰冷，明顯在衡量著利益。我根本比星結儀式開始前更受到了大家矚目。

突如其來的變化令我感到不知所措，就在這時，我聽見一名年輕男士呼喚了艾薇拉大人。「艾薇拉大人。」那熟悉的嗓音令我背脊發冷，不由得扭過頭，看見那名男子開始向艾薇拉大人問候致意。

……哈斯海特?!

他是我的前未婚夫。乍看下彬彬有禮，笑容溫厚，眼神中卻沒有絲毫笑意，這點還是和以前一模一樣。我全身寒毛直豎。

「艾薇拉大人，時之女神所交織的命運絲線似乎將我與布麗姬娣大人繫在了一起。在這擁有最高神祇庇護的夜晚，願能蒙受您的祝福。」

這天艾薇拉大人以保護人的身分跟在我身邊，哈斯海特向她提出請求，希望能夠單獨與我說話。艾薇拉大人雖然是因為新衣的緣故才陪我出席，但她的立場並無法干涉我的婚事。

「在有最高神祇坐鎮的夜晚，相信結緣女神也不會惡作劇吧。」

艾薇拉大人交互看向我和哈斯海特，提出了必須待在她可見範圍內的條件後，往後退了一步。然後，她就這麼站在可以看見我們兩人的位置上等候。有艾薇拉大人看著，想必哈斯海特也不敢放肆吧。光是如此，就讓我感到非常安心。

我慢慢環顧四周。好管閒事的貴族們狀似不經意地觀察著我們。緊接著我看見哥哥大人穿過人群，正往這裡走來。

……請哥哥大人別過來。

我急忙輕輕抬手，制止了哥哥大人。從前在取消婚約後就已經知道，一旦身為基貝的哥哥大人在與哈斯海特應對上有任何疏失，伊庫那便會遭殃受罪。如今正有望得到羅潔梅茵的支持，無論如何都要避免那種情況再度發生。眼見哥哥大人一臉擔憂，但還是停下腳步後，我才轉向哈斯海特。

「哈斯海特大人，您找我有什麼事嗎？」

「對於在星結之夜向保護人請求了許可的男人，妳這樣說話也太冷淡了吧，布麗姬娣？從前在妳毫無來由地斬斷結緣女神為我們繫起的良緣時，我的心也如同遭到冰雪之神攻擊，結凍成冰……」

哈斯海特責怪我以前單方面解除婚約，甚至不肯告訴他原因，讓他因此傷透了心。但是，我之所以取消婚約，是為了與哈斯海特還有他的親族斷絕關係，因為他們企圖廢黜哥哥大人，搶走基貝・伊庫那的位置。哈斯海特悲傷垂眼，想引起周遭眾人的同情，但他居然敢說這些話，實在是厚顏無恥，我湧起滿腔怒火。

「哈斯海特大人，您……」

「布麗姬娣？」

我掀開嘴唇正要反駁，便聽見艾薇拉大人關切的呼喊，猛然恢復理智。艾薇拉大人看著我們，只是面帶著平靜卻也散發出威嚴的微笑。看見她的身影，我腦海中響起了她說過的提醒，「記得挺胸微笑」。

……我得保持鎮定，不能被對方的氣勢壓過去吧。

我忽然間變得冷靜。倘若在有眾多貴族出席的公開場合下感情用事，只會讓對方覺得有機可乘。萬一讓人們知道身為基貝的哥哥大人慘遭他們算計，因此勞心傷神，那麼我藉由解除婚約好不容易才守住的伊庫那，只會惹來更多貴族虎視眈眈。為了隱藏內心翻騰的怒火，我向艾薇拉大人看齊，對哈斯海特露出微笑。

「布麗姬娣，無論妳如何殘忍對待，我心中的洛芬露果實依然尚未落下。我仍和往昔一樣，認為妳是我的土之女神蓋朵莉希。」

聽在旁人耳裡，也許會以為他在說「縱然受到殘忍的對待，我現在仍然愛著妳」吧。但是，哈斯海特真正的意思是「現在仍然想得到伊庫那」。哈斯海特接著更用貴族特有的委婉用詞繼續嘲弄，不讓旁人聽出真意。他先是嘲笑自從身為基貝一族的我解除了婚約以後，伊庫那的貴族人數於是銳減，土地越來越沒落衰敗；更責怪我是愚蠢的人，在取消了婚約後，錯失能夠成為基貝的機會；最後還取笑哥哥大人太容易受騙上當，只會被人要得團團轉。

……我們將得到羅潔梅茵大人的支持，不會永遠沒落下去。

要是能夠這麼反駁，不知道有多痛快。但是，羅潔梅茵大人還要再過幾天，才會正式對伊庫那提出開始推動製紙業的請求。看在其他貴族眼中，伊庫那尚未真正得到羅潔梅茵大人的庇護。而且事關新事業，這項消息必須保密。

「但是，無論蓋朵莉希如何消瘦憔悴，生命之神埃維里貝對她的渴求也不會停止。然而，也只有埃維里貝會渴望得到蓋朵莉希。妳眼中的水之女神羅潔梅茵大人所帶來的力量，恐怕也無法持續久長吧。」

如今伊庫那因為貴族人數減少，內部情勢岌岌可危，我又在明知會留下瑕疵的情況下取消了婚約，沒有男人會想入贅伊庫那吧——哈斯海特繼續出言不遜，面帶著貴族特有的虛假笑容掩蓋這層真意。哈斯海特說得沒錯，雖然現在仍是護衛騎士的我能有羅潔梅茵大人做為靠山，但成婚之後，我就只是引退的女騎士。而且我從開始侍奉到現在，不過也才一年左右的時間，所以沒有多少貴族會天真地以為，我在引退之後仍能與領主一族保有友好關係。

哈斯海特故意點出這些事實，藉以牽制周遭那些想透過我與羅潔梅茵大人建立起關係的貴族。但是，羅潔梅茵大人並不是這麼薄情的人。她在神殿有多麼關心孤兒，又有多麼在乎神殿的侍從與那些平民商人，這些我都看在眼裡。

「布麗姬娣，這次請妳一定要接下我的洛芬露果實。因為只有我能夠恢復妳受損的名譽。」

……我才不需要你來恢復我的名譽！

我在心裡頭大聲吶喊，卻絕不能順著自己的心意這樣回答。要是在這裡露出醜態，我將親手毀了羅潔梅茵大人賜予我的新衣。然而，看著哈斯海特朝我伸來的手，我實在想不到有什麼好法子能夠帶有貴族風範地優雅拒絕。我緊抿著唇，握起拳頭。

「哦？哈斯海特大人是不是不太熟悉神學？」

幾名男性騎士故作打趣地說道，跑進我與哈斯海特之間。是之前組成「安潔莉卡成績提升小隊」時，因為感到有趣，在騎士宿舍裡一起玩加芬納的達穆爾的友人們。

「蓋朵莉希再怎麼消瘦憔悴，還是有許多人渴望得到祂喔。不光是水之女神，火神、風之女神與最高神祇也都在擔心土之女神，尋找著祂的下落吧？」

「倒不如說，就是因為蓋朵莉希太憔悴了，才會有這麼多神祇關心祂吧？」

「所以哈斯海特大人不必為布麗姬娣這麼擔心。覺得她具有魅力的男人可是不只一個……好了，快點上吧，達穆爾。」

達穆爾被他們推了出來，尷尬地環顧四周。我本還以為自己已經盡可能不表露出情緒，但旁人還是感受到了我的厭惡嗎？倘若我還是表現出了內心的焦躁與不滿，這真是太丟人了。我不禁捂住自己的臉頰。

哈斯海特看著中途跑出來的達穆爾，感到厭煩地嘆氣。

「布麗姬娣是中級貴族，這裡沒有你們這些下級貴族出場的餘地。不過是被提拔為羅潔梅茵大人的近侍，你是否有些得意忘形了？別忘了自己的身分。」

達穆爾原先還困窘得視線左右游移，但在聽到哈斯海特說的最後一句話後，他的灰色眼眸倏地迸出鋒利光芒。達穆爾挺直了背，態度毅然堅決地重新面向哈斯海特。

「先前就是因為我顧慮自己的身分不敢挺身而出，才受到了處罰。我已經被嚴正警告過，騎士在保護一個人的時候，絕不能因為身分而退縮，所以此刻我不能退縮。」

說完，達穆爾轉過身子，跪在我面前伸出手來。

「幸得天上最為崇高的夫婦神指引，我才能夠遇見妳。布麗姬娣，我希望妳能成為我的光之女神。」

聽了達穆爾的求婚，我忍不住直眨眼睛。從身分和魔力來看，達穆爾的求婚簡直是痴人說夢。我知道達穆爾對我隱約有些愛慕之情。但是，達穆爾應該也知道我們並不匹配。事實上，他先前也從來沒有這般明確地示愛過。

然而，為何他偏偏要挑在這種公開場合下求婚？一旦他正式求婚，兩人又不夠匹配，我也只能拒絕。我啞然失聲，低頭看著達穆爾，他忽然咧嘴笑了。

「……儘管我如此希冀，但我也很清楚，身為下級貴族的我是高攀不上。所以，我打算在接下來一年的時間努力增加魔力，希望能與布麗姬娣匹配，之後再正式向妳求婚。妳願意等我一年，這段時間不接受任何人的求婚嗎？」

……啊，達穆爾是為了替我解圍……

由達穆爾自己講明魔力並不匹配的事實，接著請求我給他一年緩衝的時間，給了我能夠答應他的餘地。這樣一來，我便不用拒絕達穆爾，也能夠拒絕哈斯海特的求婚，得以全身而退。

「真是非常抱歉，哈斯海特大人。看來也有其他男士願意追求消瘦憔悴的蓋朵莉

希。很遺憾，雖然時之女神所交織的命運絲線恐怕永無交會的一天，但願諸神的庇佑與您同在，一切平安康泰。」

我向哈斯海特道別，接著將手疊在達穆爾的掌心上。

「達穆爾，你的請求令我不勝歡喜。我會期待你一年後的轉變。」

噢噢——周遭人們喧嚷起來。達穆爾是下級貴族，而我是基貝的妹妹，在場想必沒有人認為他能讓魔力成長到足以與我匹配吧。但是，藉由接受達穆爾的請求，既能讓眾人知道我有意接受他的求婚，旁人也能推敲出我絕不接受哈斯海特的求婚肯定有什麼隱情吧。

達穆爾牽著我的手站起來，走向艾薇拉大人。

「艾薇拉大人，我希望能接著向基貝・伊庫那問候致意，請問您允許嗎？」

「當然可以，布麗姬娣自己都已經接受了你的求愛呢。我身為保護人的任務也結束了。關於哈斯海特，我今後也會留意他的動向。幫我向基貝・伊庫那問好吧。」

艾薇拉大人露出了滿意的微笑。看來我身為羅潔梅茵大人的護衛騎士，艾薇拉大人認同了我的言行舉止足夠體面，我總算鬆一口氣。

「艾薇拉大人，真是給您添麻煩了。」

「哪裡，不用放在心上。我很期待明年唷。」

艾薇拉大人發出了促狹的咯咯笑聲，達穆爾則是牽著我的手，在友人們的包圍下移動到哥哥大人面前。隔著一段距離，也能看出原先還一臉憂心忡忡的哥哥大人，此刻表情已經安心許多。

「布麗姬娣……」

「哥哥大人，抱歉我這麼自作主張。」

我不只阻止了因為擔心哈斯海特而想走來的哥哥大人，還接受了達穆爾的請求，這些事情我都沒有先與身為一家之長的哥哥大人商量。

「無妨，況且最終的結果也比我魯莽地衝出去要好。」

哥哥大人接受了我的道歉後，轉頭看向達穆爾。

「達穆爾，很感謝你讓剛才的場面和平落幕，也感謝你守住了我妹妹的名譽。」

「是啊。真的多虧你出面解圍，太感謝你了，達穆爾。」

哥哥大人與我分別表達了謝意後，達穆爾頓時慌張無措，難以想像與剛才面對哈斯海特的他是同一個人，眼神開始搖擺不定。

「不，這不全是我一個人的功勞。多虧有朋友們助陣，我才敢踏出腳步……那我先失陪了。」

達穆爾像是在說自己的任務完成了，一骨碌轉身，走向友人們。只見友人們輕戳著他笑道：「剛才很有魄力嘛。」一行人隨即走遠。

「達穆爾是下級貴族還真遺憾……妳不覺得嗎，布麗姬娣？」

「哥哥大人真是的……達穆爾只是為我打抱不平，出手相助罷了。」

喜歡看熱鬧的貴族們似乎都興致勃勃，很好奇明年的求婚會有什麼結果，但達穆爾的魔力不可能成長到真的可以求婚吧。

星結過後，雖然旁人總愛揶揄調侃，但達穆爾自身完全沒有表現出真的有意求婚的樣子。我也沒有認真放在心上，日子一天天過去。直到返回伊庫那……

羅潔梅茵大人選擇了伊庫那做為第一個推廣製紙業的土地，我也以護衛騎士的身分一同回到故鄉。由於羅潔梅茵大人說了，儘管停留期間短暫，我也該和家人一起度過，所以體貼地讓我暫時卸下護衛騎士的工作。

這天外出尋找造紙材料的時候，我也以護衛騎士的身分同行，但是回到宅邸以後，我便是要接待客人的基貝一族。

然而這天入夜後，負責隨侍達穆爾的一名僕人前來向我報告。

「布麗姬娣大人，達穆爾大人在這個時間離開了宅邸……」

現在是深夜時分，第七鐘響後已經又過了一段時間。別說是年幼的羅潔梅茵大人，連大多都很早起的伊庫那居民也早就上床歇息了。達穆爾這時候跑到屋外究竟想做什麼？雖然不值得炫耀，但伊庫那的貴族人數不多，夜間若想外出也無處可去。

倘若達穆爾意圖對伊庫那做些什麼，那麼我身為騎士，必須在事前阻止他才行。我穿上簡易鎧甲，從陽臺來到屋外。這一刻伊庫那盡在黑暗之神的支配之下，夜空中只有月明與星光，所以可以清楚看見達穆爾隱約散發著魔力光芒的白色騎獸。我也變出自己的騎獸追上去。

「達穆爾。」

「布麗姬娣，這麼晚妳怎麼出來了？就算這裡是妳熟悉的故鄉，女性還是不該一個人外出吧。」

難不成達穆爾想對伊庫那做些什麼——我神經有些緊繃地追上了達穆爾後，他卻是一派悠哉，甚至回以了常人會有的反應，我整個人不禁放鬆下來。

「是僕人向我報告你外出了，你出來外面到底想做什麼？」

「啊，抱歉。是我讓你們擔心了吧。其實是白天的亞樊討伐過後，羅潔梅茵大人給了我戰鬥上的建議，我才想稍微進行訓練……」

達穆爾有些窘迫地開口說明。聽到不是騎士的羅潔梅茵大人居然提供了戰鬥上的建議，我吃驚得瞪大眼睛。

「羅潔梅茵大人給了你戰鬥上的建議嗎？」

「正確地說是使用魔力的方式。因為我是下級騎士，工作經常是輔佐其他騎士，在其他騎士與強大的敵人戰鬥時，我要負責應付比較低階的對手，也要爭取時間讓其他騎士恢復體力。我也因此習慣了在戰鬥的時候都只使用少許魔力，盡可能延長戰鬥的時間，從沒想過可以一次性地釋出大量魔力……是羅潔梅茵大人告訴我，我可以試著學習其他種戰鬥方式。」

綜觀達穆爾至今的戰鬥方式，確實可以看出他的目標都是使用少許魔力，盡可能延長戰鬥時間。中級騎士從一開始就被要求要依據敵人的強弱，適時增減魔力。

「如果你想要訓練如何一次性釋出大量魔力，最好先訓練怎麼一口氣往思達普注入魔力吧。這是見習期間中級騎士在騎士團要學會的作業。」

我在森林裡頭降落，陪達穆爾一起訓練。總覺得達穆爾的魔力比起以前好像增加了，我不由得歪了歪頭。

「怎麼了嗎？」

「我總覺得達穆爾的魔力好像有小幅成長……」

聞言，達穆爾面露些許遲疑，視線也游移不定。他看了一圈四下無人的森林後，才難為情地開口說了。

「我魔力方面的成長期……好像比其他人要慢……騎士團長也說，我的魔力現在仍然在持續增長。」

一般發育期結束後，進入成年階段，魔力幾乎就會停止成長。沒想到達穆爾的魔力竟然仍在成長當中。

魔力仍在成長當中？難道說……

我內心浮現了一個疑惑。

「達穆爾，難道你真的以為一年後魔力可以匹配嗎？」

星結之夜，難不成達穆爾在公開場合下提出的那個請求是認真的，不只是為了趕走哈斯海特？我說完，達穆爾的表情變得有些狼狽。

「……我知道布麗姬娣並沒有當一回事。而且，我也不敢肯定魔力真的能夠成長到足以匹配。只不過，我還是不想放棄。」

我看著達穆爾緩緩吐氣的側臉，心緒變得紛亂。在他抬起頭來的時候，我無法從他那雙灰色眼眸別開目光。

「所以我想問問布麗姬娣。如果一年後魔力真的可以匹配，妳願意接受我的求婚嗎？我想在公開場合上遭到拒絕之前，先作好心理準備。」

看著他真摯的眼神，我感覺到自己的心臟跳得飛快。同時腦海中警鐘大作，要我不可以輕易相信男性。

哈斯海特對我說過的無數話語在腦海中縈繞不去。

「伊庫那又沒有什麼吸引人的魅力，而且妳的身分明明可以成為基貝，卻不想成為基貝，沒有男人會想跟妳結婚。」

「妳以為妳自身有多少價值？就算入贅也沒有任何好處。」

「伊庫那這麼荒涼偏僻，又毫無可看之處，哪有男人會想入贅過來。」

從前聽過的批評相繼在腦海裡重現，接著我更想到了為了保護伊庫那，在我取消婚約之後，與周遭人們的關係卻越變越糟，呼吸開始感到困難。

「布麗姬娣？」

「……達穆爾，你對伊庫那有什麼想法？」

是否覺得伊庫那有入贅的價值？對我來說，這是至關重要的問題。我不接受任何一點謊言與敷衍。我目不轉睛地望著達穆爾，這麼問道。

「這個問題還真突然。」達穆爾左右環顧後，露出沉穩的眼神輕輕一笑。

「我覺得伊庫那是很棒的地方。居民純樸又善良，應該是因為基貝本身的人品吧。雖然現在大家都說伊庫那什麼也沒有，但今後將得到羅潔梅茵大人的支持，發展製紙業。哈斯海特肯定會悔不當初吧……而且，我也看得出來布麗姬娣在這裡非常放鬆自在。我覺得比起在貴族區的時候更……呃，唔，那個，更可愛。」

黑暗中我也能看出達穆爾臉紅了。他的害羞影響了我，連我也跟著感到難為情。

「咳，我已經回答妳的問題了，那布麗姬娣呢？妳還沒有回答我的問題……」

達穆爾既沒有嘲笑伊庫那是偏僻鄉野，也肯定了在伊庫那生活長大的我，更真心想在這一年內增加自己的魔力。既然如此，那我還有什麼好奢望的呢？

我用一隻手捂著心臟怦然跳動的胸口，另一隻手伸向達穆爾。

「達穆爾，你的請求令我不勝歡喜。所以，我會期待一年後星結之夜的到來……這次不再只是社交辭令。」

在伊庫那的生活

噹啷、噹啷……第一鐘響遍了雲霄。大概是為了讓鐘聲傳得更遠，這裡的鐘聲比艾倫菲斯特神殿的鐘聲要高亢又響亮。為了回應基貝宅邸的鐘聲，農村的冬之館也敲響了鐘，一近一遠的鐘聲交錯迴盪，宣告伊庫那新的一天即將開始。

「路茲，早安。達米安起床了嗎？」

達米安以前都是由家裡的侍從叫他起床，所以不見得能在第一鐘就醒來。我這麼詢問後，路茲輕笑起來。「最近達米安都沒有晚起，很早就起床了吧。」

「羅潔梅茵大人說過，人很容易在習慣之後鬆懈下來，結果重蹈覆轍。」

「吉魯做錯事的時候，羅潔梅茵大人就是這樣安慰你的吧。」

我瞪向多嘴的塞利姆，大家一起拿著水盆前往河川。離開基貝的宅邸走下坡道，就有一條小河。我們都在那裡洗臉沐浴，整理儀容。雖然現在還是夏天，但天亮前的河水還是很冰。路茲老是覺得奇怪：「傍晚再洗不就好了嗎？」但是每天早上都要沐浴淨身、清洗自己的衣服，是我們在神殿養成的習慣。

「好，衣服也洗好了……達米安，你的衣服還有泡沫，再洗乾淨一點。」

整理好儀容洗完衣服，要把水盆換成水桶，開始汲水。早晨醒來的第一件工作就是裝滿別館廚房裡的水缸，這點和在神殿一樣。如果不先儲水，每次洗手都得跑到河邊。

「客人們，早啊。今天收割到了品質絕佳的附莎，敬請期待吧。」

從事農活的居民們也和我們一樣在汲水。彼此一邊運水，一邊互道早安。

「那我再麻煩今天幫忙煮飯的人去採芝露果實吧。」

「好，基貝看到芝露果實一定會很開心，那就麻煩你們了……喂喂，那邊的年輕人。瞧你腰都挺不直，在走到水缸之前，水都剩不到一半啦。」

看見搬水搬得蹣跚不穩的達米安，農民們哈哈大笑。至今達米安在城裡都過得猶如貴族的生活，宅邸裡也有許多僕人，從來沒有自己煮飯、洗衣和打掃過，所以來到伊庫那生活後，他是吃了最多苦頭的人。

起初達米安還想出錢在伊庫那雇用下人，卻遭到了居民拒絕。「現在大家各自都有工作，還得學會怎麼做紙，自己都忙得沒時間了，哪有空照顧別人。」我想最主要的原因，是因為伊庫那基本上都是以物易物，大家在日常生活中從未自己擁有過金錢，所以就算聽了達米安要支付的報酬，也一點都不感到心動。

……而且這裡也沒有店家呢。聽到居民說基貝都是在旅行商人前來時才大舉採購，然後保管在基貝的宅邸裡，我真是大吃一驚。

因為彼此對金錢沒有相同的認知，達米安雇用不到下人，只能自己照顧自己的生活起居。頭三天他真的什麼也不會，讓居民們目瞪口呆。雖然現在還是會笑他「腰都挺不直」，但能讓大家笑得出來，表示情況已經有變好了。

「應該再往返一趟就可以了。諾德，再一趟就好了，加油吧。塞利姆、達米安，那麻煩你們拿大家的皮袋去裝飲用水。」

在這裡生活用水是取河水，但飲用水是汲取引到宅邸後方的山泉水。雖然只是水，卻很甘甜好喝。我們都會裝在皮袋裡頭，帶到工坊去。因為汲水地點比河川近，水又是裝在皮袋裡頭，動作不穩也不會灑出來，所以達米安露出鬆了口氣的表情，拿著所有人的皮袋，和塞利姆一起去汲取飲用水。

汲完了水就要吃早餐，看來最好是拜託其他人幫忙準備。我看著水缸裡的水如此判斷，開始下達指示。

「沃克，麻煩你切麵包。巴茲、路茲，請你們去拿牛奶瓶過來。」

路茲把水倒進水缸裡後，放下空桶子，跑向廚房。剛擠好的牛奶應該已經送到廚房了。在伊庫那用早餐時，牛奶可以說是不可或缺。

「感謝司掌浩浩青空的最高神祇與分掌瀚瀚大地的五柱大神，惠予萬千事物成為我們的食糧，在此為諸神的旨意獻上感謝與祈禱，必不浪費這些食物。」

我唸完祈禱文後，大家也跟著獻上祈禱，然後伸手拿起硬邦邦的麵包。早餐都是吃昨晚剩下來的飯菜，速戰速決。但這並不是不為我們準備早餐。因為這裡的僕人們還要從事農活，所以平常沒有客人來訪的時候，聽說基貝他們也一樣是吃晚餐的剩飯快速解決。

……唉，真是想念羅潔梅茵大人分送下來的神殿伙食。

伊庫那的麵包都是每十天一次大量烤好，所以硬得跟石頭一樣，不用水分泡開根本吃不下去。每次看到牛奶，我都感激得想要獻上祈禱。

「真是想念羅潔梅茵大人的湯呢。」

諾德喃喃說道，眾人一致點頭。無論是神殿、普朗坦商會，還是渥多摩爾商會，都會提供羅潔梅茵大人構思的湯。所以在場眾人說到想喝的湯，只會想到這一種。

「但是因為做法禁止外流，也不能在這裡自己煮。」

「不能喝湯是很可惜，但光是可以在別館吃飯，不用去本館，我就非常感激了。」

聽到沃克這麼說，我連連點頭。因為還要搬運食物很麻煩，一開始對方是希望我們能在本館和下人們一起吃飯，但路茲以「在神殿有往下分送食物的習慣，不能影響到伊庫那的居民」為由，出面代為交涉，讓我們能留在別館吃飯。

交涉的時候，因為路茲主張「吉魯是羅潔梅茵大人的侍從，食物必須最先分送給他」，聽在周遭的居民耳裡，應該會覺得我仗著後盾在要求特權吧。起先我對此相當不滿。因為都來到伊庫那了，我並不打算還強行要求居民分送食物，而且路茲明明知道去森林採集的時候，我們也不會照著地位分送，都是大家一起吃，為什麼還要說這種話？但是，聽到路茲向我解釋，這樣我們就不必跟居民們互相搶奪食物，我才恍然大悟。如今可以不用一邊吃飯，一邊還要勉強自己適應陌生環境的風俗，我甚至非常感謝路茲。

「今天的工作是處理白色樹皮。沃克、巴茲、塞利姆，麻煩你們向大家說明。然後趁著煮灰和白色樹皮的時候，教他們怎麼剝掉黑色表皮。」

「遵命。」

我也會在吃早餐的時候，告訴大家今天的工作分配。和神殿的工坊不同，在外面要下達指示的時候，聽說年紀也很重要。因為我和路茲還未成年，沒人會認真聽我們說話，所以教導伊庫那的人們要如何做紙，就成了灰衣神官們的工作。我基本上只負責下達指示，之後就是和路茲一起研究在伊庫那找到的材料，開發新紙張。因為每一次都要改變糨糊的用量並且做紀錄，不會寫字的伊庫那居民做不來這份工作。

吃完早餐，洗好碗盤後，要打掃別館與工坊。因為比起神殿要小得多，很快便掃完了。打掃完後差不多就要第二鐘了，負責幫忙煮飯的人得去廚房集合。

「今天要去幫忙煮飯的人輪到達米安吧？聽說今天採到了品質絕佳的附莎，要麻煩你去找些芝露果實回來。加油吧。」

我為達米安加油打氣，他卻厭惡地垮下了臉。幫忙煮飯是達米安最不擅長的工作。

「為什麼伊庫那這裡半間店也沒有啊？明明只要向渥多摩爾商會購買食材就好了……」

伊庫那沒有店家，所以大家得分工合作去採集每一餐所需的食材，這也是幫忙煮飯的人的重要工作。時值夏天，山裡有不少野菜與果實，打倒野獸後也能取得肉類。在河邊還能意外輕鬆地釣到魚，而且和艾倫菲斯特附近的河魚不同，這裡的魚一點也不臭。相較於在神殿大半食材都得花錢購買，在這裡卻每天都能從生活周遭輕易取得，讓我們感到十分驚訝。

順帶一提，這裡烹煮食物的方式都是隨便切一切就煮熟。因為大多都是隨意切塊後再加鹽燒烤，所以不能夠洩漏食譜的我們每次在幫忙途中，總是很想「啊啊啊啊啊……」地吶喊，但工作本身並不辛苦。

「達米安，別每次輪到你幫忙煮飯就這麼囉嗦。是你爺爺還有那些大店老闆硬要安排你來伊庫那，所以你別嘮叨了，多動動身體吧。動久了就會和灰衣神官他們一樣，久而久之就習慣了。」

路茲把籃子和小刀塞給達米安，說：「今天你得去一整天，也順便找找可以做成紙張和糨糊的材料吧。」達米安垮著肩膀走向廚房。他大概又會被伊庫那的孩子們嘲笑一番，累得筋疲力竭回來吧，但這也是一種經驗。

……嗯，也只能加油了吧。

我們雖然也對神殿與伊庫那的不同感到吃驚，但這兩年來都會去森林採集，也會在工坊做紙，所以比起完全沒有經驗的達米安要好多了。

「我們來啦！昨天說今天要做什麼？」

第三鐘快要響起前，伽雅帶著幾名居民來到了工坊。伽雅是在基貝宅邸幫傭的女性，也是基貝．伊庫那派來照顧我們的人。雖說照顧，其實也只是負責擔任我們與居民間的溝通橋樑，工坊提出了哪裡需要改善的建議時，她會代為轉告基貝，並不是真的會照顧我們的生活起居。

達米安表示想出錢為自己雇用下人的時候，也是她開口拒絕：「你又不是貴族，裝什麼神氣啊？都已經是大人了，自己的事情自己做吧。」但她還是幫忙詢問了居民有沒有人願意接下這份工作，只是結果依舊慘不忍睹。

「今天要加灰一起煮樹皮，讓樹皮變白，大約要煮一鐘的時間。期間還預計做之前也做過的剝黑色樹皮，大家都帶小刀了嗎？」

沃克與巴茲去拿灰和工具，塞利姆則向包含伽雅在內的五名居民開始說明。我不時觀察他們的情況，一邊與路茲還有諾德一起研究新紙張。

「路茲、諾德，怎麼樣？」

兩人拿來了在外晾乾的紙張，擺在桌上。我們試著使用了笛葛剌瓦葉，想要取代耶蒂露果實和斯拉姆蟲，結果相當不錯。我摸了摸做好的紙張，也試著用墨水書寫，檢驗成品的品質。

「和佛苓的比例我想這樣剛剛好，苓梵夷可能要再多加一點，至於香索拉……還是不行吧。它跟笛葛剌瓦完全搭配不起來。」

其他樹木雖然可以做成紙，卻只有香索拉老是散開，無法匯集成紙張。與其改變調配比例，更該直接換掉這款材料。我用指尖戳了戳帶點黃色的透明塊狀物，諾德把碎散的香索拉與結塊的笛葛剌瓦撥在一起，清理乾淨。

「我看還是放棄把香索拉與笛葛剌瓦一起調配，等回到了艾倫菲斯特，再試著與耶蒂露和斯拉姆蟲做搭配，看看能否做出紙張吧？」

「說不定加了耶蒂露和斯拉姆蟲以後就能成功，可是羅潔梅茵大人說過，要盡可能使用伊庫那當地的材料造紙吧？」

既然在伊庫那成立了製紙工坊，必須用這片土地能取得的材料做紙才行，否則沒有意義。而且聽說伊庫那也沒有多餘的財力，能向其他土地購買材料。我噘起嘴唇這樣反駁後，路茲環抱手臂說了：

「這倒不見得。我和達米安討論過了，他說只要加工到白色樹皮這個階段，樹皮就可以存放很久，一個木箱也能裝不少樹皮。之後若再運到艾倫菲斯特就能輕鬆加工，所以有機會成為伊庫那與艾倫菲斯特之間的貿易品……」

「所以要把香索拉當作是製紙原料販售嗎？」

「沒錯。但當然，這得先等到香索拉也與耶蒂露和斯拉姆蟲等其他材料調配過了，確定真的可以做成紙張後才能考慮，但他說這樣一來，即便是在沒有多少樹木適合做紙的地區，也有可能可以發展製紙業。」

就算不能搭配笛葛刺瓦做成紙張，只要和其他材料搭配得起來，伊庫那仍然可以把香索拉視為是商品。因為我從來沒有過這種想法，不禁瞪圓了眼。

「哇……達米安也有派上用場的時候嘛。因為他一直以來表現得實在太沒用了，真教我吃驚。」

「雖然他完全沒有生活能力，但好歹也是大店的少爺。他確實有看商品的眼光，也很快就知道要怎麼利用商品的價值，還是有值得學習的地方。」

路茲有些不甘心地說，瞥了窗外一眼。

「那就參考達米安的意見，先把香索拉當作是教材，讓大家學會造紙順序吧。諾德，你再繼續研究一下苳梵夷與笛葛刺瓦的調配比例。步驟和昨天一樣，要慢慢增加用量，然後記得作紀錄。」

「遵命。」諾德站起來，走向放有笛葛刺瓦的櫃子。

「吉魯，我們來試試突倫佩魯吧。那個老爺爺說他找到了比較早結果的果實，拿來給我們了吧？」

之前羅潔梅茵大人來到伊庫那的時候，和我們一起去山裡探察情況的那個老爺爺提供了一些白色果實給我們，說是「這種果實不能吃，隨你們拿去用吧」。這種白色果實叫作突倫佩魯，從夏季尾聲到秋天都能採到。聽說只要搗碎，就會產生黏稠的汁液。

「好期待研究新材料喔。不知道會做出什麼樣的新紙張……」

「但一想到在研究出完美比例前不知道得花多久時間，就覺得好累啊。」

我和路茲一邊閒聊，一邊搗碎突倫佩魯果實。因為果實有點硬，要搗碎相當需要力氣。早知道就讓比我們有力氣的諾德來幫忙了——我這樣心想著，繼續大力搗碎果實。漸漸地，果實汁液開始越變越黏稠。

「應該差不多了吧……感覺黏性很強呢。路茲，拿布過來。」

路茲把布攤開，我慢慢把果實汁液倒進去，過濾掉搗爛的細碎果皮與果實。緊接著我們拿來最常使用的佛苓，在水盆裡製作紙漿，用小型抄紙器抄出試做品。一開始只加少少的突倫佩魯，之後才用大湯匙慢慢添加，做出五種濃度不同的紙張。完成後從中挑選出比例看來最佳的試做品，再精密地調整比例。這就是我們一貫的作業方式。

把做好的五種試做品都放上置紙板時，第四鐘也響了。接下來是午飯時間。

「先收拾好才能吃飯！」

我在鐘響的同時大聲喊道。因為伊庫那的居民撇下工作就想往外飛奔，所以一定要大聲提醒。

「你每天都這樣喊，大家都知道了啦。現在根本不用這麼大聲。」

伽雅不滿地鼓起臉頰說，但是她和其他人不一樣。基貝親自下令伽雅得學習做紙的流程，所以她每天都會來工坊，但其他人都是當下沒有工作，才抱著「總之先學一下吧」的心情過來學習。

制止了想衝出工坊的居民，讓他們也幫忙收拾整理後，我才鎖上工坊大門，大家一同前往基貝的宅邸。事實上在伊庫那也沒有鎖門的習慣，我還忍不住對伽雅說：「要是有小偷闖進來怎麼辦?!」她卻只是側過臉龐說：「這裡根本沒有小偷啊。而且偷這些東西要做什麼？」彼此的觀念實在相差太多，我一句話也說不出來，但我們還是決定照常鎖門。因為要是習慣了伊庫那的做法，似乎會回不去艾倫菲斯特。

「吉魯，我能把這些東西交給沃克，先回去幫達米安的忙嗎？」

聽見諾德充滿擔憂的話聲，我抬起頭，正好看見達米安踩著搖搖晃晃的步伐從遠處走來。他手上正拿著大家的午餐，但雙手與雙腳的動作在在讓人看得膽戰心驚，感覺隨時會掉下來。我馬上明白了諾德的不安，下達許可，讓他去協助達米安。

「路茲，下午讓達米安繼續幫忙煮飯，真的沒問題嗎？」

之前都是讓達米安只負責上午，下午再由其他人接手。雖然路茲今天早上說了「今天得去一整天」，但看達米安現在的樣子，要再採集半天的食材會不會太勉強他了？我說完，路茲輕輕挑眉。

「商人的拿手本事，就是讓事情往對自己有利的方向發展。他雖然言行舉止有氣無力，但最近表情越來越沉著了。這就是他還有餘力的證明。現在不用再對他心軟了。」

午餐吃完了硬麵包、加鹽的蔬菜湯，還有從山裡採回來的新鮮果實後，我讓達米安繼續去幫忙煮飯的工作，其餘所有人則回到工坊。

「喂，吉魯，你過來看看。這個乾的速度也太快了吧？」

聽見路茲的呼喚，我走向置紙板，發現放在木板上瀝乾水分的紙張正在慢慢變硬。

「要不要拿出去外面看看？不是另外移動到板子上，而是把整個置紙板搬出去。我想放在外面等到傍晚，看看會有什麼結果。」

發現加了突倫佩魯的紙張硬得很快，我和路茲把放有試做品的置紙板搬到屋外。一照到陽光，紙的顏色變得更加雪白，看得出來轉眼間就乾了。而且，加了越多突倫佩魯的紙張好像乾得越快。我和路茲面面相覷。

「這看來不能放到傍晚，得一直在旁邊顧著才行吧？」

「是啊，視線根本不能移開。只要稍微不留意，好像就會變成完全不一樣的東西。」

我們拿來木板和墨水，開始記錄變化過程。紙張照到陽光以後，乾燥的速度也變快了，水分蒸發掉後紙面變得光滑，還開始刺眼地反射陽光。

「路茲，你覺不覺得這張紙變小了？第一張和最後一張在我看來，大小好像也不太一樣。」

五種試做品中，加了越多突倫佩魯的紙張硬得越快，面積也在慢慢縮小。至今做的紙張如果在乾燥途中用手觸摸，就會留下凹陷的指印，但這些紙完全不會留下痕跡。因為表面已經乾了。

「如果這是突倫佩魯的特色，將成為這裡的特產喔。明天用其他材料試試看吧。」

直到第五鐘響為止，我和路茲都目不轉睛地觀察著突倫佩魯的變化。

就在第五鐘快要響起前，添加了突倫佩魯的紙張看起來已經完全乾了。
「路茲，我可以撕下來看看嗎？」
「紙張表面很硬，有可能會像之前做失敗的佛苓紙一樣裂開。而且背面也有可能還沒乾，你動作要小心。」
聽了路茲的提醒，我小心翼翼地把添加了最多突倫佩魯的紙張從置紙板上撕下來。
雖然紙質很硬，表面光滑，但紙張並沒有「啪」一聲破掉，很順利就撕下來了。
「……居然沒有破掉。」
路茲發出佩服的聲音，試著彎曲與摺起新的紙張。紙張居然可以完全對摺，卻不會破掉。我們再試著用墨水書寫，只有添加了最多突倫佩魯的那一張有些吸收不了墨水，但除此之外的試做品都能寫字，字也不會暈開。雖然觸感很奇妙，但這確實是紙。
「喂，吉魯，這次做出來的紙還真有趣，你想這能用來印書嗎？」
路茲揮了揮突倫佩魯紙，紙張於是發出了啪叩啪叩的奇怪聲響。現在的我也不知道這能不能拿來印書。我聳聳肩。
「我也不知道。這種事就交給羅潔梅茵大人去想吧。我們的工作是做出新的紙張。至於去想要怎麼使用，就是羅潔梅茵大人的工作了。」
甩著新紙張發出怪聲的路茲笑道：「說得也是。」
「那要拜託基貝．伊庫那，請他盡快把新做好的紙張送去給羅潔梅茵大人。除了要請羅潔梅茵大人想想有什麼用途外，我也想請海蒂研究看看可以使用哪些墨水。」

我朝著逐漸西沉的太陽舉起剛做好的紙張，彷彿聽見了羅潔梅茵大人高興的大喊：

「吉魯，你好厲害喔！」

後記

大家好久不見了，我是香月美夜。

非常感謝各位購買本作，《小書痴的下剋上：為了成為圖書管理員不擇手段！【第三部】領主的養女（Ⅳ）》。

正如封面所示，本集當中布麗姬娣的新衣占了相當大的篇幅。還有即使身分有別，仍是墜入了情網的達穆爾。他在魔力量這一關就慘遭刷下，從一開始便不被布麗姬娣視為是可能對象，然而在短篇當中，似乎出現了一絲轉機……？

此外，新的印刷機也完成了。羅潔梅茵換上了懷念的奇爾博塔商會學徒制服，偷偷地在工坊裡頭嘗試排版。以前我也曾在印刷博物館參加過體驗活動，在長條形便箋上印了自己的名字。金屬活字雖小，卻有著沉甸甸的重量，在排字盤上組排活字也非常有趣。有興趣的讀者請務必前往參觀。可以沉浸在變成了古騰堡的氛圍裡喔。

在這一集斐迪南終於還俗了。從今以後，艾克哈特與尤修塔斯也能夠出入神殿。正當工作環境稍有改善，喬琪娜在此時前來拜訪艾倫菲斯特。從小所受教育都是為了成為奧伯．艾倫菲斯特的她，至今仍有多名仰慕者。他們今後將為了喬琪娜展開哪些行動？終章中被列為目標的韋菲利特又將面臨什麼命運？下一集便是第三部完結篇。

還有，關於《小書痴的下剋上》的廣播劇ＣＤ，詳細資訊已經確定了。羅潔梅茵將由澤城美雪小姐配音，斐迪南則是櫻井孝宏先生。雖然是由我提出了希望人選，但老實說我真的沒有想到可以實現。內容會依據本集與下一集的劇情進行調整。這集出版的時候，錄製應該也結束了。有興趣的讀者歡迎上TO BOOKS的官網預約。

本集封面是想像著書本販售會的羅潔梅茵，以及製作著布麗姬娣新衣的珂琳娜與多莉。女孩子一多，封面給人的感覺特別光彩奪目呢。難道只有我這麼覺得嗎？由衷感謝椎名優老師。

最後，要向購買本書的各位讀者獻上最高等級的謝意。

第三部第五集預計在初秋發行。期待屆時再相會。

二〇一七年四月　香月美夜

尤列汾的所需材料
「冬之主的魔石(司涅圖姆)」
艾倫菲斯特北方一到冬天便會出現的魔獸。
今年雖是司涅圖姆，但每年變作冬之主的魔獸都不一樣。
出現地點也不固定。
體型巨大，四周籠罩著暴風雪，會創造出眷屬。
黑點是艾倫菲斯特的騎士們。
哈塞
汀客爾
馮多道夫
杜爾潘
女神的水浴場
羅岩貝克之山
「瑠耶露果實」
坐落在杜爾潘附近的森林，枝幹如金屬般光滑。
等形似白木蓮花蕾的花瓣悉數掉落，便會出現紫水晶般的果實。
似乎只會在舒翠莉婭之夜變成紫色。
是許多魔獸的目標。
「萊靈嫩之蜜」
在女神的水浴場盛開的萊靈嫩的花蜜。
芙琉朵蕾妮之夜會急遽成長，隨著旭日東升，變回原來的大小。
是妥庫羅什的目標。
葉子上的黑點是羅潔梅茵。
「拉茨凡庫之卵」
羅岩貝克之山是拉茨凡庫的棲息地。
全身雪白，是猛禽類的大型魔獸。
爪子如勾玉般彎曲銳利。
必須趁著親鳥不在的時候才能取卵。

每回都出場的
卷末漫畫
嘶嘶
輕鬆悠閒的家族日常
作畫 椎名優
好好吃喔……
巨大溫泉蛋飯
在說什麼夢話？

雖然早就聽說過了，但梅茵真的變成貴族大人了呢。

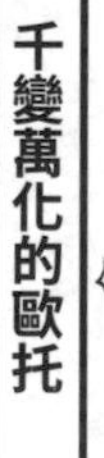
千變萬化的歐托

可是，現在的梅茵沒辦法見到家人了吧，
班長還那麼疼愛梅茵……
どよ～～ん

其實我好想和她大聊有關珂琳娜與睿娜特的事情，
她們每天都好可愛好可愛——
ぱあ～～ああ

班諾先生，
歐托先生從剛才開始表情就一直變來變去，他沒事吧？
別管他。
老毛病了。
オオオオオオ

貓耳女僕

果然衣服還是不能盲目跟隨流行，
每個人都應該要穿適合自己的服裝。

梅茵，這是……
每個人都該穿適合自己的服裝!!

保存體力

我試著對小熊貓巴士進行改造，
鏘
ジャーン
變成露營車的款式了！
還增加了腳強化穩定性

內部裝潢也比原本更豪華，
還有夜間可以舒適躺臥的大床！

這樣一來無論前往多麼偏僻的土地，
都可以睡頓好覺保存體力！

但要一直維持會很累。
呼呼
ハァハァ
不行。
妳這笨蛋。

國家圖書館出版品預行編目資料

小書痴的下剋上：為了成為圖書管理員不擇手段！. 第三部，領主的養女 . Ⅳ / 香月美夜作；許金玉譯 . -- 初版 . -- 臺北市：皇冠，2019.05
面； 公分 . --（皇冠叢書；第 4760 種）(mild；17)
譯自：本好きの下剋上 司書になるためには手段を選んでいられません . 第三部，領主の養女 Ⅳ
ISBN 978-957-33-3444-6（平裝）

861.57　　108005342

皇冠叢書第 4760 種
mild 17

小書痴的下剋上

爲了成爲圖書管理員不擇手段！

第三部 領主的養女Ⅳ

本好きの下剋上
司書になるためには
手段を選んでいられません
第三部 領主の養女Ⅳ

作　者—香月美夜
譯　者—許金玉
發 行 人—平雲
出版發行—皇冠文化出版有限公司
台北市敦化北路 120 巷 50 號
電話◎ 02-27168888
郵撥帳號◎ 15261516 號
皇冠出版社（香港）有限公司
香港銅鑼灣道 180 號百樂商業中心
19 字樓 1903 室
電話◎ 2529-1778　傳真◎ 2527-0904
總 編 輯—許婷婷
責任編輯—陳怡蓁
美術設計—嚴昱琳
著作完成日期— 2017 年
初版一刷日期— 2019 年 5 月
初版四刷日期— 2022 年 3 月
法律顧問—王惠光律師

讀者服務傳真專線◎ 02-27150507
電腦編號◎ 562017
ISBN ◎ 978-957-33-3444-6
Printed in Taiwan
本書特價◎新台幣 299 元 / 港幣 100 元